O viajante e o mundo da lua

O viajante e o mundo da lua

Antal Szerb

TRADUÇÃO DE
Paulo Schiller

Ediouro

Título original
Utas És Holdvilág

Capa
Victor Burton

Copidesque
Cristiane Pacanowski

Revisão
Taís Monteiro
Maria Helena Torres

Produção editorial
Cristiane Marinho

CIP-Brasil. Catalogação-na-fonte
Sindicato Nacional dos Editores de Livros, RJ.

S992v Szerb, Antal, 1901-1945
O viajante e o mundo da lua / Antal Szerb; tradução Paulo George Schiller. — Rio de Janeiro: Ediouro, 2007.

Tradução de: Utas és holdvilág
ISBN 978-85-00-01797-1

1. Romance húngaro. I. Schiller, Paulo, 1952-. II. Título.

CDD: 894.5113
07-0364 CDU: 821.111.141-3

07 08 09 10 11 8 7 6 5 4 3 2 1

R. Nova Jerusalém, 345 – Bonsucesso
Rio de Janeiro – RJ – CEP: 21042-235
Tel.: (21)3882-8200 – Fax: (21)3882-8212/8313
www.ediouro.com.br

PRIMEIRA PARTE

Viagem de núpcias

Frente à lei comum sou parcial.
Que sei eu? O que faço? Reaver meus bens,
Contemplativo, vejo-os todos negados.

Villon

Capítulo 1

No trem não houve nenhum problema. Tudo começou em Veneza, nos becos.

Quando embarcaram no *motoscafo* que os levaria da estação para o centro e trocaram o Canal Grande pelo caminho mais curto, à direita e à esquerda os becos chamaram a atenção de Mihály. Mas a essa altura não se ocupou muito deles porque, no início, as marcas próprias de Veneza o envolveram por completo: a água entre as casas, as gôndolas, a laguna e a rosada luminosidade do vermelho-tijolo da cidade. Mihály estava na Itália pela primeira vez, aos 36 anos de idade, em lua-de-mel.

Durante os longos anos de peregrinação andara por todos os lados, passara anos na Inglaterra e na França, porém sempre evitara a Itália; sentia que não chegara a hora, não estava preparado. Guardava-a também entre as coisas de adulto, como a procriação, e em segredo tinha medo dela... tinha medo dela como do sol forte, do perfume das flores e das mulheres muito bonitas.

Se não se casasse e se não tivesse a intenção de passar o começo da vida de casado, segundo as regras, numa lua-de-mel na Itália, talvez adiasse a viagem até a morte. Apesar disso, chegava como se não viesse para a Itália, mas como se estivesse apenas numa lua-de-mel, o que era bem diferente. De fato, foi seu casamento que tornou possível essa viagem. Assim, pensava, o perigo representado por esse país não o ameaçava mais.

Os primeiros dias correram em paz, entre as alegrias de uma lua-de-mel e a visitação mais suave, descontraída, da cidade. Como se esperaria das pessoas muito inteligentes e possuidoras de espantosa autocrítica, Mihály e Erzsi se empenharam em encontrar o meio-termo entre o esnobismo e a simplicidade. Não se exauriram para cumprir tudo o que o Baedeker exigia, mas desejavam menos ainda ser daqueles que voltavam para casa e diziam orgulhosos: "Os museus?... em museus, naturalmente, não estivemos", e se entreolhavam envaidecidos.

Numa noite foram ao teatro e quando voltaram ao hotel, Mihály sentiu que teria muito prazer em beber alguma coisa. Não sabia exatamente o que, ansiava por um vinho doce, e lhe ocorreu o sabor singular, clássico, do vinho de Samos que ele tantas vezes saboreara em Paris, na rue des Petits Champs número 7, em uma pequena loja de vinhos; pensou que Veneza era bem ou mal quase a Grécia; lá ele certamente encontraria vinho de Samos ou quem sabe Mavrodaphne, porque não conhecia bem os vinhos italianos. Pediu que Erzsi subisse sozinha, ele logo estaria de volta, apenas tomaria alguma coisa, "não mais que um copo, de verdade", disse com ar sério, porque Erzsi, também cerrando os lábios, recomendou moderação, como se esperaria de jovens noivas.

Distanciando-se do Canal Grande, em cuja margem ficava o hotel, Mihály chegou às ruas dos arredores da Frezzeria, onde, nessa hora da noite, muitos venezianos também vagavam ao modo estranho das formigas que caracterizava a gente da cidade. As pessoas andavam apenas em algumas ruas, como formigas prestes a iniciar a travessia da trilha do jardim; as demais ruas ficavam vazias. Mihály também se ateve ao caminho das formigas imaginando que os bares e as *fiaschetterias* se estenderiam ao longo das ruas percorridas pelas pessoas e não na escuridão incerta das travessas vazias. Encontrou de fato muitos lugares onde se vendiam bebidas, mas de certa forma nenhum deles era o que ele procurava. Todos tinham algum senão. Em um deles havia pessoas excessivamente elegantes, no outro, gente simples demais, e a nenhum ele conseguiu associar a bebida que buscava. De certa forma, a bebida tinha um sabor mais velado. Aos poucos sentiu que ela decerto seria vendida em um único local em Veneza, e ele teria de encontrá-lo seguindo o instinto. Foi assim que chegou aos becos.

Ruas muito estreitas se ramificavam em ruas mais acanhadas, e por onde ele andava as ruelas todas se tornavam cada vez mais escuras e apertadas. Se estendesse os braços, seria capaz de tocar, ao mesmo tempo, as duas fileiras opostas de casas, casas silenciosas, com grandes janelas, atrás das quais, pensava, dormitavam vidas italianas secretamente intensas. As casas ficavam tão próximas que era quase uma indiscrição andar por aquelas ruas à noite.

O que era o encantamento e o êxtase estranhos que o assaltaram entre os becos? Por que se sentia como quem por fim chegara em casa? Talvez uma criança pudesse sonhar coisas assim — uma criança que morasse em mansões ajardinadas, mas que temesse os espaços amplos —, quem sabe um adolescente quisesse viver num lugar apertado, onde cada metro quadrado tivesse um valor singular, dez passadas significariam uma violação de fronteira; somos capazes de passar décadas junto de uma mesa decrépita e vidas humanas podem se esvair numa poltrona; mas nem isso oferece segurança.

Assim perambulou em meio aos becos antes de notar que amanhecia e que estava do outro lado de Veneza, no Cais Novo, de onde se viam a ilha do cemitério e mais além as ilhas misteriosas, entre elas a de São Francisco no Deserto, que fora um dia abrigo dos leprosos, e, a uma grande distância, as casas de Murano. Ali moravam os venezianos pobres a quem o lucro do movimento dos estrangeiros chegava menos e de longe, lá ficava o hospital, e dali partiam as gôndolas dos mortos. Alguns despertavam e iam para o trabalho; e o mundo parecia incomensuravelmente sombrio, como acontece quando não dormimos à noite. Encontrou um gondoleiro que o levou para casa.

Erzsi havia muito passava mal de nervosismo e de cansaço. Somente à uma e meia lhe ocorreu que, a despeito das aparências, em Veneza também era possível se telefonar para a polícia, atitude que de fato ela tomou com a ajuda do porteiro da noite, sem resultado, naturalmente.

Mihály parecia um sonâmbulo. Estava terrivelmente cansado e não conseguiu dar respostas razoáveis às perguntas de Erzsi.

— Os becos — disse —, eu tinha de ver os becos à noite, faz parte, outras pessoas também os exploram.

— Mas por que você não avisou, ou por que não me levou junto?

Mihály não soube responder, enfiou-se na cama com ar de ofendido e adormeceu com uma sensação muito amarga.

"Assim é o casamento", pensou, "ela é incapaz de compreender, toda explicação é inútil. É verdade que eu também não compreendo".

Capítulo 2

Erzsi, porém, não dormiu, ficou muito tempo deitada, com a testa franzida, os braços entrelaçados sob a cabeça, pensando. De um modo geral, as mulheres suportam melhor a insônia e a reflexão. Para Erzsi não era novidade que Mihály fizesse e dissesse coisas que ela não conseguia entender. Durante algum tempo ela escondera a incompreensão com sucesso; sábia, não fazia muitas perguntas e fingia que desde sempre tivera consciência de tudo o que se referisse a Mihály. Sabia que a superioridade taciturna que ele pensava ser a sabedoria herdada, instintiva, das mulheres era o instrumento mais poderoso para assegurar a permanência dele. Mihály vivia cheio de medos e o papel de Erzsi era acalmá-lo.

Mas tudo tinha um limite, e, além disso, eles agora eram consortes, estavam em uma lua-de-mel de verdade, e passar a noite toda fora nessa situação não deixava de ser estranho. Por um instante aflorou nela a idéia feminina natural de que Mihály talvez tivesse se divertido na companhia de outra mulher, mas depois ela a descartou como um completo absurdo. A despeito da estranheza da situação, ela sabia bem como Mihály era medroso e prudente ante toda mulher desconhecida, como temia as doenças, como era mesquinho e, para completar, como as mulheres pouco o interessavam.

Teria sido muito tranqüilizador, entretanto, saber que Mihály simplesmente estivera com uma mulher. Acabaria a incerteza, a obscuridade inteiramente vazia, a impossibilidade de imaginar como e onde Mihály passara a noite. E ela lembrou-se do primeiro marido, Zoltán Pataki, que deixara por Mihály. Erzsi sempre soubera qual datilógrafa era sua amante à época, embora Zoltán conservasse uma discrição ferrenha, constrangida, comovente, e quanto mais ele pretendesse manter alguma coisa em segredo, mais Erzsi tinha clareza de tudo. Mihály, ao contrário, procurava explicar os movimentos com um senso de responsabilidade torturante, a necessidade de se justificar era maníaca, para que Erzsi o conhecesse por inteiro, porém quanto mais ele explicava, mais confusas ficavam as coisas. Erzsi sabia havia muito que não compreendia Mihály, porque Mihály tinha segredos que não confessava nem para si próprio, e Mihály, por sua vez, não a compreendia porque nem lhe ocorria interessar-se pela vida íntima de alguém que não fosse ele. Ainda assim se casaram porque Mihály concluíra que eles se entendiam perfeitamente, o casamento se sustentava sobre bases absolutamente racionais e não sobre uma paixão passageira. Até quando duraria a ficção?

Capítulo 3

Alguns dias depois, à noite, chegaram a Ravenna. Na manhã seguinte, Mihály se levantou bem cedo, vestiu-se e saiu. Queria ver sozinho os famosos mosaicos bizantinos, a atração principal de Ravenna, porque sabia que havia muitas coisas — e essa era uma delas — que não poderia partilhar com Erzsi. Do ponto de vista da história da arte, Erzsi era muito mais culta e sensível que ele, estivera antes na Itália, de modo que Mihály em geral confiava a ela a escolha do que veriam e no que pensariam durante as visitas. A ele os quadros raramente interessavam, a não ser ocasionalmente, como um raio, um entre milhares. Mas os mosaicos de Ravenna... eram monumentos a seu próprio passado.

Uma vez ele os tinha visto com Ervin, com Tamás Ulpius e com Eva, a irmã de Tamás, num grande livro em francês na casa dos Ulpius — tomados todos por um medo nervoso e inexplicável —, numa noite de Natal. No imenso quarto vizinho, o pai de Tamás Ulpius andava de um lado para o outro, solitário. Admiraram as imagens acotovelados sobre a mesa, o fundo dourado cintilava na direção deles como se fosse um brilho de natureza desconhecida nas profundezas do corredor de uma mina. Nas imagens bizantinas havia alguma coisa que despertava neles as paixões adormecidas nas entranhas do ser. Às quinze para a meia-noite eles vestiram os sobretudos e saíram para a Missa do Galo com o coração apertado. Nessa hora, Eva desmaiou; foi a única vez que os nervos de Eva deram trabalho. Depois, durante um mês, tudo entre eles foi Ravenna, e, para Mihály, desde então Ravenna representava uma modalidade inexplicável do medo.

Aquilo tudo, o mês inteiro submerso, reviveu nele diante da catedral de San Vitale, frente ao extraordinário mosaico de tonalidade verde-clara. A juventude o assaltou com tal intensidade que ele perdeu o equilíbrio e teve de se apoiar em uma coluna. Mas a coisa durou apenas um instante, e em seguida ele voltou a ser um homem sério.

Os outros mosaicos nem o atraíram mais. Retornou ao hotel, esperou que Erzsi se aprontasse, depois juntos, e como entendidos, viram e discutiram tudo o que havia para se ver. É claro que Mihály não contou que pela manhã havia estado em San Vitale. Ele esgueirou-se para dentro da igreja um pouco envergonhado, como se alguma coisa pudesse denunciá-lo, e comentou que ela nem era muito interessante, para compensar o aturdimento matinal.

Na noite seguinte estavam sentados na pequena *piazza*, diante de um dos cafés. Erzsi tomava sorvete, Mihály experimentava uma bebida amarga para ele desconhecida, mas se sentia insatisfeito e refletia sobre como faria para que a bebida descesse.

— Esse cheiro é terrível — observou Erzsi. — Em todos os cantos da cidade sentimos esse cheiro. É assim que eu imagino um ataque com gás.

— Não é de admirar — disse Mihály. — A cidade cheira a defunto. Ravenna é uma cidade decadente, desmorona há mais de mil anos. O Baedeker também diz isso. Teve três Idades de Ouro, a última no século VIII d.C.

— Nada disso, bobinho — disse Erzsi sorrindo. — Você sempre pensa em defuntos e em seu cheiro. Pois o mau cheiro vem justamente da vida, do bem-estar: ele é produzido pela fábrica de fertilizantes, a fábrica de que Ravenna inteira vive.

— Ravenna vive de fertilizante? A cidade em que estão os túmulos de Teodorico, o Grande, e de Dante, a cidade diante da qual Veneza parece um novo-rico?

— Exatamente, meu bem.

— Que vergonha.

Nesse momento uma motocicleta muito barulhenta irrompeu na *piazza*, e o homem de óculos e vestido a caráter saltou dela como se saltasse de um cavalo. Olhou ao redor, avistou Mihály e se dirigiu diretamente para a mesa deles, arrastando a motocicleta como se fosse uma montaria. Ao chegar à mesa ergueu os óculos como se fossem o visor de um capacete e cumprimentou:

— Olá, Mihály. Estava à sua procura.

Muito surpreso, Mihály reconheceu János Szepetneki. Ante o inesperado, ele não conseguiu dizer nada além de:

— Como você soube que eu estava aqui?

— No hotel, em Veneza, me disseram que você tinha ido a Ravenna. E onde alguém poderia estar em Ravenna, depois do jantar, a não ser na *piazza*? Realmente não foi difícil. Vim de Veneza direto para cá. Mas agora vou me sentar um pouco.

— Hum... vou apresentá-lo a minha mulher — disse Mihály nervoso. — Erzsi, este senhor é János Szepetneki, foi meu colega de classe... acho que nunca lhe falei dele. — E ficou muito vermelho.

János examinou Erzsi com uma antipatia indisfarçável, cumprimentou-a, apertou sua mão e a partir de então não tomou conhecimento da existência da moça. Não disse uma palavra, apenas pediu uma limonada.

Passado muito tempo, por fim Mihály falou.

— Então diga. Deve haver algum motivo para você ter me procurado aqui, na Itália.

— Depois eu conto. Mais do que tudo eu queria vê-lo, porque ouvi que você tinha se casado.

— Pensei que ainda estivesse bravo comigo — disse Mihály. — Da última vez nós nos encontramos em Londres, na embaixada húngara, e você saiu da sala. Mas, é claro, agora você não tem mais por que estar bravo — prosseguiu, ao ver que János não respondia. — Estamos mais sérios. Todos ficamos mais sérios, e aos poucos esquecemos por que sentimos raiva de alguém durante décadas.

— Você fala como se soubesse por que eu estava bravo com você.

— É claro que eu sei — retrucou Mihály, e de novo ficou vermelho.

— Se você sabe, diga — disse Szepetneki belicoso.

— Não aqui... na frente da minha esposa.

— Não me incomoda. Seja corajoso. Por que você acha que não falei com você em Londres?

— Porque houve um tempo em que eu pensava que você tinha roubado o meu relógio de ouro. Mas hoje eu sei quem o roubou.

— Viu como você é imbecil? Quem roubou o seu relógio de ouro fui eu.

— Então foi mesmo você?

— Eu mesmo.

Erzsi se remexia inquieta na cadeira, porque tinha a sensibilidade de analisar as pessoas, pelo rosto e pelas mãos de János

Szepetneki, considerava-o capaz de, de vez em quando, roubar um relógio de ouro, e apertou angustiada contra si a bolsa em que estavam os passaportes e cheques de viagem. Ficou muito surpresa e lhe causou mal-estar que Mihály, em geral muito cauteloso, levantasse a questão do relógio, e o silêncio foi insuportável, o silêncio de quando um homem diz a outro que roubou o seu relógio e eles depois se calam. Levantou-se e disse:

— Vou voltar para o hotel. Os cavalheiros têm assuntos a tratar...

Mihály olhou para ela muito irritado:

— Fique aqui. Agora você é a minha esposa, tudo diz respeito também a você.

E, com isso, voltou-se para János Szepetneki e gritou:— Então, por que não me cumprimentou em Londres?

— Você sabe muito bem por quê. Se não soubesse, não estaria tão furioso agora. E você sabe que tenho razão.

— Seja claro.

— Você entende de não compreender as pessoas como entendia de não encontrar os que desapareceram da sua frente e que você não procurou mais. É por isso que eu estava bravo com você.

Mihály ficou em silêncio por algum tempo.

— Se você quisesse se encontrar comigo... em Londres nós nos encontramos.

— Sim, mas por acaso. Isso não conta. Além disso, você sabe bem que não falo de mim.

— Se você se refere a outros... de nada adiantaria eu procurá-los.

— Por isso você nem os procurou, não é? Embora talvez bastasse apenas estender a mão. Mas agora você tem uma chance. Ouça bem. Escute, acho que encontrei Ervin.

O rosto de Mihály se transformou na hora. A ira e o espanto deram lugar a uma viva curiosidade.

— Não diga! Onde ele está?

— Ainda não sei exatamente, mas está na Itália, num mosteiro da Úmbria ou da Toscana. Eu o vi em Roma, acompanhava muitos frades numa procissão. Não poderia ir até ele sem perturbar o ritual. Mas havia ali um padre conhecido de quem fiquei sabendo que os frades vinham de uma ordem da Úmbria ou da Toscana. Era isso que eu queria lhe contar. Como você está aqui na Itália, poderia me ajudar a procurá-lo.

— Sim. Obrigado. Mas não sei se vou ajudar. Nem saberia como. E ainda por cima estou em lua-de-mel, não posso percorrer todos os mosteiros da Úmbria e da Toscana. E nem sei se Ervin tem vontade de me encontrar. Se ele quisesse me ver, teria me avisado sobre o seu paradeiro há muito tempo. E agora vá embora, János Szepetneki. Espero não o ver por mais alguns anos.

— Vou mesmo. A sua mulher, a propósito, é muito antipática.

— Não perguntei a sua opinião.

János Szepetneki subiu na motocicleta.

— Pague a minha limonada — gritou e desapareceu na escuridão que entrementes os envolvera.

O casal ficou ali, em silêncio durante um longo tempo. Erszi estava irritada, embora por outro lado achasse a situação cômica. Colegas de escola que se encontram... Parece que as coisas de estudante tocavam Mihály profundamente. Um dia ela teria de perguntar quem eram esse Ervin e esse Tamás... embora fossem repulsivos. Erzsi, de modo geral, não gostava dos jovens e dos despreparados.

O que a irritava de verdade, porém, era algo muito diferente. É claro que a irritava não agradar nem um pouco a János Szepetneki. Não que fosse minimamente importante o que pensasse dela alguém com aquela... com aquela existência duvidosa. Ainda assim, não há nada mais desastroso para uma mulher que a opinião dos amigos do marido. Em se tratando de mulheres, os homens são inacreditavelmente influenciáveis. É verdade que esse Szepetneki não era amigo de Mihály. Ou melhor, não era amigo no sentido convencional da palavra, mas parecia haver uma ligação muito forte entre eles. E, além disso, o pior dos homens também pode influenciar o outro nesses assuntos.

— Que o diabo o carregue, por que não gostou de mim?

Na realidade, Erzsi não estava nada acostumada àquilo. Era uma mulher rica, elegante, bem-vestida, os homens a achavam atraente, ou ao menos simpática. Sabia que o fato de todos os homens falarem dela com admiração tivera um papel muito importante na paixão de Mihály. Muitas vezes suspeitara de que Mihály nem a via com os próprios olhos, e sim com os dos outros. Como se dissesse para si mesmo: "Quanto eu desejaria essa tal Erzsi se eu fosse como os demais." E agora vinha esse malandro, e ela não o agradara. Não resistiu em não falar no assunto.

— Diga, por favor, por que não agradei ao seu amigo, o batedor de carteiras?

Mihály abriu um sorriso.

— Que nada. Não é de você que ele não gosta. Não gosta que você seja a minha esposa.

— Por quê?

— Porque acha que por sua causa eu traí a minha juventude, a nossa juventude comum. Que eu me esqueci dos... E construí a minha vida baseado em outras relações. Mas... E você ainda diz que tenho belos amiguinhos. Eu poderia responder que Szepetneki não é meu amigo, o que, naturalmente, seria fugir da pergunta. Mas... como posso dizer... existem pessoas assim... O roubo do relógio foi um exercício infantil. Desde então Szepetneki se tornou um delinqüente ilustre; numa época em que teve muito dinheiro me obrigou a aceitar diversas quantias que eu não podia lhe devolver porque não sabia por onde vagabundeava, e ele também já esteve preso e me escreveu de Baja para que lhe mandasse cinco coroas. E de vez em quando aparece e sempre fala alguma coisa muito desagradável. Mas estou simplesmente dizendo que há gente assim também. Se não sabia, pelo menos agora você viu. Diga, por favor, será que poderíamos conseguir uma garrafa de vinho por aqui para tomá-la em casa? Estou cansado dessa vida social na *piazza*.

— Você pode conseguir no hotel, que tem também restaurante.

— E não vai ser um escândalo tomá-lo no quarto? Será que é permitido?

— Mihály, você vai me levar para o túmulo com esse medo dos garçons e dos hoteleiros.

— Já expliquei. Disse que eles são as pessoas mais maduras do mundo, e que no estrangeiro não quero fazer nada fora das regras.

— Está bem. Mas por que você vai beber de novo?

— Tenho de tomar alguma coisa de qualquer maneira. Porque quero contar a você quem foi e como morreu Tamás Ulpius.

Capítulo 4

— Preciso te contar as coisas acontecidas há muito tempo porque são muito importantes. As coisas importantes, de um modo geral, aconteceram há muito tempo. E enquanto não souber delas, não me leve a mal, você até certo ponto vai estar na minha vida apenas como uma recém-chegada.

"No meu tempo de ginásio a minha principal diversão era passear. Ou, quem sabe, vagabundear. Em se tratando de um adolescente, essa expressão é mais precisa. Descobri um a um, sistematicamente, todos os cantos de Budapeste. Para mim, cada parte da cidade, ou melhor, cada pedaço de rua tinha uma atmosfera diferente. Por outro lado, ainda hoje sou capaz de me entreter com as casas exatamente como naquele tempo. Nisso não envelheci. As casas significam muito para mim. Representam o que no passado era a natureza para os poetas, ou o que eles chamavam de natureza.

"Eu tinha preferência pela cidadela de Buda. Nunca me cansei de suas velhas ruas. Também então as coisas antigas me atraíam mais que as novas. Aos meus olhos somente o que absorvera muitas vidas humanas continha uma realidade mais profunda, tornada permanente pelo passado, como a senhora de Kelemen Kömíves enterrada no castelo de Deva.

"Você percebe a beleza com que me expresso? Talvez seja efeito desse bom vinho de Sangiovese.

"Vi Tamás Ulpius na cidadela muitas vezes porque ele morava lá. Ele me parecia, no conjunto, muito romântico, mas me agradava em especial a melancolia loura, de arquiduque, frágil, de seu rosto, e também tudo o mais. Era contidamente educado, usava roupas escuras e não travava amizade com os colegas de classe. Nem comigo.

"E agora preciso falar de mim de novo. Você sempre me conheceu como um jovem musculoso, de ombros largos, mais velho, com o rosto liso, sereno, o rosto que em Budapeste chamam de cara-de-pau, e, além disso, você sabe que sempre estou ao menos um pouco sonolento. Bem, no tempo do ginásio eu era completamente diferente. Eu mostrei a você o meu retrato da época, em que você pôde ver como o meu rosto era magro, faminto, aflito, estático. Desconfio de que eu fosse muito feio — mas apesar disso prefiro o meu rosto de então. Imagine para ele um corpo de adolescente apropriado, um rapaz magro, anguloso, curvado pelo crescimento acelerado. E uma personalidade frágil e ávida.

"Assim, você pode imaginar que eu não era saudável nem de corpo, nem de alma. Era anêmico e torturado por depressões terríveis. Aos 16 anos, depois de uma pneumonia, comecei a ter alucinações. Quando lia, sentia muitas vezes que havia alguém às minhas costas espiando a página. Eu tinha de me virar para me convencer de que não havia ninguém. Ou de noite acordava horrorizado com a impressão de que havia alguém junto da cama me olhando. É claro que não havia ninguém. Sentia-me envergonhado o tempo todo. Aos poucos, a minha situação na família se tornou insustentável em virtude da vergonha permanente. Durante o almoço eu me ruborizava, e numa certa época o menor motivo era suficiente para que eu sentisse que cairia no choro. Nessas ocasiões saía correndo da sala. Você sabe como os meus pais são pessoas corretas; pode imaginar quanto se decepcionavam e se espantavam, e quanto meus irmãos e Edit me ridicularizavam. Por fim, a coisa chegou a tal ponto que fui obrigado a inventar uma aula particular de francês na escola às duas e meia para que pudesse almoçar sozinho, antes dos demais. Depois consegui que guardassem o jantar para mim.

"Somou-se a isso tudo, como o pior dos sintomas, o abismo. Sim, o abismo. Às vezes sentia que o chão a meu lado se abria e eu me via à beira de um terrível abismo. Você não tem de levar o abismo ao pé da letra, eu nunca o vi, não era uma visão, eu apenas sabia que ele estava ali. Ou melhor, sabia também que não estava ali; apenas o imaginava; pois você sabe como essas coisas são complicadas. Mas o fato é que, quando a sensação do abismo se apoderava de mim, eu não tinha coragem de me mexer, era incapaz de dizer uma palavra e acreditava que estava tudo acabado.

"A sensação, porém, não durava muito e eu não tive muitas dessas crises. Uma vez, numa aula de desenho, ela foi muito desagradável. A terra acabara de se abrir a meu lado quando fui chamado para responder a uma prova oral. Não me movi, simplesmente continuei sentado no meu lugar. O professor repetiu o meu nome e, quando percebeu que eu não me mexia, ele se levantou e se aproximou de mim. 'O que você tem?', perguntou. É claro que não respondi. Ficou me olhando durante algum tempo, depois voltou à mesa e chamou outro aluno. Era uma alma tão boa que nunca comentou o acontecido. A atitude dele levou os meus colegas de classe a fazer muitos comentários. Achavam que eu não me apresentara para a chamada por rebeldia, como um desafio, e que o professor teria se intimidado. De súbito, passaram a me admirar, conquistei uma popularidade inacreditável na escola inteira. Uma semana depois, o mesmo professor chamou János Szepetneki, que você conheceu hoje. Szepetneki assumiu o ar mais provocador possível e continuou sentado. Nisso, o professor se levantou, foi até ele e lhe desferiu um tremendo bofetão. A partir de então Szepetneki se convenceu de que eu gozava de uma enorme proteção.

"Mas falemos de Tamás Ulpius. Um dia, caiu a primeira neve. Eu esperava ansioso que a aula terminasse, para almoçar sozinho e logo correr para a cidadela. Tinha uma paixão especial pela neve, porque sob a neve a cidade era inteiramente diferente, a ponto de podermos nos perder entre ruas conhecidas. Vaguei durante muito tempo, depois fui até o passeio do Bastião e olhei na direção das colinas de Buda. De súbito, a terra se abriu de novo a meu lado. O abismo era mais plausível, pois eu estava em um lugar elevado. Como havia encontrado o abismo diversas vezes, não me horrorizei muito, cheguei a esperar com certa fleuma que a terra se fechasse de novo e o abismo desaparecesse. Esperei assim durante algum tempo, não saberia dizer quanto, porque nessas horas a noção de tempo nos abandona como nos sonhos ou quando fazemos amor. No entanto, tenho certeza de que o abismo durou mais que os precedentes. Escureceu, e o abismo continuava ali. 'O abismo de hoje é muito persistente', pensei. E nessa hora percebi aterrorizado que o abismo se ampliava, apenas dez centímetros me separavam da borda, e ele aos poucos se aproximava dos meus pés.

'Mais alguns minutos e vai ser o meu fim, vou despencar.' Agarrei-me contorcido ao corrimão.

"Em seguida o abismo me alcançou. O chão cedeu sob os meus pés e fiquei pendurado no vazio, preso ao corrimão de ferro com as mãos. 'Se as minhas mãos se cansarem', pensei, 'vou cair'. Em silêncio, resignado, comecei a rezar, preparei-me para a morte.

"E então notei que Tamás Ulpius estava a meu lado.

"'O que há com você?', perguntou, e pôs a mão no meu ombro.

"Naquele instante, o abismo desapareceu; eu teria desabado de cansaço se Tamás não me segurasse. Apoiou-me num banco e esperou que eu descansasse. Quando melhorei, contei a história do abismo pela primeira vez na minha vida. Nem sei dizer como aconteceu — em poucos minutos ele se tornou o meu melhor amigo. O amigo com quem os adolescentes sonham não com menos intensidade, porém com mais seriedade e mais profundidade, do que com o primeiro amor.

"Depois disso, passamos a nos encontrar todos os dias. Tamás não queria vir à minha casa, dizia que não gostava de ser apresentado a pessoas novas, mas em contrapartida logo me convidou à casa dele. Assim fui ter na casa dos Ulpius.

"Os Ulpius moravam no segundo andar de uma casa muito velha e decadente. Entretanto, a casa era velha e decrépita somente por fora; por dentro era bonita e confortável como os velhos hotéis italianos. Por outro lado, em muitos aspectos era fantasmagórica; com os quartos grandes e os objetos de arte, parecia um museu. O pai de Tamás Ulpius era arqueólogo e diretor de museu. O avô, por sua vez, fora um dia relojoeiro e sua oficina ficava na casa. Ocupava-se por conta própria com relógios antigos e com toda espécie de mecanismos de relógio que ele mesmo inventava.

"A mãe de Tamás morrera. Tamás e Éva, a irmã mais nova, odiavam o pai e o acusavam de ter levado a mãe à morte com sua frieza sombria quando ela ainda era muito nova. Essa foi, logo na primeira visita, a primeira impressão assustadora na casa dos Ulpius. Éva disse que os olhos do pai eram como botões de polainas (no que ela, na verdade, tinha toda razão), enquanto no tom mais natural do mundo Tamás disse: 'Meu pai é um sujeito tremendamente asqueroso', no que ele também tinha razão. Você sabe que eu cresci numa família muito apegada, gostava muito dos meus pais e dos meus irmãos, sempre adorei o meu pai, era incapaz de imaginar que pais e filhos pudessem não se gostar, ou que filhos julgassem o comportamento dos pais como se fossem estranhos. Essa foi a primeira grande revolta com que me deparei na vida. E a revolta, de um modo estranho, me soava muito familiar, embora não me passasse pela cabeça revoltar-me contra o meu pai.

"Tamás não suportava o pai, mas compensava a falta com o amor que tinha pelo avô e pela irmã. A intensidade do amor pela irmã também parecia uma rebeldia. Eu também gostava dos meus irmãos, não brigava muito com eles, levava a união familiar a sério, na medida em que a minha natureza sonhadora e distraída permitia. Entre nós, porém, não era costume os irmãos demonstrarem amor uns pelos outros, achávamos ridícula, ou melhor, vergonhosa, toda demonstração de afeto entre nós. Creio que seja assim na maioria das famílias. No Natal não nos comprávamos presentes; quando algum de nós saía ou voltava para casa, não cumprimentava os demais, e se viajássemos escrevíamos cartas formais apenas para os pais e no final acrescentávamos: lembranças para Péter, Laci, Edit e Tivadar. Entre os Ulpius era bem diferente. Os dois irmãos se tratavam com um carinho especial e nas despedidas trocavam beijos emocionados, ainda que saíssem apenas por uma hora. Mais tarde descobri que sentiam pelo outro um ciúme excessivo em razão, em grande parte, do fato de que não tinham amizade com mais ninguém.

"Ficavam juntos dia e noite. Digo de noite porque viviam no mesmo quarto. Do meu ponto de vista, esse hábito era o mais estranho. Em casa separaram Edit de nós, os rapazes, aos 12 anos de idade, e desde então se desenvolveu à sua volta um círculo feminino, amigas a visitavam, bem como amigos que não conhecíamos, e eles se entregavam a diversões que nós desprezávamos. Os meus devaneios adolescentes foram alimentados pelo fato de Éva e Tamás dormirem juntos. Eu pensava que assim a diferença sexual entre eles de certa forma se apagasse, e aos meus olhos os dois vestiam uma fantasia de andrógino. Com Tamás eu, de um modo geral, falava com delicadeza e educação, como se faz com as mulheres; com Éva, por outro lado, eu não sentia a tensão entediante presente nas suas amigas, ou seja, nos seres formalmente tidos como mulheres.

"Com o avô, que, nas horas mais improváveis, muitas vezes no meio da noite e nos trajes mais excêntricos, usando aventais e cartolas, se arrastava para o quarto dos dois irmãos, eu tinha dificuldade de me acostumar. Os irmãos sempre o acolhiam com ovações cerimoniosas. No início eu me entediava com as histórias do velho e não o compreendia bem, porque ele falava em alemão com um sotaque da região do Reno, pois emigrara para a Hungria vindo de Colônia. Mais tarde, porém, descobri o sabor de suas narrativas. O velho era uma enciclopédia viva de Budapeste. Para mim, o amigo da casa, ele representava um verdadeiro presente. Era capaz de contar a história de todas as casas e de todos os proprietários da cidadela, de modo que as casas da cidadela, que até então eu conhecia apenas de vista, aos poucos se transformaram em minhas conhecidas íntimas.

"O pai deles eu também odiava. Nem lembro se chegamos a nos falar. Quando me via, grunhia alguma coisa e me dava as costas. Os dois Ulpius sofriam terrivelmente sempre que tinham de jantar com o pai. Sentavam-se em um grande salão e durante o jantar nenhum deles dizia uma única palavra. Em seguida, Tamás e Éva se acomodavam e o pai andava de um lado para o outro no grande recinto iluminado apenas por uma luminária de pé. Quando o pai chegava a uma extremidade distante do salão, sua figura se perdia na escuridão. Se por acaso se falassem, o pai se aproximava: 'Sobre o que estão falando?', perguntava contrariado. Mas por sorte ficava pouco em casa. Embriagava-se com aguardente, solitário, em pequenas tavernas, como as pessoas de mau-caráter.

"Quando nos conhecemos Tamás trabalhava em um estudo sobre a história das religiões. O estudo tratava também de suas brincadeiras de criança. Ele, entretanto, elaborava o tema ao modo da história comparativa das religiões. Era um trabalho muito estranho, metade uma paródia da história das religiões, metade um estudo tremendamente sério sobre si próprio.

"Tamás era maníaco pelas coisas antigas, como eu. No caso dele nem era de admirar: se por um lado revelava a herança paterna, por outro a casa deles parecia um museu. Para Tamás as antigüidades eram naturais, e o moderno era estranho, desconhecido. Ansiava o tempo todo pela Itália, onde tudo era antigo e lhe dizia respeito. E, bem, eu agora estou aqui e ele jamais conseguiu vir. A minha atração pelas coisas antigas é mais uma apreciação passiva e um desejo intelectual de conhecimento; a atração de Tamás ocupava ativamente a sua fantasia.

"Encenava História o tempo todo.

"É preciso imaginar a vida dos dois irmãos na casa dos Ulpius como um teatro permanente, uma eterna *commedia dell'arte*. O menor pretexto bastava para despertar a coisa, para que Tamás e Éva encenassem algo, ou melhor, para que atuassem, como eles diziam. O avô contava alguma coisa sobre uma condessa da cidadela enamorada por seu cocheiro, e Éva de imediato se transformava numa condessa e Tamás num cocheiro; ou o velho contava como os serviçais da Walachia do juiz Majláth o assassinaram, e Éva se transformava em juiz e Tamás em serviçal; ou desenvolviam dramas históricos trágicos mais longos, mais complicados e em vários episódios. As dramatizações, naturalmente, apresentavam os acontecimentos em linhas gerais, como a *commedia dell'arte*: com uma ou duas peças de roupa, principalmente do guarda-roupa inesgotável e surpreendente do avô, simbolizavam o figurino, depois travavam um diálogo não muito longo, porém extremamente barroco, rebuscado, e em seguida vinha o assassinato ou o suicídio. Ao relembrar vejo que as peças improvisadas sempre se encaminhavam no sentido de representações de mortes violentas. Dia após dia, Tamás e Eva se asfixiavam, se envenenavam, se perfuravam com lanças ou se cozinhavam em óleo.

"Não eram capazes de imaginar o futuro, se é que pensavam nele, a não ser ligado ao teatro. Tamás se preparava para ser dramaturgo, e Éva, para ser uma grande atriz. A palavra "preparo", entretanto, não é muito adequada, porque Tamás jamais escreveu uma peça, e a Éva não ocorria nem em sonhos cursar uma escola de arte dramática. No entanto, freqüentavam o teatro com muita paixão. Apenas o Nacional; Tamás sentia náuseas das peças leves como diante da arquitetura moderna; preferia os dramas clássicos em que havia abundância de assassinatos e de suicídios.

"Para ir ao teatro, porém, precisavam de dinheiro, e creio que o pai não lhes dava nenhuma mesada. Uma pequena renda vinha da velha cozinheira, a preocupação terrena dos Ulpius, que do dinheiro da economia doméstica juntava alguns centavos para os jovens. E o avô aqui e ali conseguia algumas coroas de fontes ocultas; imagino que as ganhasse no mercado negro. Mas isso naturalmente não bastava para satisfazer a obsessão dos Ulpius pelo teatro.

"Com o dinheiro era Éva quem se preocupava. A palavra dinheiro não podia ser proferida diante de Tamás. Éva de fato se encarregava; na questão de arranjar dinheiro era extremamente engenhosa. Conseguia vender tudo o que era vendável por um bom preço; de tempos em tempos vendia uma preciosidade do museu doméstico, embora o risco fosse grande por conta do pai, e Tamás também sentia falta de uma antigüidade familiar. Às vezes Éva arranjava empréstimos surpreendentes, no verdureiro, na doceira, na farmácia e até mesmo na empresa de fornecimento de energia. E se isso tudo não resolvesse, roubava. Roubava da cozinheira; com uma coragem que desafiava a morte roubava do pai, aproveitando-se de sua embriaguez. Essa era a fonte de renda mais confiável e, num certo sentido, a mais honesta. Porém, ela uma vez conseguiu tirar dez coroas do caixa de uma doceira, feito de que se orgulhava muito. E houve outros episódios mais que não vou contar. Ela roubou também de mim. Quando percebi e me queixei com amargura, em vez de me roubar ela passou a me cobrar um imposto regular: toda semana eu tinha de ceder uma certa quantia para as necessidades da família. Tamás, é claro, não podia saber de nada.

Aqui, Erzsi o interrompeu:

— Insanidade moral.

— Sim, é isso mesmo — prosseguiu Mihály. — As expressões técnicas são muitíssimo tranqüilizadoras. E até certo ponto servem como desculpa. 'Não é um ladrão, e sim doente da cabeça.' Mas Éva não era nem doente da cabeça, nem ladra. Só não tinha nenhum sentimento moral no que dissesse respeito a dinheiro. Os dois irmãos Ulpius se situavam tão fora do mundo, da ordem econômica e social, que não faziam idéia de como se podia ou não arranjar dinheiro. Para eles o dinheiro não existia. Sabiam apenas que em troca de determinados pedaços de papel, nada bonitos, e alguns discos de prata eles podiam ir ao teatro. A grande mitologia abstrata que cerca o dinheiro, a base dos sentimentos religiosos e morais do homem moderno e os rituais de sacrifício ao deus-dinheiro, o 'trabalho honesto', a economia, o lucro e coisas parecidas eram para eles conceitos desconhecidos. Com essas coisas a gente nasce, e com eles isso não aconteceu; ou as aprendemos em casa, como no meu caso, mas na casa deles o avô preferia ensinar a história das construções da cidadela.

"Você não é capaz de imaginar como eles eram irreais, como se horrorizavam diante de toda realidade prática. Nunca tiveram um jornal nas mãos, não faziam idéia do que acontecia no mundo. Estava se travando uma guerra mundial, mas ela não os interessava. Na escola, durante uma prova oral, revelou-se que Tamás nunca ouvira falar de István Tisza. Quando Przemysl caiu, Tamás pensou que se tratasse de um comandante russo e expressou, educado, a sua alegria; quase o surraram. Tempos depois os rapazes mais inteligentes discutiam sobre Ady e Babits; Tamás era da teoria de que todos falavam de generais, e sobre Ady acreditou durante muito tempo que fosse um comandante militar. Os rapazes mais inteligentes, bem como os professores, consideravam Tamás estúpido. Seu gênio estranho, seu conhecimento de História eram inteiramente ignorados na escola, coisa que ele não lamentava nem um pouco.

"Eles também se situavam fora das normas costumeiras da vida em todos os demais aspectos. A Éva talvez ocorresse às duas da madrugada que na semana anterior esquecera o caderno de francês no morro Sváb; nisso, os dois se levantavam, se vestiam, subiam o morro e por ele perambulavam até de manhã. No dia seguinte, Tamás perderia a escola numa indiferença majestosa. Éva elaborava os boletins dele com a assinatura do velho Ulpius. Ela não freqüentava a escola de modo algum, não tinha nenhuma ocupação, e se entretinha solitária, como um gato.

"Eu podia aparecer na casa deles a qualquer hora, jamais se incomodavam, prosseguiam suas vidas como se estivessem sozinhos. De noite também recebiam com prazer, mas na minha época de ginásio eu não podia ir à casa deles de noite por conta da disciplina da minha casa, a não ser depois do teatro, por um tempo curto — eu sempre sonhava em como seria bom dormir na casa deles. Depois de formado eu me habituei a passar a noite lá.

"Mais tarde, li num célebre ensaio inglês que o traço fundamental dos celtas era a rebeldia contra a tirania da realidade. Pois desse ponto de vista os dois Ulpius eram celtas. Assinalo de passagem que Tamás e eu éramos aficionados pelos celtas, pela lenda do Santo Graal e por Parsifal. Talvez por isso eu me sentisse tão bem entre eles, porque eram como os celtas. Com eles eu me encontrei. Descobri por que me sentia vergonhosamente estranho na casa dos meus pais. Era porque nela imperavam os fatos. Entre os Ulpius eu me sentia em casa. Eu ia para lá todos os dias e passava com eles todo o meu tempo livre.

"Quando penetrei a atmosfera da casa dos Ulpius o meu sentimento de vergonha permanente desapareceu, e desapareceram também os sintomas de nervosismo. Deparei-me com o abismo pela última vez quando Tamás Ulpius me arrancou dele. Ninguém mais me olhava por sobre os ombros nem me encarava de noite no escuro. Dormia em paz, a vida me dava o que eu esperava dela. Fisicamente também me recuperei, o meu rosto perdeu as rugas. Esse foi o período mais feliz da minha vida, e quando um cheiro ou certa luminosidade desperta em mim a antiga lembrança, ainda hoje me invade uma felicidade excitante, vertiginosa e distante, a única felicidade que conheci.

"É claro que eles não ofereciam a felicidade de graça. Para que me sentisse em casa com os Ulpius eu também precisava romper com o mundo dos fatos. Tinha de escolher: não se podia levar uma vida dupla. Perdi o hábito de ler jornais e rompi com os amigos mais inteligentes. Aos poucos eles passaram a me achar tão idiota quanto Tamás; isso me doía muito, porque eu era vaidoso e sabia que era inteligente — mas não havia saída. Separei-me completamente dos de casa; falava com os meus pais e irmãos com a educação contida que aprendera com Tamás; a ruptura que à época aconteceu entre nós eu até hoje não consegui reparar, por mais que tenha tentado, e desde então sinto culpa em relação à minha família. Mais tarde, procurei ceder para corrigir a sensação de distância, mas essa é outra história…

"Meus pais acompanharam a minha transformação horrorizados. Reuniam-se para conselhos familiares angustiados com todos os meus tios e concluíram que eu precisava de uma mulher. Meu tio, muito constrangido e recorrendo a inúmeras figuras de linguagem, me comunicou a decisão. Ouvi interessado, mas não mostrei nenhuma predisposição para aceitá-la; tanto menos porque Tamás, Ervin, János Szepetneki e eu havíamos decidido que não poríamos a mão em mulheres, pois éramos os novos Cavaleiros do Graal. A idéia da mulher aos poucos ficou para trás e os meus pais se conscientizaram de que o meu caso não tinha solução. Creio que a minha mãe até hoje recomenda cautela aos empregados e aos novos conhecidos que visitam a casa, uma vez que eu não sou uma pessoa normal. Embora... passassem muitos anos sem que se pudesse demonstrar mesmo por meio de um exame microscópico alguma coisa que não fosse normal em mim.

"Não saberia dizer qual foi a mudança que inquietou os meus pais. É verdade que os dois Ulpius exigiram de todas as formas que eu me identificasse a eles, e eu me identifiquei de bom grado, ou melhor, feliz. Deixei de ser bom aluno. Reconsiderei as minhas opiniões e passei a sentir aversão por inúmeras coisas que até então me agradavam: pelo exército e pelo orgulho nascido nos campos de batalha, pelos colegas de classe, pelos pratos húngaros e por tudo o que na escola chamassem de 'fortão' ou de 'bom sujeito'. Abandonei o futebol que antes praticava obsessivamente; a esgrima era o único esporte permitido, praticado pelos três com um empenho especial. Lia muito para acompanhar o passo de Tamás, embora isso não fosse difícil. Dessa época vem meu interesse pela história das religiões, perdido como tantas outras coisas depois que me tornei mais sério.

"Ainda assim eu tinha um sentimento de culpa em relação aos dois Ulpius. Sentia que os enganava. Pois o que para eles era uma liberdade natural para mim era rebeldia sofrida. Sou burguês em excesso, fui educado assim em casa, como você bem sabe. Tive de respirar profundamente e me custou muito conseguir jogar a cinza do cigarro no chão; Tamás e Éva nem sequer imaginavam uma possibilidade diferente. Quando às vezes me decidia, heroicamente, a faltar à escola junto com Tamás, eu passava o dia todo com dores de estômago. Segundo a minha natureza, eu acordava cedo pela manhã e sentia sono à noite, tinha mais fome na hora do almoço e do jantar, gostava de comer em pratos, e não me agradava começar pela sobremesa, apreciava a ordem, e sentia muito medo de policiais. Perante os Ulpius eu tinha de esconder o burguês responsável e amante da ordem. Apesar de tudo, eles sabiam dessas minhas qualidades, tinham suas opiniões a respeito delas, mas eram delicados e não diziam nada, desviavam os olhos com certa benevolência quando vez ou outra aflorava a minha vontade de organização ou de economia.

"Difícil mesmo era participar de suas peças. Falta em mim toda aptidão para o teatro, sou terrivelmente envergonhado, e no início quase morri quando me vestiram o colete vermelho do avô para que eu fosse o papa Alexandre VI em um drama em capítulos sobre os Bórgia. Mais tarde acabei aprendendo, porém jamais consegui improvisar um belo texto barroco como eles. Por outro lado, eu me revelei um excelente sacrificado. Eu era o melhor para ser envenenado ou cozido em óleo. Muitas vezes fui apenas multidão submetida à crueldade de Ivã, o Terrível, e tive de estertorar e morrer 25 vezes em seqüência de diversas maneiras. A minha técnica de estertoração em especial fazia muito sucesso.

"Erzsi, por você ser a minha mulher eu preciso confessar, embora me seja difícil falar sobre isso mesmo depois de tanto vinho: eu gostava muito de ser o sacrificado. Começava a pensar na cena já de manhã e durante o dia todo esperava ansioso que chegasse a hora..."

— Por que você gostava de ser o sacrificado? — perguntou Erzsi.

— Hum... por razões eróticas, se é que você entende o meu raciocínio... sim. Mais tarde eu mesmo passei a inventar as histórias em que, segundo o meu desejo, eu era sacrificado. Por exemplo, como nos filmes daquele tempo (o cinema começara à época a alimentar as fantasias), Éva fazia uma rufiã que me atraía para um covil, lá me embebedava, e depois eu era roubado e morto. Ou representávamos a mesma coisa numa versão histórica, como a lenda de Judite e Holofernes, de que eu gostava muito. Ou eu era um comandante russo, Éva uma espiã, que me entorpecia e furtava o plano de batalha. Tamás talvez fosse um ajudante-de-ordens muito hábil, perseguiria Éva e recuperaria o segredo, porém Éva muitas vezes anularia sua ação e os russos sofreriam uma derrota terrível. O enredo se configurava ali, durante o jogo. Curiosamente, as encenações também agradavam muito a Tamás e a Éva. Ao contrário deles, eu sempre me envergonhava por eles, como ainda hoje me envergonho de falar nisso. Éva gostava de ser a mulher que traía, denunciava e matava os homens, Tamás e eu gostávamos de ser o homem traído, denunciado, morto ou muito humilhado...

Mihály se calou e bebeu. Passado algum tempo, Erzsi perguntou:

— Diga, você estava apaixonado por Éva Ulpius?

— Não, acho que não. Se tivesse de fazer uma escolha, a minha paixão seria por Tamás. Ele era o meu ideal. Éva não era criativa e servia como um instrumento erótico nas peças. Mas eu também não diria sem hesitação que estivesse apaixonado por Tamás, porque o termo pode ser mal-entendido, você poderia pensar que existisse uma ligação homoerótica doentia entre nós, embora não houvesse sombra disso. Ele era o meu melhor amigo, no grande sentido adolescente da palavra, e o que era doentio, como eu disse antes, tinha uma natureza diferente e mais profunda.

— Mas diga, Mihály... é tão difícil imaginar... vocês conviveram durante anos e não aconteceu nem um flerte inocente entre você e Éva Ulpius?

— Não, nenhum.

— Como é possível?

— Como?... Na verdade... Talvez porque fôssemos tão íntimos que não podíamos flertar nem nos apaixonar um pelo outro. O amor exige uma distância, que os amantes percorrem para se encontrar. Naturalmente, a proximidade é apenas ilusória, porque o amor na realidade afasta. O amor é polaridade: os amantes são dois pólos opostos do mundo.

— Você diz coisas muito inteligentes para essa hora da noite. Mas não esclarece muito bem a situação. Talvez a moça fosse feia?

— Feia? Foi a mulher mais bonita que vi na vida. Não, não é bem isso. Ela é a mulher bonita à qual desde então comparo toda beleza. As minhas amadas sempre se pareceram com ela em alguma coisa, uma repetia as pernas, a outra a forma de erguer a cabeça, a terceira tinha a mesma voz ao telefone.

— Eu também?

— Você também... sim.

— Em que eu me pareço com ela?

Mihály enrubesceu e se calou.

— Diga. Quero muito saber.

— Como posso explicar?... Fique de pé, por favor, e venha aqui, pare do meu lado.

Erzsi se postou junto da cadeira de Mihály, ele enlaçou sua cintura e olhou para ela. Erzsi sorriu.

— Bem... é isso — disse Mihály. — Quando você sorri para mim de cima. Eva também sorria assim quando eu era sacrificado.

Erzsi se soltou e voltou ao seu lugar.

— Interessante — disse desanimada. — Você com certeza esconde alguma coisa. Não faz mal. Não acho que tenha obrigação de contar tudo. Eu também não me sinto culpada por não ter lhe falado sobre os meus anos de adolescência. Nem acho importante. Mas diga... você estava apaixonado por aquela moça. É só uma questão de palavras. De onde venho chamamos isso de amor.

— Não, estou dizendo que não estava apaixonado por ela. Apenas os outros.

— Que outros?

— É deles que vou falar agora. Durante anos a casa dos Ulpius não teve outro convidado a não ser eu. Quando entramos na oitava série, a situação mudou. Foi quando Ervin e János Szepetneki se juntaram a nós. Ao contrário de mim, eles vieram por causa de Éva e não de Tamás. Como todo ano, a escola organizou uma apresentação teatral, e como estávamos na oitava série, os papéis principais eram nossos. Tratava-se de uma peça de época, muito interessante, a não ser pelo fato de que nela havia um papel feminino muito importante. Os rapazes reuniam as qualidades de patinadores e dançarinos, mas o professor que dirigia a encenação, um padre jovem muito inteligente, que detestava mulheres, não achou nenhum deles apto para o papel. Eu comentei o problema com Éva. A partir de então, ela não teve mais sossego, sentia que chegara a hora de iniciar a carreira de atriz. Tamás, naturalmente, não queria ouvir falar na coisa, não achava nada elegante travar uma relação próxima, por assim dizer, familiar, com a escola. Éva, entretanto, insistiu muito para que eu falasse dela para o professor responsável, que gostava muito de mim, e ele me pediu que eu a levasse até ele. E eu a levei. Éva mal abriu a boca e o professor logo disse: 'A senhora vai fazer o papel, a senhora e mais ninguém.' Eva se sentiu segura, mencionou a oposição severa do pai ao teatro e resistiu por meia hora, antes de por fim ceder.

"Sobre a apresentação propriamente é claro que eu não quero falar agora, lembro apenas de passagem que Éva não fez nenhum sucesso, os pais reunidos, entre eles também a minha mãe, acharam que ela foi ousada em demasia, pouco feminina, um tanto vulgar, ou seja, de certo modo estranha. Ou melhor, intuíram a rebeldia, e sem que no desempenho, nos trajes ou no comportamento dela houvesse alguma coisa a ser criticada, sentiram-se feridos em seus princípios. Ela tampouco fez sucesso entre os rapazes, embora fosse mais bela que as moças da pista de patinação e da escola de dança. Os rapazes reconheciam que era muito bonita, 'mas de certa forma...', diziam, e davam de ombros. Os rapazes burgueses reproduziam desde o berço a atitude dos pais frente aos rebeldes. Somente Ervin e János, que à época também eram revoltosos, reconheceram a pequena rainha encantada em Éva.

"Hoje você viu János Szepetneki. Ele sempre foi assim. Era o melhor declamador da classe, em especial no papel de Cyrano. Carregava um revólver consigo e toda semana matava alguns assaltantes que pretendiam roubar os documentos secretos de sua mãe viúva.

Já naquele tempo ele tinha casos espetaculares com mulheres, enquanto os outros, apesar do esforço, não conseguiam mais que pisar os pés das parceiras de dança. Todo verão seguia para o campo de batalha e chegou à patente de general. Rasgava as roupas novas em minutos, porque sempre despencava de algum lugar. Sua ambição principal era me provar que era melhor do que eu. Acho que isso começou porque aos 13 anos, quando tivemos um professor que se dedicava ao estudo do crânio, e pelas saliências da minha cabeça, constatou que eu era talentoso, ao passo que na cabeça de János leu que ele não tinha nenhum talento. János nunca conseguiu se libertar disso, mencionou o episódio durante muitos anos, mesmo depois da formatura. Queria ser melhor do que eu em tudo: no futebol, nos estudos, em inteligência. Quando por fim desisti dessas três coisas, ele se perturbou e não soube mais o que fazer. Depois disso ele se apaixonou por Éva, porque achava que ela era apaixonada por mim. Sim, esse era János Szepetneki.

— E quem é Ervin?

— Ervin era um rapaz judeu, naquele tempo se aproximava do catolicismo, talvez sob a influência dos professores padres, embora eu imagine que ele na verdade seguisse um caminho interior. Antes, aos 16 anos, ele era o mais inteligente entre os rapazes inteligentes e pretensiosos; os rapazes judeus amadurecem mais cedo. Tamás o odiava pela inteligência e exibia um anti-semitismo explícito quando falávamos de Ervin.

"De Ervin ouvimos pela primeira vez sobre o freudismo, o socialismo, o círculo de março, ele foi o primeiro de nós a se deixar influenciar pelo mundo estranho que mais tarde se transformou na revolução de Károlyi. Escrevia versos lindos, ao modo de Endre Ady.

"Mais tarde, ele mudou de um dia para o outro. Fechou-se diante dos colegas de classe, mantinha contato somente comigo, porém seus versos, ao menos com os olhos de então, eu não entendia, e não me agradava sua iniciativa de escrever versos longos sem rima. Recolheu-se, lia, tocava piano, pouco sabíamos sobre ele. Depois, nós o vimos um dia na capela subindo ao altar para a comunhão com os outros rapazes. Assim descobrimos que ele se convertera ao catolicismo.

"Por que se converteu ao catolicismo? Na verdade, porque a beleza exótica do catolicismo o atraía. E também o atraía a severidade impiedosa dos dogmas e dos mandamentos morais. Acredito que houvesse nele alguma coisa que despertava a ascese, como outros cobiçam os prazeres. Ou seja, ele concentrava todas as razões pelas quais as pessoas se convertem e se tornam católicas fervorosas. E, além disso, existe mais uma coisa que à época eu não via com clareza. Ervin, como todos, exceto eu, na casa dos Ulpius, tinha alma de ator. Em retrospecto, desde a infância ele sempre representou alguma coisa. Representou o intelectual e o revolucionário. Não era espontâneo e natural, como se deve ser, nem de longe. Todas as palavras e gestos eram estilizados. Usava palavras antiquadas, era reservado, buscava o tempo todo oportunidades para fazer grandes papéis. Mas não representava como os Ulpius, que no instante seguinte se esqueciam do personagem e começavam uma nova peça: desejava representar o mesmo papel durante a vida toda, e no catolicismo ele o encontrou por fim: grandioso, digno e difícil. Não mudou mais de atitude e se aprofundou cada vez mais no personagem.

"Era um católico devotado, como o são às vezes os judeus em quem a herança de séculos não desgastou as grandes comoções do catolicismo. Não era católico como os deslumbrados e pobres colegas de escola que se confessavam diariamente, freqüentavam a congregação e se preparavam para o sacerdócio. O catolicismo deles era oportunista, o de Ervin era rebelião, um desafio ao mundo incrédulo e indiferente. Tinha opiniões católicas sobre tudo: sobre os livros, a guerra, os colegas de classe, sobre o pãozinho com manteiga do lanche. Era muito mais inflexível e dogmático que os professores religiosos mais exigentes. 'Quem pôs as mãos no cabo do arado não deve olhar para trás', era a frase bíblica que usava como palavra de ordem. Desligou de sua vida tudo que não fosse inteiramente católico. Zelava pela salvação da alma com um revólver engatilhado.

"A única coisa que preservou da existência precedente foi o vício do cigarro. Não me lembro de tê-lo visto alguma vez sem um cigarro.

"Embora resistisse a muitas tentações, Ervin gostava demais das mulheres. Na classe era ele o amante, numa atitude fanática, da mesma forma que János Szepetneki era o mentiroso. A classe inteira sabia dos seus amores, porque ele passeava a tarde toda com a garota da vez na colina Gellért e lhe escrevia versos. A classe respeitava os amores de Ervin porque sentia neles a intensidade e a poesia. Mas quando se converteu ao catolicismo, ele naturalmente desistiu do amor. Naquele tempo, os rapazes começavam a freqüentar as casas de tolerância. Ervin lhes dava as costas, nauseado. Enquanto os outros só procuravam as mulheres por farra e para se vangloriar, Ervin era o único que sabia de verdade o que era o desejo físico.

"Foi quando ele conheceu Éva. Na verdade, ela teve a iniciativa de provocá-lo. Porque Ervin era muito bonito: pele clara como o marfim, a testa alta, os olhos ardentes. E dele emanavam a singularidade, a obstinação, a rebeldia. Além disso, era gentil e delicado. Eu só o notei quando János apareceu com Ervin na casa dos Ulpius.

"A primeira tarde foi terrível. Tamás comportou-se com reserva, como um nobre, apenas de vez em quando dizia alguma coisa sem relevância, para impressionar os burgueses. Ervin e János, porém, não se impressionaram, pois não eram burgueses. János falou a tarde toda sobre suas experiências na caça às baleias e seus planos de negócios referentes ao melhor aproveitamento da plantação de cocos. Ervin ouvia, fumava e olhava para Éva; ela, por sua vez, estava muito diferente. Choramingava, se queixava, parecia feminina. Eu me senti muito mal. Senti-me como o cão que se dá conta de que vai ser obrigado a repartir um monopólio com dois outros cães ao sentar-se debaixo da mesa durante o almoço da família. Grunhi, mas desejaria chorar.

"As minhas visitas se tornaram mais raras; procurava aparecer apenas na ausência de Ervin e de János. Além de tudo, estávamos para nos formar; eu tinha de me dedicar aos estudos, e tentava passar também para Tamás os conhecimentos essenciais. De algum modo, passamos pela formatura. Consegui arrastar Tamás para a escola, embora naquele dia ele não quisesse nem se levantar. Depois disso, a vida grandiosa na casa dos Ulpius recomeçou.

"Tudo mudara para melhor. Os Ulpius foram mais fortes. Assimilaram Ervin e János completamente. Ervin cedeu em seu rigor, assumiu uma atitude muito gentil, embora afetada, suas frases pareciam sempre entre aspas, enfatizava com isso que não concordava inteiramente com o que dizia e fazia. János se tornou mais silencioso e sentimental.

"Aos poucos voltamos aos jogos de encenação e eles se tornaram mais elaborados, enriquecidos pela ousadia de János e pela fantasia poética de Ervin. János, naturalmente, se mostrou um ator excelente. Suas falas e soluços atropelavam os demais (porque preferia representar o papel de amante), de modo que tínhamos de parar a encenação e esperar que se acalmasse. O papel preferido de Ervin era o de fera; foi muito bem-sucedido como o bisão vencido por Ursus (eu), e foi também um unicórnio muito talentoso. Com o imenso chifre único rasgou todos os obstáculos, cortinas, lençóis e coisas parecidas.

"Por essa época, os limites da casa dos Ulpius se ampliaram. Dávamos grandes passeios entre as colinas de Buda, nadávamos, e depois começamos a beber. A idéia partiu de János, que havia anos relatava suas aventuras em tavernas. Depois dele era Éva quem mais bebia — para ela a bebida parecia não fazer efeito, de certa forma tornava-se ainda mais ela mesma. Ervin se atirou à bebida com a paixão com que fumava. Não quero fazer afirmações sobre teorias raciais, mas você também sabe que é estranho um judeu beber muito. A bebedeira de Ervin era estranha como seu catolicismo. Um mergulho amargurado, como se não se embriagasse com vinhos húngaros simples, mas com alguma coisa muito mais terrível, como haxixe ou cocaína. E ao mesmo tempo era como se fosse uma despedida: como se bebesse pela última vez, como se fizesse tudo no mundo pela última vez. Eu logo me habituei ao vinho, e o relaxamento emocional, a liberação da censura que ele causava em mim se tornaram vitais, embora me envergonhasse tremendamente do mal-estar do dia seguinte em casa, quando eu me comprometia a nunca mais beber. Mas depois bebia de novo, crescia em mim a consciência de que era fraco, e o sentimento de desorientação se constituiu na minha principal sensação nessa segunda metade dos meus anos com os Ulpius. Sentia que 'caminhava para a perdição', sobretudo quando bebia. Sentia que deixava a vida comum das pessoas de bem e o que meu pai esperava de mim. Dessa sensação eu gostava muito, apesar do terrível sentimento de culpa. Naquele período, eu cheguei a me esconder do meu pai.

"Tamás bebia pouco, e se tornava cada vez mais silencioso.

"A religiosidade de Ervin começou a ter efeitos sobre nós. Passamos a ver o mundo, a realidade, da qual até então nos mantivéramos distantes, com outros olhos e nos horrorizamos com ela. Sentíamos que nos conspurcávamos forçosamente e ouvíamos, com devoção, Ervin afirmar que isso não podia acontecer. Como Ervin, nós também passamos a julgar a vida presente com rigor e dogmatismo. Durante algum tempo ele assumiu certa hegemonia sobre nós, dávamos ouvidos a ele em relação a tudo, e János e eu nos esforçávamos por nos superar em atos de fé. Todos os dias descobríamos novos pobres desgraçados que precisavam de ajuda e novos escritores católicos incríveis que tínhamos de salvar do esquecimento implacável. São Tomás e Jacques Maritain, Chesterton e Santo Anselmo de Cantuária revoavam pelo quarto como moscas. Freqüentávamos a igreja e János, naturalmente, tinha visões. Uma vez São Domingos apareceu de madrugada na janela de seu quarto e com o indicador erguido disse: 'Zelamos por você de um modo especial.' Acho que János e eu parecíamos tremendamente cômicos nessa postura. Os dois Ulpius desfrutaram pouco do catolicismo.

"Essa fase deve ter durado cerca de um ano, e, em seguida, houve a desintegração. Não sei dizer exatamente como começou, mas de certa forma a realidade cotidiana e certa decomposição se infiltraram no grupo. O avô Ulpius morreu. Padeceu durante semanas; sufocava e arquejava. Éva cuidou dele com uma paciência surpreendente, passou noites junto de sua cama. Quando mais tarde eu lhe disse que aquilo havia sido um gesto bonito, ela sorriu bem-humorada e disse que havia sido muito interessante acompanhar a morte de alguém.

"Depois o pai deles decidiu que algo teria de acontecer com os filhos, as coisas não podiam prosseguir daquela maneira. Quis achar um marido para Éva com urgência. Mandou-a para o campo, para a casa de uma tia rica que tinha uma vida social intensa, a fim de que ela freqüentasse bailes e não sei mais o quê. Passada uma semana, Éva naturalmente voltou com histórias incríveis e assimilou, fleumática, os bofetões paternos. Tamás não tinha uma natureza tão afortunada. O pai o fez trabalhar em um escritório. É terrível lembrar, mesmo agora os meus olhos se enchem de lágrimas, como Tamás sofreu no escritório. Trabalhou na prefeitura, entre pequeno-burgueses comuns, que não o consideravam sensato. Confiaram-lhe as tarefas mais estúpidas, mais mecânicas, pois não imaginavam que fosse capaz de realizar algo que exigisse um raciocínio nobre ou independência. E talvez tivessem razão. Expôs-se a humilhações terríveis por parte dos colegas: não o perturbavam, ao contrário, sentiam pena dele e o poupavam. Tamás nunca se queixou para nós, a não ser ocasionalmente para Éva; é o que sei. Tamás empalidecia e se calava quando mencionávamos o escritório.

"Foi quando houve sua segunda tentativa de suicídio.

— A segunda? — perguntou Erzsi.

— Sim. Da primeira eu deveria ter falado antes, pois, na verdade, foi mais importante e mais terrível. Ocorreu quando tínhamos 16 anos, ou seja, no início da nossa amizade. Um dia, como de costume, apareci na casa deles. Encontrei Éva sozinha, desenhava alguma coisa numa concentração incomum. Disse que Tamás fora ao sótão, pediu que eu o esperasse, pois logo desceria. Naquela época Tamás costumava fazer expedições exploradoras no sótão, encontrava entre as velhas caixas muitas coisas que excitavam sua fantasia de amante das antigüidades e que usávamos em nossos jogos; além disso, o sótão de uma casa antiga é um lugar romântico. Portanto, não me surpreendi, e esperei paciente. Éva, como disse, estava num silêncio incomum.

"De repente, ela empalideceu, deu um pulo e me chamou aos gritos para que subíssemos ao sótão e víssemos o que acontecia com Tamás. Eu não sabia do que se tratava, mas o horror dela me contagiou. No sótão já estava escuro. Era um sótão repleto de recessos, imenso, antigo, dele se abriam muitas portas de madeira, e no corredor, a intervalos, havia tábuas e caixas atravessadas; bati a cabeça em traves baixas e corri desorientado por escadas inesperadas. Éva, porém, se apressava sem hesitação no escuro, como quem sabia onde Tamás estaria. No final do corredor havia uma reentrância baixa e muito longa, e no fundo se via a luminosidade de uma pequena janela circular. Éva se deteve e me agarrou uivando. O meu também batia queixo, mas naquela hora o pavor me fez mais corajoso. Segui adiante, arrastando Éva agarrada a mim.

"Tamás estava pendurado junto da pequena janela, a cerca de um metro de altura do piso. Havia se enforcado. 'Ainda está vivo, ainda está vivo', gritou Éva, e enfiou uma faca na minha mão. Parece que sabia muito bem das intenções de Tamás. Vimos uma caixa, Tamás devia ter subido nela para firmar a corda na trave. Pulei sobre a caixa, cortei a corda, e com o outro braço enlacei Tamás e, devagar, fiz com que ele escorregasse para os braços de Éva, que soltou o nó de seu pescoço.

"Tamás logo voltou a si, tinha se enforcado havia pouco, não lhe acontecera nada.

"'Por que você me denunciou?', perguntou para Éva. Ela sentia-se muito envergonhada e não respondeu.

"Com o tempo, perguntei com cuidado por que ele o fizera.

"'Tinha curiosidade de saber como era', disse Tamás com indiferença.

"'E como é?', perguntou Eva com os olhos arregalados de curiosidade.

"'É muito bom.'

"'Você lamenta que tenhamos tirado você de lá?', perguntei, dessa vez também com certo peso na consciência.

"'Não. Tenho tempo. Numa próxima vez.'

"Tamás ainda não sabia explicar o que acontecera. Mas não era preciso, eu o compreendia; compreendia pelos nossos jogos. Em nossas tragédias nós sempre matávamos e morríamos. Nossas encenações tratavam apenas disso. Tamás se ocupava da morte o tempo todo. Mas procure entender, se for possível: não a morte, não a putrefação, a aniquilação. Não. O ato de morrer. Há pessoas que cometem novos assassinatos por uma 'necessidade irresistível', para sentir a beleza ardente de matar. Uma necessidade irresistível atraía Tamás para o grande êxtase final do ato de morrer. Talvez eu não consiga lhe explicar, Erzsi, não há como explicar esse tipo de coisa, como não se pode explicar a música para quem não tem ouvido. Eu compreendia Tamás. Não falamos disso durante anos, apenas sabíamos que nos compreendíamos.

"Quando tínhamos vinte anos, aconteceu a segunda tentativa, de que eu também tomei parte. Não se assuste, pois, como você pode ver, estou vivo.

"Naquele tempo eu estava muito amargurado, especialmente por causa do meu pai. Depois da formatura eu me matriculei na universidade, em filosofia. Em diversas ocasiões meu pai havia me perguntado o que eu queria ser, e eu sempre respondia que desejava estudar a história das religiões. 'E de que você vai viver?', ele perguntava. Para essa pergunta eu não tinha resposta, e nem queria pensar nela. Sabia que meu pai desejava que eu trabalhasse na empresa. Ele não se opunha aos meus estudos universitários porque achava que a empresa se enobreceria se um dos sócios fosse doutor. Eu também via a universidade como um adiamento de alguns anos. Ganharia tempo antes de virar adulto.

"A vontade de viver não era o meu forte. O sentimento de desorientação crescia cada vez mais e nem mesmo o catolicismo me consolava, ao contrário, intensificava a consciência da minha fraqueza. Eu não era de representar papéis e via com clareza como a minha vida e o meu ser eram insuperavelmente distantes do ideal de vida católico.

"Eu fui o primeiro do grupo a abandonar o catolicismo; essa é mais uma das minhas muitas traições.

"Assim, certa tarde eu apareci na casa dos Ulpius e convidei Tamás para passear. Era uma tarde bonita de primavera. Fomos para Óbuda, entramos numa pequena taverna vazia e nos sentamos debaixo de uma estátua de São Floriano. Eu bebi muito e me queixei do meu pai, das minhas perspectivas, da tristeza terrível da juventude.

"'Por que você bebe tanto?', perguntou Tamás.

"'Porque é bom.'

"'Você gosta de ficar tonto?'

"'É claro que sim.'

"'Você gosta de não ter consciência de si mesmo?'

"'É claro que sim. É a única coisa de que eu gosto.'

"'Nesse caso... não entendo você. Imagine como seria mais prazeroso morrer completamente.'

"Reconheci que sim. Embriagados pensamos muito mais logicamente. A minha única objeção era que sentia muito medo de dor e de violência. Não sentia vontade de me enforcar ou de pular no Danúbio.

"'Nem é preciso', disse Tamás. 'Tenho trinta centigramas de morfina e acho que é o suficiente para nós dois. Pois eu vou morrer nos próximos dias, chegou a hora. Mas se você vier comigo, vai ser bem melhor. Naturalmente não quero influenciá-lo. Só estou avisando. Se você tiver vontade...'

"'Onde você arranjou a morfina?'

"'Ganhei de Éva. Ela a obteve com o médico; disse que não conseguia dormir.

"O fato de ter ganhado a morfina de Éva tinha um significado fundamental para nós dois. Era parte da encenação, dos jogos doentios que desde a chegada de Ervin e de János havíamos sido obrigados a reformular. O êxtase sempre fora morrer por Éva ou por causa dela. O fato de Éva ter dado o veneno me convenceu definitivamente de que deveria tomá-lo. E isso aconteceu.

"Nem sei dizer como era simples e óbvio cometer o suicídio na época. Estava bêbado e naquele tempo a bebida sempre provocava em mim um estado de espírito do tipo 'nada importa'. E naquela tarde libertou em mim o demônio acorrentado que vive profundamente adormecido sob a consciência de todas as pessoas e as convoca para a morte. Pense bem: é muito mais fácil e natural morrer que viver...

— Continue — disse Erzsi inquieta.

— Pagamos o vinho e fomos passear, emocionados. Confessamos um ao outro quanto nos gostávamos e que a nossa amizade era a coisa mais bela da vida. Sentamos durante algum tempo à margem do Danúbio, em Óbuda, junto dos trilhos, enquanto o sol se punha. E esperamos pelo efeito. De início não sentimos nada.

"De repente eu senti um desejo incontrolável de chorar, de me despedir de Éva. Primeiro, Tamás não quis ouvir falar nisso, porém depois ele foi vencido pelo sentimento que o ligava à irmã. Tomamos um bonde e subimos correndo a escadaria que levava à cidadela.

"Hoje sei que no instante em que eu quis ver Éva, eu traía Tamás e o suicídio. Sem consciência eu contava que, se voltássemos para junto das pessoas, seríamos de algum modo salvos. No inconsciente eu não tinha vontade de morrer. Estava exausto, num cansaço que sentimos apenas aos vinte anos, e eu também ansiava pela narcose misteriosa, sombria, da morte, mas à medida que a sensação de desorientação causada pelo vinho começou a se diluir, não senti mais vontade de morrer.

"Ervin e János estavam na casa dos Ulpius. Eu lhes contei animado que havíamos tomado 15 centigramas de morfina cada um e logo morreríamos, embora quiséssemos primeiro nos despedir. Tamás estava completamente branco e cambaleava, em mim não se via mais que o efeito de muito vinho e a fala pastosa dos bêbados. János saiu apressado, chamou uma ambulância, informando que estava com dois jovens que haviam ingerido 15 centigramas de morfina cada um.

"'Ainda estão vivos?', perguntaram ao telefone.

"Ante a afirmativa de János, pediram que ele levasse os dois para o hospital imediatamente. János e Ervin nos enfiaram num táxi e nos levaram para a rua Markó. Eu continuava não sentindo nada.

"Senti mais quando os médicos me lavaram impiedosamente o estômago e acabaram com qualquer vontade que eu pudesse ter de me suicidar. Na verdade não consigo me livrar da idéia de que o veneno não fosse morfina. Ou Éva enganara Tamás, ou o médico enganara Éva. O mal-estar de Tamás poderia ser por auto-sugestão.

"Éva e os rapazes tiveram de passar a noite acordados cuidando para que não dormíssemos, porque os médicos disseram que se adormecêssemos não acordaríamos mais. Foi uma noite estranha. Sentíamo-nos muito constrangidos diante uns dos outros; eu estava também feliz, porque havia me suicidado, o que era emocionante, e estava feliz porque ficara com vida; eu sentia um cansaço extremamente agradável. Nós nos gostávamos muito, a vigília deles era um gesto de sacrifício pela amizade que combinava demais com o nosso entusiasmo pela religião e pela fraternidade. Estávamos todos emocionados e tivemos conversas com um sabor à Dostoiévski enquanto tomávamos um cafezinho depois do outro. Foi claramente a noite da juventude que na idade adulta relembramos com certa náusea. Entretanto, sabe Deus, parece que eu envelheci, porque não sinto nenhuma náusea ao me lembrar dela, somente uma imensa nostalgia.

"Apenas Tamás não disse uma única palavra, e deixou que derramássemos sobre ele água fria e que o beliscássemos para que não adormecesse. Tamás estava mal, e o insucesso repetido o deprimia. Quando eu falava com ele, virava o rosto e não respondia. Considerava-me um traidor. Depois disso nunca mais fomos amigos de verdade. Ele nunca mais mencionou o acontecido, era agradável e educado como antes, mas sei que jamais me perdoou. Quando ele de fato morreu, certificou-se de que eu não tivesse nada a ver com sua morte."

Nesse ponto Mihály se calou e curvou a cabeça sobre as mãos. Em seguida se levantou e contemplou a escuridão pela janela. Depois voltou e acariciou as mãos de Erzsi com um sorriso distraído.

— Isso continua machucando-o muito? — perguntou Erzsi em voz baixa.

— Desde então eu nunca mais tive um amigo — disse Mihály.

Silenciaram de novo. Erzsi refletia se Mihály sentia pena de si mesmo por um sentimentalismo ébrio ou se, de fato, na casa dos Ulpius algo nele se rompera, e desde então seu comportamento frente às pessoas se tornara indiferente e distante.

— E o que aconteceu com Éva? — perguntou por fim.

— À época Éva estava apaixonada por Ervin.

— E vocês não sentiam ciúmes?

— Não, achávamos natural. Ervin detinha a hegemonia, nós o considerávamos especial, sentíamos que era justo Éva gostar dele. Eu não era apaixonado por ela, e quanto a János não havia como saber. O grupo se desfez um pouco. Éva e Ervin se bastavam cada vez mais e buscavam as oportunidades para estarem a sós. A mim a universidade e a história da religião passaram a interessar de verdade. Tinha ambições científicas; o primeiro encontro com a ciência é tão perturbador quanto o amor.

"Mas voltando a Ervin e Éva... Éva, à época, tornou-se muito mais silenciosa, freqüentava a igreja das freiras inglesas, onde estudara na infância. Já disse que Ervin tinha uma disposição muito especial para se apaixonar, o amor era parte dele como a aventura era parte de Szepetneki. Eu compreendia que nem Éva conseguira se manter fria junto dele.

"Era um amor emocionante, com poemas, a cidadela de Buda e a marca dos vinte anos de idade, quando caminhavam os dois na rua, eu esperava que as pessoas abrissem caminho como nas procissões. Ao menos nós respeitávamos assim o amor dos dois. De certa forma, o sentido de existência do grupo se realizou nele. E como durou pouco! Nunca soube exatamente o que houve entre eles. Parece que Ervin pediu a mão de Éva e o velho Ulpius o pôs para correr. Segundo János, o velho chegara a esbofeteá-lo. Com isso, Éva passou a gostar ainda mais de Ervin e teria sido sua amante de bom grado, porém para Ervin o sexto mandamento era uma verdade implacável. Tornou-se mais silencioso e pálido, não ia mais à casa dos Ulpius, e eu o via cada vez menos; e Éva naquele período deve ter passado pela grande transformação que a tornou tão incompreensível para mim mais tarde. E depois, num belo dia, Ervin desapareceu. Soube por Tamás que virara padre. Tamás destruiu a carta de despedida em que Ervin comunicava a decisão. Se ele sabia do nome religioso de Ervin, se sabia em que paróquia ele estava, levou o segredo para o túmulo. Talvez o tivesse revelado apenas para Éva.

"Ervin na verdade não se tornou padre porque não pôde desposar Éva. Antes disso, havíamos conversado muito sobre a vida sacerdotal, e eu sei que a religiosidade de Ervin era muito mais profunda para que atendesse ao chamado sem um sinal decisivo de uma vocação interior, somente por desespero e romantismo. Eu via um significado mais sério no fato de ele não ter podido desposar Éva. A partida súbita, porém, deve ter sido provocada pelo desejo de fugir de Éva, da tentação que ela representava para ele. Assim, embora fugindo, um pouco ao modo de József, realizou o que tanto sonhávamos à época: sacrificou a juventude a Deus."

— Só não entendo — disse Erzsi — a razão do sacrifício, se ele tinha tanta disposição para amar.

— Querida, na vida religiosa os opostos ficam lado a lado. Os grandes ascetas não nascem de pessoas frias e desapaixonadas, mas das mais ardorosas que têm a que renunciar. É por isso que a Igreja não permite que um eunuco se torne padre.

— E o que Éva achou disso tudo?

— Éva ficou só, e daí em diante ninguém mais a suportou. Naquele tempo Budapeste estava nas mãos dos aproveitadores e dos oficiais da Entente. Éva de algum modo entrou no círculo dos oficiais da Entente. Sabia línguas e em seus modos havia algo de não tipicamente húngaro, mas cosmopolita. Que eu saiba, foi muito popular. Nisso, de um dia para o outro, a pequena adolescente se transformou numa mulher linda. Nesse período, em vez do olhar camarada e franco, seus olhos pareciam atentos a sons baixos, distantes.

"Nessa última fase, depois da hegemonia de Tamás e de Ervin, seguiu-se a hegemonia de János. Éva precisava de dinheiro para que pudesse se vestir com distinção entre as pessoas elegantes. Embora tivesse muita habilidade para criar roupas elegantes a partir do nada, também para complementar o nada é preciso um pouco de dinheiro. E aqui entra a parte de János Szepetneki. Ele sempre conseguia arranjar dinheiro para Éva. De onde, apenas ele sabia. Muitas vezes lesava os oficiais da Entente com quem Éva dançava. 'Embolsei o dinheiro da sociedade', dizia cinicamente. Porém nós também falávamos com cinismo, porque sempre nos adaptávamos ao estilo do líder.

"Os métodos inescrupulosos de János não me agradavam nem um pouco. Não me agradava, por exemplo, que ele tivesse procurado um dia o sr. Reich, o velho contador da empresa do meu pai, e com uma história terrivelmente complicada, fazendo referência às minhas dívidas de jogo e ao meu plano de suicídio, tivesse arrancado dele uma quantia bastante significativa. Mais tarde, é claro, fui obrigado a assumir a dívida de jogo, sem que jamais tivesse segurado uma carta na vida.

"Em especial, não me agradou o fato de ele roubar o meu relógio de ouro. Aconteceu por ocasião de uma grande farra, fora da cidade, num restaurante da moda naquele verão, de cujo nome nem me lembro. Éramos muitos, os amigos de Éva, dois ou três oficiais estrangeiros, jovens enriquecidos pela inflação, mulheres estranhas exibindo as roupas e os comportamentos ousados da época. O meu sentimento de perda já havia sido despertado pelo fato de Tamás e eu nos misturarmos a uma companhia com a qual não tínhamos outra afinidade a não ser o sentimento de que tudo era indiferente. Porque o sentimento de perda não era somente meu, mas também da cidade inteira estava no ar. As pessoas tinham dinheiro em excesso e sabiam que não faria a menor diferença: de um dia para o outro ele se perderia. A catástrofe pairava sobre o jardim de inverno como um lustre.

"Foram tempos apocalípticos. Nem sei se estávamos lúcidos quando nos sentamos para beber. A minha lembrança é de que eu me senti embriagado desde o primeiro instante. Tamás quase não bebia, mas o clima generalizado de fim de mundo correspondia tão bem ao seu estado de espírito que ele se movimentava com uma familiaridade incomum entre as pessoas e os ciganos. Conversei muito com Tamás naquela noite, ou melhor, com poucas palavras, embora elas contivessem uma perspectiva emocional aterrorizante, e de novo nos entendemos extraordinariamente bem naquele clima de perda. Com as moças estranhas nós também nos entendemos, ao menos eu sentia que as minhas elaborações discretas sobre a história religiosa dos celtas e a ilha dos mortos causavam um eco vívido na estudante de teatro sentada a meu lado. Depois eu me sentei a sós em um canto com Éva e a cortejei como se não a conhecesse desde que fora uma adolescente magra e de olhos grandes; ela recebeu a minha abordagem com uma seriedade feminina, com meias-palavras e olhando ao longe, no brilho pleno de sua atitude da época.

"Quando começou a clarear eu passei muito mal, e quando depois recobrei um pouco a lucidez, notei que o meu relógio de ouro havia desaparecido. Fiquei tremendamente surpreso, o meu desespero foi total. Você precisa entender: a perda de um relógio de ouro em si não é uma desgraça nem mesmo quando temos vinte anos e não possuímos outro objeto de valor a não ser o relógio. No entanto, quando temos vinte anos e de madrugada percebemos que roubaram o nosso relógio de ouro, nos dispomos a atribuir um simbolismo profundo à perda. Ganhara o relógio do meu pai, que na verdade não era homem de dar muitos presentes. Era meu único objeto de valor, minha única propriedade privada, e aos meus olhos grosseiros e ordinários, com sua mesquinhez burguesa exibida, ele representava tudo de que eu não gostava nem um pouco, embora a perda, que naquela hora se mostrou em seu significado simbólico, causasse em mim o pânico de um pesadelo. Sentia que fizera um pacto definitivo com os poderes inferiores: haviam me roubado a possibilidade de recobrar o bom senso e voltar ao mundo burguês.

"Cambaleei até Tamás e lhe comuniquei que haviam roubado meu relógio, disse que telefonaria à polícia e solicitaria ao dono do restaurante que fechasse os portões para que todo convidado fosse revistado. Tamás me acalmou a seu modo: 'Não vale a pena. Deixe isso para lá. É claro que o roubaram. Vão roubar tudo de você. Você vai ser sempre o sacrificado. Você gosta disso.'

"Olhei para ele espantado, mas não falei com ninguém sobre o desaparecimento do relógio. Enquanto fitava Tamás, de repente tive certeza de que apenas János Szepetneki poderia ter roubado o relógio. Durante a noite havia acontecido uma brincadeira de abraços, Szepetneki e eu trocamos os paletós e as gravatas, e quando recebi o meu paletó de volta, o relógio provavelmente não estava mais nele. Comecei a procurar János Szepetneki para interrogá-lo, mas ele não estava mais lá. Não o vi no dia seguinte, nem no segundo dia.

"E no quarto dia não cobrei mais o relógio. Concluí que se ele o levara, o fizera porque Éva precisava de dinheiro. Éva provavelmente o induzira conscientemente, ela tinha proposto a brincadeira dos abraços — e a cena em que me sentara a sós com ela talvez tivesse servido para que eu não notasse logo o desaparecimento do relógio. Quando pensei na hipótese, me conformei. Se o roubo acontecera por Éva, estava tudo bem. Fazia também parte do jogo, do velho jogo da casa dos Ulpius.

"A partir de então eu me apaixonei por Éva."

— Mas até agora você negou com convicção que estivesse apaixonado por ela — interrompeu Erzsi.

— É claro. E era verdade. Chamo de paixão o que eu senti por Éva na falta de palavra melhor. O sentimento não se parecia em nada com o modo como gosto de você, e como gostei de uma ou duas antes de você, não me leve a mal. Era de certa forma o avesso disso. De você eu gosto porque temos muito em comum, e dela eu gostava porque em comum não tínhamos nada — gostar de você me dá confiança e força. Gostar dela me humilhava e me anulava... é claro que as antíteses são apenas retóricas. Eu sentia que o velho jogo se transformava em realidade e eu me extinguia devagar na grande consumação. Eu me aniquilava por causa de Éva, por Éva, como havíamos encenado na adolescência.

Mihály se levantou e andou agitado pelo quarto. Começava a incomodá-lo ter se exposto tanto. Para Erzsi, uma mulher estranha...

Erzsi falou:

— Há pouco você deu a entender que não poderia estar apaixonado por ela porque vocês se conheciam bem demais; não havia entre vocês a distância suficiente para o amor.

("Muito bem, ela não entende", pensou Mihály. "Compreende apenas o que o ciúme primitivo permite.")

— É bom você mencionar isso — ele disse, mais calmo. — Até aquela noite memorável não havia distância. Quando ficamos sentados a dois, como uma dama e um cavalheiro, eu descobri que Éva era uma mulher inteiramente diferente, estranha, uma mulher extraordinária e linda, ao mesmo tempo em que era também a antiga Éva que carregava inevitavelmente consigo a doçura doentia e misteriosa da juventude.

"Seja como for, Éva não ligava para mim. Eu a via muito pouco e mesmo nessas ocasiões ela não se importava comigo. A aflição dela era de certa forma patológica. Especialmente desde que aparecera um pretendente sério. Um colecionador de antigüidades famoso, rico, não exatamente jovem, que fora uma ou duas vezes à casa dos Ulpius para visitar o velho, vira Éva, e considerava havia muito a idéia de desposá-la. O velho Ulpius dissera a Éva que não aceitaria nenhuma espécie de negativa: Éva já dependera muito dele; que se casasse, ou que fosse para o inferno. Éva pediu dois meses de prazo. O velho, a pedido do noivo, concordou.

"Quanto menos Éva se importava comigo, mais crescia em mim o sentimento que, à falta de alternativa melhor, eu chamei de amor. Parece que naquele tempo eu tinha uma inclinação singular para a desesperança: ficar de pé à noite diante do portão para espreitar a chegada dela em casa acompanhada de risos altos; abandonar os estudos; gastar todo o meu dinheiro em presentes bobos, que ela mal notava; derreter-me e agir sem masculinidade quando a encontrava — esse era o meu estilo, eu vivia de verdade, nenhuma alegria que tivera era profunda como a dor, a infâmia feliz que me levava à perdição, sem que ela se importasse comigo. É a isso que chamam de amor?

("Por que conto isso?... bebi muito de novo. Mas um dia teria de contar, e, de qualquer maneira, Erzsi não entende mesmo.")

"Enquanto isso o prazo dado a Éva se aproximava do final. O velho Ulpius às vezes aparecia no quarto e armava cenas terríveis. Nessa época ele nunca estava lúcido. O noivo também aparecia, com o bigode grisalho e um sorriso de quem se desculpava. Éva pediu mais uma semana. Para que durante uma semana pudesse viajar sossegada com Tamás a fim de que se despedissem um do outro. De algum modo ela conseguira dinheiro para a viagem.

"E de fato viajaram para Hallstatt. Era fim de outono e lá não havia alma viva a não ser eles. Nada é mortífero como esses balneários históricos antigos. Porque a Antigüidade de um castelo ou de um convento é indiferente, espera-se deles uma certa decrepitude. Mas quando um lugar como aquele, destinado a prazeres momentâneos, por exemplo, em um café ou em um balneário, exibe a passagem do tempo... não existe nada pior."

— Está bem — disse Erzsi —, continue. O que aconteceu na casa dos Ulpius?

— Querida, eu dei voltas e fiz conjecturas, porque daí para a frente não sei o que aconteceu com eles. Nunca mais os vi. Em Hallstatt, Tamás Ulpius se envenenou. E dessa vez foi bem-sucedido.

— E o que aconteceu com Éva?

— Que participação Éva teve na morte de Tamás? Talvez nenhuma. Não tenho como saber. Nunca mais voltou. Dizem que depois da morte de Tamás veio um oficial de alta patente desconhecido e a levou embora.

"Talvez ainda pudesse tê-la encontrado. Nos anos seguintes eu teria tido uma ou duas oportunidades. János às vezes aparecia, fazia insinuações obscuras em que dizia que talvez pudesse fazer com que eu me encontrasse com Éva e ele veria com bons olhos se eu pagasse pelos seus serviços. Eu, porém, não quis mais me encontrar com Éva; é por isso que János disse há pouco que eu era responsável pela ruptura com a minha juventude, quando não teria de fazer mais que estender a mão... Ele tem razão. Quando Tamás morreu, pensei que ficaria louco — e depois decidi que mudaria, me livraria do encantamento; não queria acabar como Tamás, seria um homem de bem. Deixei a universidade, aprendi o ofício do meu pai, viajei ao estrangeiro para me aperfeiçoar, depois voltei para casa e procurei ser como as demais pessoas.

"O que por outro lado fazia parte da casa dos Ulpius foi exterminado, não sobrou nada — não era por acaso que eu sentia tudo como perdido. O velho Ulpius não viveu muito mais. Abateram-no quando voltava para casa um dia, embriagado, de uma taverna dos subúrbios. A casa havia sido comprada por um homem rico chamado Munk, um amigo de negócios do meu pai. Voltei lá uma vez, foi terrível... maravilhosamente mobiliada, parecia muito mais antiga do que de fato era. No meio do pátio havia uma fonte original de Florença. O quarto do avô foi transformado numa sala de jantar *altdeutsch*, revestida de carvalho. E o nosso quarto... Meu Deus, mobiliaram-no como um antigo restaurante húngaro ou coisa parecida, com caixas de tulipas, jarras e bibelôs. O quarto de Tamás! Que transitoriedade... Santo Deus, como é tarde! Não se ofenda, querida, mas um dia eu tinha de contar, por mais que parecesse estúpido, assim, visto de fora... agora vou me deitar.

— Mihály... você prometeu que contaria como Tamás Ulpius morreu. E também não contou por que ele morreu.

— Não contei como morreu porque não sei. E por que morreu? Hmm. Talvez estivesse cansado da vida, não? Podemos nos cansar muito da vida, não?

— Não. Mas vamos dormir. Está muito tarde.

Capítulo 5

Em Florença não tiveram sorte. Choveu durante toda a estada deles. Estavam parados diante do Domo em capas de chuva e de repente Mihály caiu na risada. De súbito compreendeu toda a tragédia do Domo. Ele se achava ali em toda a sua beleza e ninguém o levava a sério. Tornara-se uma celebridade turística e da história da arte e ninguém pensaria, ninguém acreditaria que ele existia para propagar a glória de Deus e da cidade.

Subiram para Fiesole e observaram a tempestade cruzando as colinas com uma velocidade pretensiosa, apressada, para alcançá-los a tempo. Refugiaram-se na catedral e examinaram as muitas velharias orientais que os frades piedosos trouxeram para casa das missões ao longo dos séculos. Mihály se maravilhou demoradamente diante de uma série de pinturas chinesas, embora somente depois de algum tempo descobrisse o que elas representavam. Na parte superior de todos os quadros sentava-se num trono um chinês furioso e assustador, com um grande livro à sua frente. O que tornava o rosto especialmente atemorizante eram os cabelos arrepiados para o alto de cada lado das têmporas. Na parte inferior dos quadros acontecia toda espécie de coisas terríveis: atiravam-se pessoas com forcados de ferro em um líquido de aspecto desagradável, serravam-se as pernas de alguns, de um deles arrancavam-se com bastante cuidado os intestinos, que pareciam cordas, e num outro uma máquina com aspecto de automóvel, conduzida por um monstro de cabelos arrepiados nas têmporas, se chocava com uma multidão enquanto facões giratórios presos no nariz da geringonça destroçavam as pessoas.

Refletiu que aquilo talvez fosse o Juízo Final, visto por um cristão chinês. Que compreensão e clareza!

Começou a sentir tonturas e saiu para a praça. A paisagem, tão extraordinária vista do trem entre Bolonha e Florença, estava encharcada e desagradável, como uma mulher em quem o choro fizera escorrer a maquiagem.

Quando desceram, Mihály foi para o correio central; ali chegavam as cartas endereçadas a ele desde que haviam deixado Veneza. Em um envelope reconheceu a letra de Zoltán Pataki, o primeiro marido de Erzsi. Talvez contivesse algo que ele preferiria que Erzsi não lesse, pensou, e sentou-se com a carta diante de um café. "Bem, a solidariedade masculina", pensou sorrindo.

A carta dizia:

> *Caro Mihály!*
> Sei bem que pode parecer nauseante eu lhe escrever uma carta longa e amistosa depois de você ter "seduzido e raptado" a minha esposa, mas você nunca foi um homem convencional e talvez por isso não se espante se eu, embora você tenha sempre me chamado de conformista, dessa vez não me preocupar com as normas que regem as nossas condutas. Escrevo porque de outro modo não ficaria tranqüilo. Escrevo porque, para ser sincero, não sei por que não o faria, uma vez que nós dois sabemos que

não sinto raiva de você. Proponho apenas que conservemos as aparências perante as pessoas porque, para a autoestima de Erzsi a atitude romântica, o fato de sermos inimigos mortais, cai melhor, embora cá entre nós, meu Mihály, você saiba muito bem como sempre o respeitei muito, sentimento que não muda com o fato de você ter seduzido e raptado a minha esposa. Não que o "fato" não tenha me destroçado completamente, pois não preciso esconder de você — embora isso deva ficar entre nós — quanto eu amo Erzsi. Tenho claro, porém, que você não tem culpa de nada. De um modo geral não acredito, não me leve a mal, que você possa ter culpa de alguma coisa nesse mundo.

E é exatamente por isso que escrevo. Para ser sincero, eu me angustio um pouco por Erzsi. Veja, ao longo de tantos anos eu me acostumei a cuidar dela, a lhe dar tudo de que ela precisava, e, em especial, o que ela não precisava, a cuidar para que estivesse vestida a fim de que não sentisse frio quando saísse de noite: não consigo me desacostumar da preocupação de um dia para o outro. A preocupação é o que me liga a Erzsi com tanta força. Confesso que não faz muito tempo tive um sonho estúpido: sonhei que Erzsi se debruçava muito em uma janela e se eu não a agarrasse ela cairia. E então me ocorreu que não tenho certeza de que você perceberia se Erzsi se debruçasse muito numa janela, porque você é uma pessoa muito distraída e voltada para si. Por isso pensei em lhe pedir algumas coisas, para que tenha um cuidado especial, e escrevi tudo num pedaço de papel, à medida que elas me ocorriam. Não leve a mal, mas é inegável que conheço Erzsi há muito mais tempo que você e portanto tenho certos direitos.

1. Cuide para que Erzsi coma. Ela (talvez você já tenha notado) tem muito receio de engordar, e o receio às vezes se transforma em pânico, e nessas horas ela fica dias sem comer e depois sente azias intensas, que por sua vez fazem mal a seus nervos. Pensei que o seu excelente apetite a incentivaria a comer. Eu, infelizmente, sofro de males de estômago há muito tempo e não pude ser um bom exemplo.

2. Tome cuidado com as manicures. Se durante uma viagem Erzsi quiser fazer as mãos, assuma a responsabilidade de achar uma manicure para ela e considere apenas os melhores lugares. Informe-se com o porteiro do hotel. Erzsi é muito sensível nesse aspecto e já aconteceu diversas vezes de seu dedo inflamar pela imperícia da manicure. Coisa que na verdade você não desejaria.

3. Não permita que Erzsi se levante cedo. Sei que durante as viagens a tentação é grande. Quando estivemos na Itália pela última vez, eu também cometi esse erro, porque os ônibus que interligam as cidades italianas partem muito cedo. Mande os ônibus para o inferno. Erzsi adormece tarde e acorda tarde. Levantar cedo faz muito mal a ela, leva dias para se recuperar.

4. Não permita que ingira *scampi*, frutos do mar ou outras criaturas marinhas repugnantes, porque ela tem urticária.

5. É muito delicado, nem sei como escrever. Talvez deva pressupor que você também saiba disso, mas não sei se alguém de natureza sonhadora e filosófica costuma estar a par desse tipo de coisa, da fragilidade incalculável do caráter feminino, e de quanto as mulheres são governadas pelos fenômenos do corpo. Peço que guarde bem as datas de Erzsi. Uma semana antes da chegada da coisa, seja infinitamente tolerante e paciente. Nessas ocasiões Erzsi não é inteiramente previsível. Busca o conflito. O mais inteligente é brigar com ela, pois isso descarrega a raiva. Mas não brigue para valer. Pense que se trata apenas de um acontecimento fisiológico ou coisa parecida. Não se deixe levar pela emoção e, acima de tudo, não permita que Erzsi diga coisas de que vá se arrepender mais tarde, pois elas fazem mal a seus nervos.

Não me leve a mal. Teria de escrever sobre mais mil coisas, mil detalhes de que você teria de cuidar — esses são apenas os mais importantes —, mas eles não me ocorrem, não tenho nenhum talento para fantasiar. Ainda assim, não há como negar que me aflijo, não só porque conheço Erzsi, mas primeiramente porque conheço você. Peço que não me entenda mal. Se eu fosse uma mulher e tivesse de escolher entre nós dois, escolheria você sem hesitação, e Erzsi na verdade gosta em você exatamente do seu modo de ser, infinitamente distante e sonhador, do fato de você não ter ligações com nada, como se fosse um estranho de passagem, um marciano na Terra; do fato de você não conseguir guardar nada com exatidão, de não ser capaz de se ofender seriamente com ninguém, de não conseguir prestar atenção quando alguém fala, de fazer de conta que é um homem apenas de vez em quando, por benevolência e educação. Reafirmo que isso tudo é muito bonito e eu também saberia lhe dar valor se fosse mulher, e só me angustia o fato de que agora você é, apesar de tudo, o marido de Erzsi. E ela se acostumou a que o marido cuide dela em todos os aspectos, que a proteja também do vento, para que ela não tenha de pensar em nada a não ser em sua vida intelectual e espiritual, sem se esquecer dos cuidados com o corpo. Erzsi gosta do luxo por natureza, em casa foi educada para isso, e era assim que eu a tratava — e não sei se a seu lado ela não terá de encarar realidades de que seu pai e eu a poupamos.

Preciso tocar em mais um assunto delicado. Sei bem que você, ou melhor, seu estimado pai, em cuja empresa você trabalha, é uma pessoa de posses e à sua esposa não vai faltar nada. Apesar disso, me aflijo às vezes, porque sei quanto Erzsi é mimada e receio de que alguém sonhador como você não leve em conta os desejos dela. Você próprio, eu sei, tem uma natureza agradável, boêmia, sem ambições, sempre viveu uma vida austera, num nível diferente daquele a que Erzsi se habituou. Desde já um de vocês terá de se adequar ao padrão de vida do outro. Se Erzsi se adaptar ao seu, cedo ou tarde ela vai se incomodar, porque vai se sentir desprezada no instante em que tiver contato com o antigo meio. É imprevisível, na Itália ela pode se encontrar com uma velha amiga que vai empinar o nariz quando souber que vocês não estão hospedados num hotel de primeira. A outra possibilidade é você se adequar ao nível dela; e mais cedo ou mais tarde isso terá conseqüências financeiras, porque — não me leve a mal — eu conheço melhor que você, tão sonhador, os recursos das empresas, e além disso vocês são quatro irmãos e seu pai é um homem de bem, um tanto conservador, severo, acredita mais na economia do que na dilapidação dos ganhos... ou seja, para ser breve, você não está em condições de sustentar o nível de vida a que Erzsi se acostumou. Como para mim é importante que ela tenha tudo, peço encarecidamente que não me leve a mal se em caso de necessidade eu me dispuser a oferecer ajuda, ainda que por meio de um empréstimo de longo prazo, se você precisar. Confesso sinceramente que preferiria pagar uma quantia mensal regular, mas sei que seria uma afronta. Porém, sou obrigado a dizer: se precisar, me procure.

Peço que não me leve a mal. Sou um homem de negócios simples, não tenho outra ocupação a não ser ganhar dinheiro, coisa que graças a Deus faço bem. Penso que seja nobre eu gastar meu dinheiro com quem tenho vontade, não?

Portanto, uma vez mais, *nichts für ungut*. Fique bem, seu admirador o saúda com afeição.

Zoltán

A carta fez Mihály perder completamente a cabeça. Sentiu náuseas da "bondade" pouco masculina de Pataki, que na verdade nem era bondade, e sim falta de hombridade, e ainda que fosse bondade também não lhe seria mais simpática, porque Mihály não tinha a bondade em alta conta. E a educação! Paciência, Pataki continuava sendo apenas um aprendiz de negociante, por mais que enriquecesse.

No entanto, se ainda estivesse enamorado de Erzsi, que se comportara com ele de modo deplorável, isso era problema de Zoltán Pataki. Não foi por isso que perdeu a cabeça, mas pelos trechos da carta que se referiam a ele e a Erzsi.

Primeiramente, as finanças. Mihály respeitava demais as "necessidades econômicas". Talvez exatamente porque fosse tão pouco sensível a elas. Se alguém lhe dissesse: "Razões econômicas me obrigam a agir assim e assado", Mihály logo silenciava, e achava que toda baixeza se justificava. Exatamente por isso o inquietava muito o aspecto econômico, que já havia se manifestado, embora Erzsi o rechaçasse brincando. Do ponto de vista financeiro, Erzsi se dera muito mal com ele, antes era a esposa de um homem rico, e agora de um burguês de classe média — cedo ou tarde ela se incomodaria, coisa que Zoltán Pataki, racional e familiarizado com o dinheiro, via com tanta clareza.

De repente lhe ocorreu uma porção de coisas que até então, durante a lua-de-mel, evidenciara a diferença entre o padrão de vida deles. Logo de início, para nem ir tão longe, o hotel em que estavam hospedados. Depois de ter visto em Veneza e Ravenna que Erzsi falava italiano muito melhor do que ele e falava com mais descontração com os porteiros de quem ele tinha horror, em Florença

Mihály confiou a ela as preocupações com o hotel e as outras coisas terrenas. Diante disso Erzsi escolheu sem hesitar um quarto em um pequeno hotel antigo, porém bastante caro, às margens do Arno, argumentando que uma vez em Florença era preciso morar às margens do Arno. O preço do quarto — Mihály o pressentira nebulosamente, porque tinha preguiça de fazer contas — não correspondia de modo algum à quantia que destinaram à estada na Itália, era bem mais caro que o de Veneza, e isso por um instante feriu o coração de Mihály, habituado à parcimônia. Depois, entretanto, ele rechaçou enojado o sentimento mesquinho — "afinal, estavam em lua-de-mel", disse para si — e não pensou mais naquilo. Agora, porém, ao ler a carta de Pataki, a questão se apresentou como um sintoma.

O problema maior, contudo, não era econômico, mas moral. Quando Mihály, depois de meio ano de reflexão, decidira que separaria Erzsi — com quem tinha uma relação havia um ano — do marido e a desposaria, ele se dispusera a dar o passo cheio de conseqüências a fim de "acertar tudo" daí para a frente, para que por conta do casamento sério ele afinal entrasse na fileira dos homens adultos, responsáveis, para que estivesse à altura exatamente, por exemplo, de Zoltán Pataki. Por isso mesmo se comprometera a tentar com todas as forças ser um bom marido. Queria que Erzsi se esquecesse de como era bom o marido que ela deixava por ele e, além disso, queria "acertar tudo" desde a sua adolescência. A carta de Pataki o convencia da desesperança da empreitada. Jamais seria um marido bom como Zoltán Pataki, que defendia a esposa infiel e distante com mais empenho e preocupação do que ele, que estava ali com ela, inadequado para o papel de protetor, a ponto de jogar para

Erzsi as preocupações com o hotel e as coisas terrenas, com a desculpa pobre de que Erzsi sabia mais italiano.

"Talvez Pataki tenha razão", pensou, "talvez eu seja muito sonhador e voltado para mim mesmo. Naturalmente, trata-se de uma simplificação, jamais somos tão definíveis, mas é certo que sou por demais desajeitado e incompetente para as coisas terrenas, não sou nem um pouco o homem a quem uma mulher possa tranqüilamente entregar as responsabilidades. Por outro lado, Erzsi é a mulher que gosta de se entregar toda a alguém, gosta de saber que pertence completamente a alguém: não é das mulheres dependentes da mãe — talvez por isso não tenha filhos —, mas daquelas que desejariam ser filhas do amante. Deus, como ela vai ser infeliz um dia a meu lado, eu me vejo como um general com mais facilidade do que no papel de pai, esse é o aspecto humano que me falta inteiramente, entre outros. Não suporto que alguém dependa de mim, nem como um empregado, e por isso fiz tudo sozinho no meu tempo de solteiro. Não suporto a responsabilidade e em geral odeio quem espera alguma coisa de mim.

"Isso tudo é uma loucura — loucura para Erzsi —, pois entre cem pessoas ela estaria melhor com 99 do que comigo, qualquer homem comum, normal, seria um marido melhor do que eu, e nisso não levo em conta os meus interesses, e sim os dela. Por que não pensei em tudo antes de me casar, ou melhor, como Erzsi, tão sábia, não pensou melhor?"

Erzsi, porém, naturalmente não poderia ter pensado, porque estava apaixonada por Mihály, e quanto a ele não foi sábia, não reconhecera seus defeitos, ao que parecia, até então. Entretanto, isso era apenas o jogo dos sentimentos; Erzsi buscava com um apetite primitivo, sem limites, a felicidade amorosa que junto de Pataki não encontrara, e quem sabe não se satisfazia de uma vez porque a paixão sentimental não costumava durar muito...

Quando depois de uma longa perambulação voltou ao hotel, ele não pôde deixar de concluir que um dia Erzsi o deixaria, depois de uma seqüência de crises e sofrimentos terríveis, de casos detestáveis com homens que "punham em risco seu nome", como se diz. Até certo ponto ele se conformou com o inevitável, e quando se sentaram para jantar, olhou para Erzsi como se olhasse para um período feliz do passado e foi tomado por uma emoção intensa. O passado e o presente sempre representavam em Mihály peças singulares, com matizes e sabores em um jogo recíproco. Gostava de se alojar na imaginação em um ponto do passado, e, desse ângulo, abarcar a vida, por exemplo: "O que eu diria de Florença se andasse por aqui aos 16 anos?" — e o rearranjo dava ao momento presente um conteúdo emocional mais rico. Mas poderia ser também o contrário: fazia do presente, passado: "Que bonito seria lembrar daqui a dez anos que estive com Erzsi em Florença... não imagino que conteúdo, que atração sentimental teria a memória."

Ele expressou o sentimento de celebração por meio da montagem de um cardápio festivo imenso e pela encomenda de um vinho caro. Erzsi conhecia Mihály, sabia que o grande jantar significava um clima solene e ela se esforçou para estar à altura da situação. Conduziu a conversa com habilidade, fez uma ou duas perguntas sobre a história de Florença, para orientar os pensamentos de Mihály no sentido histórico, porque sabia que as associações históricas entusiasmavam-no mais que o vinho, ou melhor, somente elas arrancavam Mihály da indiferença. Ele, por sua vez, dava explicações animadas, ricas e com dados pouco confiáveis, com os olhos brilhantes procurava teorizar o que significava para ele, quantas maravilhas e êxtases, a simples palavra Toscana. Porque aquela terra não tinha um único pedaço que não tivesse sido pisado por exércitos históricos, por imperadores e por tropas magnificamente trajadas a serviço de reis franceses, lá toda trilha conduzia a um lugar muito importante, e uma rua de Florença abrigava mais história que em sua terra sete condados.

Erzsi o escutava maravilhada. Na verdade, naquela hora a importância histórica da Toscana não a interessava, mas ela gostava muito de Mihály quando ele se incendiava; gostava exatamente porque, nessas horas, em seus devaneios históricos, ou seja, quando estava mais distante do mundo concreto dos homens, a indiferença cedia e ele se parecia com um homem. Erzsi, encantada, logo se entregava a sentimentos mais fortes e pensava, feliz, na continuação esperada da noite, tanto mais porque na véspera Mihály estivera de mau humor e quando se deitara tinha adormecido ou, ao menos, o fingira.

Sabia como era fácil fazer com que se voltasse para ela o estado de espírito inflamado de Mihály. Bastaria pôr a mão sobre a dele e encará-lo com firmeza: Mihály se esqueceria da Toscana e o rosto vermelho de vinho de súbito empalideceria diante do desejo voltado para ele. Em seguida, ele se tornaria sedutor e carinhoso, como se batalhasse pelo amor de Erzsi pela primeira vez.

"Como é estranho", pensou Erzsi, "que depois de um ano de intimidade ele ainda me seduza num tom, numa inquietação interior de quem se sente inseguro, como se eu não o fosse ouvir. Quanto mais ele me deseja, mais ele me seduz a uma distância maior, de um modo mais refinado, ornamenta o próprio desejo, empresta-lhe dignidade — e a proximidade, a proximidade dos corpos também não o aproxima. Só consegue gostar quando sente distância".

E assim foi. O desejo de Mihály se destinava à Erzsi distante, àquela que ele sabia que o deixaria um dia e viveria nele como uma lembrança bonita. Também por isso bebia tanto, para conservar o estado de espírito em que acreditava não estar com Erzsi, mas com a lembrança dela, com Erzsi enquanto história.

Nesse meio-tempo, porém, Erzsi também bebia, e para ela o vinho tinha um efeito poderoso, ela falava alto, bem-humorada e impaciente. Para Mihály essa Erzsi era bastante nova porque antes do casamento ela tivera poucas oportunidades de se comportar em público, diante de Mihály, com tanta liberdade. Mihály achava esta Erzsi verdadeiramente atraente e os dois se apressaram a subir para o quarto.

Nessa noite em que Erzsi era uma Erzsi nova e, ao mesmo tempo, uma Erzsi histórica e uma lembrança, e a carta de Zoltán Pataki e a recordação dos Ulpius o excitaram intensamente, Mihály se esqueceu do compromisso antigo e introduziu no casamento elementos que sempre desejara manter distantes de Erzsi. Estamos nos referindo às maneiras em voga entre jovens rapazes e moças virgens que permitem o encontro do prazer por vias tortuosas e sem nenhuma responsabilidade. Há pessoas, como Mihály, que preferem o deleite irresponsável aos prazeres sérios e de significado quase formal. Mihály, porém, se envergonhava também diante de si próprio por essa atitude, porque tinha clareza de sua natureza adolescente, e quando conheceu o amor sério, adulto, com Erzsi, ele decidiu que dela se aproximaria somente por meio dos modos formais, como cabia a dois amantes adultos, sérios

Aquela noite florentina foi a primeira e única exceção. Erzsi acolheu e retribuiu de bom grado os carinhos incomuns de Mihály, embora não compreendesse, como não compreendeu depois seu mau humor infernal e sua vergonha.

— Por quê? — perguntou. — Foi muito bom assim e eu continuo gostando de você.

E adormeceu. Dessa vez foi Mihály quem custou muito a dormir. Sentia que reconhecera definitivamente a falência e a destruição de seu casamento. Reconheceu que nem no casamento era capaz de ser adulto, e, pior, era obrigado a concluir que Erzsi jamais lhe dera tanto prazer quanto nessa hora em que ele não gostara dela como de uma amante adulta e apaixonada, mas como de uma menina adolescente, quem sabe num passeio primaveril.

Nesse momento Mihály saiu da cama. Quando se convenceu de que Erzsi dormia, foi até a mesa em que estava a bolsa dela. Procurou nela os cheques — porque Erzsi era a tesoureira. Encontrou os dois cheques em liras do Banco Nacional, ambos no mesmo valor, um em nome dele, e o outro em nome de Erzsi. Pegou o seu e em seu lugar enfiou um papel com aparência semelhante, guardou o cheque com muito cuidado na própria carteira e deitou-se de novo.

Capítulo 6

No dia seguinte de manhã seguiram viagem para Roma. O trem saiu veloz de Florença e penetrou a paisagem toscana entre colinas verdes e primaveris. Avançava lentamente, parava durante dez minutos em todas as estações, os passageiros desciam e embarcavam de novo, com uma tranqüilidade meridional, quando o trem se preparava para partir, enquanto conversavam e riam.

— Veja — disse Mihály — como percebemos mais coisas aqui do que em outros países quando olhamos pela janela. Não sei o que eles fazem, se o horizonte parece maior ou se os objetos são menores, mas aposto que aqui vemos cinco vezes mais aldeias, cidades, matas, rios, céu e nuvens do que se olhássemos pela janela do trem, digamos, na Áustria.

— É verdade — disse Erzsi. Estava com sono e o entusiasmo italiano de Mihály a irritou. — Mas a Áustria é mais bonita. Era para onde deveríamos ter ido.

— Para a Áustria? — gritou Mihály. Sentiu-se tão ofendido que nem prosseguiu.

— Guarde o seu passaporte. — falou Erzsi. — Você o esqueceu na mesa de novo.

O trem parou em Cortona. Mihály, diante da pequena cidade de montanha, teve a impressão de que vira muitas cidades como aquela e apreciava a alegria do reencontro.

— Diga, por que eu sinto que passei uma parte da juventude em cidades de montanha?

A essa pergunta, porém, Erzsi não respondeu.

— Já me cansei de tanto viajar — disse. — Gostaria de ter chegado em Capri. Lá vou poder descansar.

— Que Capri, que nada! Seria muito mais interessante descer aqui em Cortona. Ou em qualquer outro lugar. Fora dos planos. A próxima estação, por exemplo, é Arezzo, Arezzo! A simples existência de Arezzo é fantástica, e ela não foi inventada por Dante quando comparou seus ginastas a demônios que soavam trombetas com seus traseiros. Vamos descer em Arezzo.

— Que idéia. Descer porque Dante escreveu essas porcarias? Arezzo é um buraco poeirento, com certeza tem uma igreja do século XIII, um Palazzo Communale, a cara do *Duce* em toda esquina com dizeres nacionalistas, muitos cafés e um hotel chamado Stella d'Italia. Não sinto nenhuma curiosidade. Isso me cansa. Gostaria de estar em Capri.

— Interessante. Talvez porque já tenha estado muitas vezes na Itália você não se impressione mais ao ver um quadro de Fra Angelico ou um queijo Bel Paese. Eu, por outro lado, sinto que cometo um pecado mortal a cada estação em que não desço. Não há nada mais fútil que viajar de trem. Seria preciso andar a pé ou ao menos na carruagem postal, como Goethe. É aterrador eu ter estado na Toscana, e ao mesmo tempo não ter estado. Ter passado ao lado de Arezzo, e ter passado nos arredores de Siena e não tê-la visitado. Quem sabe se irei a Siena um dia se não for agora?

— Pare com isso. Nem em casa você revelou ser tão esnobe. Que mal vai lhe acontecer se não tiver visto os primitivos de Siena?

— Quem sente curiosidade pelos primitivos de Siena?

— Mas então o que você quer fazer em Siena?

— Sei lá. Se eu soubesse não me afligiria. Mas ao dizer a palavra Siena tenho a sensação de que lá veria alguma coisa que ajeitaria tudo.

— Você é louco. Esse é o problema.

— Pode ser. E estou com fome. Você trouxe alguma coisa para comer?

— Mihály, você está comendo demais desde que chegou na Itália. Você acabou de tomar o café-da-manhã.

O trem chegou a uma estação chamada Terontola.

—Vou descer aqui e tomar um café.

— Não desça, você não é italiano. O trem vai partir a qualquer momento.

— Vai nada, fica durante 15 minutos em todas as estações. Adeus. Fique com Deus.

— Adeus, macaco tolo. Escreva.

Mihály desceu, pediu o café, e, enquanto a máquina de expresso pingava gota a gota silvando a bebida quente e maravilhosa, ele começou a conversar com um nativo sobre as celebridades de Perugia. Em seguida, tomou o café.

— Venha logo — disse o nativo. — O trem vai partir.

De fato, quando saíram, metade do trem já estava fora da estação. Mal conseguiu se pendurar no último vagão. Era um vagão antigo, de terceira classe, sem corredor, cada cabine era um mundo à parte.

"Não faz mal. Na próxima estação eu passo para a frente", pensou.

— É a primeira vez que vai a Perugia? — perguntou o nativo amistoso.

— Para Perugia? Eu não vou para Perugia. Infelizmente não.

— Então com certeza vai seguir para Ancona. Não é bom. Desça em Perugia; é uma cidade muito antiga.

— Mas eu estou indo para Roma — disse Mihály.

— Para Roma? O senhor está brincando.

— Eu o quê? — perguntou Mihály, achando que havia entendido mal o italiano.

— Está brincando — gritou o italiano. — Esse trem não vai para Roma. O senhor é bem engraçado — disse, usando a expressão italiana habitual.

— Por que não iria para Roma? Eu o tomei com a minha mulher em Florença, estava escrito que ia para Roma.

— Mas este não é aquele trem — disse o italiano, como se tivesse ouvido a melhor piada de sua vida. — O trem para Roma saiu antes. Este é o trem que vai de Ancona para Perugia. O desvio ficava em Terontola. Incrível! E a *Signora* segue tranqüilamente para Roma.

— Sensacional — disse Mihály, olhando desconsolado pela janela o lago Trasimeno, como se por ele viesse uma solução a remo em seu encontro.

Quando na noite anterior pegara o cheque e o passaporte pensara — claro que não com muita seriedade — que no caminho poderia acontecer de se separarem. Quando desceu em Terontola, passou de novo pela sua cabeça a idéia de deixar que Erzsi prosseguisse sozinha. Mas agora que acontecera, surpreendeu-se e ficou perturbado. Entretanto, seja como for, a coisa acontecera!

— E agora o que você vai fazer? — provocou o italiano.

— Vou descer na próxima estação.

— Mas este é um trem expresso. Só vai parar em Perugia.

— Então vou descer em Perugia.

— Viu? Eu logo disse que o senhor iria para Perugia. Não faz mal, vale a pena. É uma cidade muito antiga. E dê uma olhada nas redondezas também.

"Está bem", pensou Mihály. "Vou viajar para Perugia. Mas o que Erzsi vai fazer? Talvez prossiga até Roma e lá espere o próximo trem. Mas pode ser também que desça na estação seguinte. Talvez volte para Terontola. Nem assim vai me encontrar. Vai ser difícil ela imaginar que eu fui de trem para Perugia.

"Sim, vai ser difícil isso lhe ocorrer. Se eu descer em Perugia é provável que durante um ou dois dias ninguém me encontre. Ou talvez durante mais tempo, se eu não ficar em Perugia e sair de lá por uma estrada improvável.

"É sorte eu estar com o meu passaporte. Bagagem? Vou comprar uma camisa e as outras coisas, a roupa de baixo na Itália é boa e barata, ia comprar de qualquer forma. E dinheiro... como estamos de dinheiro?"

Pegou a carteira e encontrou o cheque em liras do Banco Nacional.

"Sim, ontem de noite... Vou descontá-lo em Perugia, lá com certeza haverá um banco onde o aceitarão."

Encolheu-se num canto e adormeceu. O italiano amistoso o acordou quando chegaram em Perugia.

SEGUNDA PARTE

O fugitivo

Tigre, tigre, chama amarela ardente
Na mata escura...

William Blake

Capítulo 1

A grande planície da Úmbria abrigava numa das extremidades Perugia sobre uma planície rochosa e, na outra, apoiada sobre o gigantesco monte Subacio, branquejava Assis, povoaram-se flores em alguns dias. Árvores frutíferas espalhavam por todos os lados a renovação da estação do ano, morangueiros de galhos retorcidos, oliveiras verde-pálidas e árvores grandes de flores lilases cujo nome ninguém sabia dizer a Mihály. De dia o caminhante podia andar em mangas de camisa, as noites ainda eram frescas, sem serem desagradáveis.

Mihály chegou a Assis vindo de Spello a pé, subiu ao ponto mais elevado da cidade, a Rocca, ouviu as explicações históricas de um garoto italiano bonito e sábio, sentou-se sobre um muro da cidadela antiga, contemplou a paisagem da Úmbria durante horas e sentiu-se feliz.

"A Úmbria é completamente diferente da Toscana", pensou, "é mais camponesa, mais antiga, mais sagrada, e um tanto mais sombria".

"A terra dos franciscanos. Repleta de cidades de montanha. Na minha terra a gente sempre fez as construções nos vales, ao pé das montanhas, ao passo que aqui as construções são sobre elas, acima da planície. Na verdade, que espécie de imagem de inimigo ancestral vivia na natureza dos fundadores, de que horror eles fugiam sempre para o alto, para a proteção das rochas íngremes? No lugar onde em meio à planície se elevava uma colina logo erguiam uma cidade.

"E aqui todo lugar é uma cidade. Spello, por exemplo, em meu país seria uma aldeia miserável — aqui ela é uma cidade regular, com catedral e café, muito mais uma cidade do que Szolnok ou Hatvan. E nela de fato nasceu um grande pintor, ou em seus arredores se perdeu uma grande batalha.

"A paisagem italiana não é apenas amistosa, apenas doce, como eu imaginava. Não aqui na Úmbria. Aqui há algo de sombrio, algo de escuro e áspero, como o loureiro — e é exatamente a Itália áspera que é atraente. Talvez seja um efeito das grandes montanhas nuas. Jamais imaginaria que na Itália houvesse tantas montanhas altas e nuas. Em Subacio ainda restam manchas de neve."

Mihály quebrou um galho da árvore cujo nome desconhecia e, de bom humor, revigorado, desceu para a cidadezinha. Na Piazza, em frente ao antigo templo de Minerva — o primeiro templo antigo que Goethe viu em sua viagem à Itália —, sentou-se diante do pequeno café, pediu um vermute e perguntou à garçonete o nome da árvore.

— *Salsifraga* — disse a moça ceceante, depois de hesitar um pouco. — *Salsifraga* — repetiu insegura. — Ao menos entre nós, lá no norte, em Milão, é assim que se chama. Mas aqui tudo tem um nome diferente — acrescentou contrariada.

"Que *salsifraga* que nada", pensou Mihály. "*Salsifraga* deve ser sempre-viva. Digamos que essa seja a árvore de Judas."

Apesar disso ele se sentia muito bem. A planície da Úmbria exalava felicidade, uma felicidade humilde e franciscana. Sentia, como muitas vezes nos sonhos, que as coisas importantes não aconteciam ali, mas em outro lugar, quem sabe lá no norte. Em Milão, de onde a jovem ceceante viera como uma exilada triste, ou onde Erzsi estaria... porém, ele foi tomado de tal felicidade que não precisava estar onde aconteciam as coisas importantes, mas em um lugar completamente diferente, num fim de mundo.

Em Assis ele tinha esperança de encontrar Ervin. Pois na juventude, quando a hegemonia era de Ervin, eles haviam lido tudo o que havia para ler sobre o grande santo de Assis. Ervin na realidade se tornara um frade franciscano. Ele, porém, não encontrou Ervin, e as igrejas franciscanas também não foram capazes de evocar o encantamento da juventude, nem mesmo a Santa Maria degli Angeli, em cujo interior ficava a Portiuncula onde o santo tinha morrido. Não ficou para a noite porque temia que num centro turístico importante como aquele poderiam encontrá-lo com mais facilidade. Seguiu viagem, e à noite chegou a Spoleto.

Ali jantou, mas o vinho não lhe agradou nem um pouco. De tempos em tempos os vinhos italianos tinham uma tendência a ter gosto de aguardente ou cheiro de cebola, sabe Deus por que, uma vez que em outras ocasiões eram extraordinários. Ficou ainda mais mal-humorado quando, ao pagar, constatou que em Perugia seu dinheiro, a despeito de toda economia, acabaria um dia e então não saberia o que fazer. O mundo exterior, de que feliz se esquecera em Perugia e na planície, começava novamente a se infiltrar.

Alugou um quarto barato em um albergue barato — naquele lugarejo não havia muita escolha —, e antes do jantar partiu para um passeio pelas ruelas de Spoleto. Nuvens encobriam a lua, estava escuro, e as ruelas negras da cidade se estreitavam a seu redor, menos acolhedoras que as vielas cor-de-rosa de Veneza. De algum modo chegou a uma parte da cidade em que a cada passo as ruas se tornavam mais escuras e ameaçadoras, as escadarias levavam a portões cada vez mais misteriosos, não se via quase ninguém, e ele se perdeu — e, nessa hora, de repente se desesperou ao notar que alguém o seguia.

Virou-se: o sujeito acabava de dobrar a esquina, uma figura muito alta, de roupa escura. Mihály foi tomado de um medo indizível, e de súbito se apressou para uma ruela mais escura e mais estreita que as outras.

A viela, porém, era sem saída. Mihály teve de se virar, e nisso o estranho já estava na entrada do beco. Mihály deu alguns passos desajeitados em sua direção e quando melhor viu o estranho, deteve-se horrorizado. Ele vestia uma capa preta curta, como se usava no século passado, sobre ela um xale de seda, e exibia no rosto velho, muito enrugado, macio, sem pêlos, um sorriso indescritível. Estendeu um pouco o braço na direção de Mihály e gritou com uma voz fina, esganiçada:

— Zacomo! — ou coisa parecida.

— Não sou eu — disse Mihály, fato que o estranho reconheceu, enquanto se distanciava em meio a uma enxurrada de desculpas. Mihály viu que o sorriso indescritível no rosto velho era simplesmente abobado.

Mihály, entretanto, não se conformou com a idéia de que a aventura se erigira sobre um medo inteiramente infundado, com um final cômico, e, além disso, com uma inclinação para o simbolismo, concluiu do episódio estúpido que o perseguiam, seguiam seu rastro. Em pânico, procurou o caminho que o levaria de volta ao albergue, trancou e escorou a porta com uma caixa. O quarto continuava assustador. Em primeiro lugar, era excessivamente grande para uma pessoa, e, em segundo, Mihály não conseguia se conformar com o fato de que na Itália os hotéis menores tinham pisos de pedra — sentia-se como se na infância o tivessem exilado na cozinha, uma punição terrível que, na verdade, nem poderia ter acontecido. Em terceiro lugar, o quarto ficava na extremidade da cidade montanhosa, e sob a janela caía uma parede de rocha de duzentos metros de altura. E de um modo completamente incompreensível, ao lado da janela se recortava uma porta de vidro. Talvez em alguma época se abrisse para uma varanda, demolida em um tempo histórico, ou quem sabe tivesse despencado por si em sua inutilidade, restando apenas a porta que agora se abria para o vazio, a duzentos metros de altura. Para suicidas o quarto representaria morte certa, não resistiriam à porta. E, além de tudo, entre as muitas paredes havia um único quadro, uma figura recortada de um cartão-postal, uma mulher terrivelmente feia, vestida segundo a moda do século passado, com um revólver na mão.

Mihály constatou que já tinha dormido em circunstâncias mais tranqüilizadoras, porém mais que o ambiente o perturbava o fato de que seu passaporte estava no andar de baixo, naquele lugar sombrio, com o dono da casa de ar malicioso, que não se dispusera a aceitar a sugestão astuciosa de Mihály de que ele próprio preencheria a ficha de entrada, uma vez que o passaporte estava escrito em uma língua estranha incompreensível. O hoteleiro fizera questão de ficar com o passaporte de Mihály enquanto ele estivesse hospedado. Parece que tivera experiências ruins. No todo, o hotel dava a impressão de que o proprietário teria vivido as piores experiências. De dia, provavelmente passavam por ali apenas mascates decadentes, pensou Mihály, e à noite espíritos de ladrões de cavalos jogavam baralho no refeitório, a assim chamada sala da *pranzo*, cheirando a cozinha...

Porém, fosse como fosse e na mão de qualquer um, o passaporte era uma arma voltada contra ele, expunha-o aos perseguidores, e fugir deixando-o para trás seria tão desagradável quanto correr de cueca, como nos sonhos. Mihály deitou-se angustiado na cama de limpeza discutível, não dormiu muito, o sono, o cochilo e a vigília angustiada se fundiram inteiramente na sensação noturna estranha de que estava sendo seguido.

Levantou-se bem cedo, desceu, depois de muita luta despertou o hoteleiro, pagou a conta e, de posse do passaporte, saiu às pressas para a estação. Uma jovem sonolenta lhe fez um café junto do balcão do bar, e passado algum tempo chegaram trabalhadores italianos também sonolentos. A angústia de Mihály não passava. Temia o tempo todo que o apanhassem, desconfiava de toda figura com aparência de soldado ou policial enquanto o trem não chegava. Depois respirou aliviado, preparou-se para jogar fora o cigarro e embarcar.

Nessa hora um pequeno fascista muito jovem e de ótimo aspecto se aproximou e pediu para que ele não jogasse fora o cigarro, antes queria fogo.

— *Ecco* — disse Mihály, e estendeu o cigarro. Não pensou em nada de ruim. Além disso, o trem já estava ali.

— O senhor é estrangeiro — disse o pequeno fascista. — Reconheço pelo modo como disse *ecco*. Tenho bons ouvidos.

— *Bravo* — disse Mihály em italiano.

— O senhor é húngaro! — alegrou-se o pequeno fascista.

— *Si, si* — falou Mihály sorrindo.

Nesse momento o fascista grudou em seu braço com uma força que Mihály não imaginaria que o pequeno homem tivesse.

— Ah! O senhor é o cavalheiro procurado por toda a Itália! *Ecco*! Aqui está seu retrato! — disse, tirando um papel com a outra mão. — A sua esposa está à sua procura!

Mihály livrou o braço, pegou um cartão e nele rabiscou às pressas: *Estou bem, não me procure*, e o entregou ao pequeno fascista com uma nota de dez liras.

— *Ecco*! Mande este telegrama para a minha mulher. *Arrivederci*!

Mihály se livrou das mãos do fascista, que nesse meio-tempo o agarrara de novo, saltou para dentro do trem que partia e bateu a porta atrás de si.

O pequeno trem foi para Norcia, entre as montanhas. Quando desceu, diante dele se estendiam as montanhas Sibilinas, com seus picos de mais de dois mil metros. O Gran Sasso, a cadeia mais alta da Itália, estava à direita.

O terror impelia Mihály para os picos, como acontecera um dia aos construtores de cidades italianos. No alto, na vastidão de gelo e de neve não o encontrariam. Agora não pensava mais em Erzsi, ou melhor, sentia que com o telegrama havia desarmado Erzsi habilmente. Ela, porém, era apenas uma entre muitas. Não eram exatamente pessoas que o perseguiam, mas instituições e o conflito alarmante dos anos passados.

O que havia sido a sua vida nos últimos 15 anos? Aprendera seu ofício em casa e no estrangeiro, não apenas o próprio ofício, mas o ofício da família, do pai, da empresa, que não o interessava, depois entrara na firma, em seguida esforçara-se por aprender os prazeres condizentes com o integrante de uma empresa, aprendera a jogar *bridge*, a esquiar e a dirigir, esforçara-se por se envolver em aventuras amorosas adequadas a um membro de empresa, e por fim encontrara Erzsi, sobre quem depois, em círculos ilustres, se faziam as fofocas esperadas acerca do sócio jovem de uma empresa importante, e, por fim, como se esperava de um sócio, acabou se casando, desposou uma mulher bonita, inteligente, rica e, por conta da relação anterior, famosa. Talvez passado apenas um ano, se ele seguisse sendo sócio, suas atitudes se enrijecessem. Primeiro somos sr. X, que, por acaso, é um engenheiro, e, mais cedo ou mais tarde, nos transformamos em um engenheiro, que acontece de se chamar sr. X.

Atirou-se à montanha a pé. Vagou em torno de pequenas aldeias de montanha; a população se comportava de maneira tranqüilizadora, não o perseguia. Aceitaram-no como um turista louco. No entanto, se um cidadão o encontrasse no terceiro ou quarto dia de perambulação, não o veria mais como um turista, mas apenas como um louco. Não se barbeou mais e não se lavava, não se despia para dormir, somente fugia. E também em seu íntimo tudo efervescia entre as linhas delgadas das montanhas impiedosas, na solidão e no abandono, distantes da humanidade. Nenhuma idéia aproximada, nebulosa, do objetivo aflorou em sua mente, sabia apenas que não havia volta. No leito das visões, as muitas pessoas e coisas que o perseguiam, os anos e as instituições assumiram uma forma aterrorizante, de certo modo concreta. Sentia a fábrica paterna como uma barra de aço imensa, pronta para desferir o golpe, e também via nos processos de transformação lentos mas visíveis do corpo que aos poucos envelhecia, como se a pele se encolhesse ao ritmo do ponteiro grande do relógio. Tinha os sintomas delirantes de uma febre nervosa.

Mais tarde os médicos constataram que a febre nervosa resultara da exaustão. Não era de admirar: durante 15 anos Mihály se submetera a esforços ininterruptos. Esforçara-se por ser diferente do que era, por jamais viver segundo as próprias inclinações, como dele se esperava. O casamento fora o esforço derradeiro e o mais heróico. Em seguida, a agitação da viagem e o extraordinário processo de dissolução que a paisagem italiana provocara nele, acrescidos do fato de que durante toda a lua-de-mel bebera sem parar e nunca dormira o bastante, contribuíram para o desmoronamento. E, acima de tudo, sabemos que enquanto caminhamos não percebemos como estamos cansados; o cansaço aparece apenas quando nos sentamos. O cansaço acumulado de 15 anos se apoderou de Mihály somente a partir do momento em que, sem querer, mas não sem intenção, embarcou em outro trem em Terontola, em um trem que o distanciaria mais de Erzsi, a caminho da solidão e de si próprio.

Certa noite chegou a uma cidade maior. Estava num estado de espírito tão irreal que nem se interessou pelo nome da cidade, ainda menos porque naquele final de manhã percebeu que não lhe vinha à mente uma única palavra em italiano. Assim, nós também não temos de registrar o nome da cidade. Na *piazza* havia um albergue mais amistoso; ele entrou e jantou com um apetite bastante bom, normal, nhoque com molho de tomate, queijo de cabra da região, laranja e vinho branco. Quando chegou a hora de pagar, porém, achou que a filha do hoteleiro o olhava de modo suspeito e trocava cochichos com os dois homens que além dele estavam no recinto. Saiu correndo de imediato e vagou inquieto na montanha que se estendia sobre a cidadezinha. Não pôde ficar no alto porque ventava muito e acabou descendo uma encosta íngreme.

Chegou a um vale profundo como um poço, que, embora lá o vento não soprasse, era tão asfixiante, escuro e agreste que teria achado inteiramente normal se topasse com ossos humanos e, entre eles, com uma coroa real, símbolo de uma autoridade ancestral ou de alguma tragédia manchada de sangue. Mesmo num estado de espírito normal ele era tremendamente sensível à atmosfera das paisagens, sensibilidade que nessa hora se mostrava dez mil vezes maior. Fugiu correndo do vale profundo e sentiu-se bastante cansado. Um pequeno sendeiro o levou ao alto de uma colina suave. No topo do morro parou junto de uma parede baixa. A região era acolhedora, atraente. Saltou sobre a parede baixa e à luz débil das estrelas viu o que pareceu ser um jardim com belos ciprestes. A seus pés uma pequena elevação se ofereceu como um travesseiro. Deitou-se e logo mergulhou num sono profundo.

Mais tarde o brilho das estrelas aumentou muito. As estrelas ardiam com tanta intensidade que era como se uma inquietação incomum ganhasse força no firmamento e despertasse. Sentou-se e correu os olhos, hesitante, pelo brilho amedrontador das estrelas. De trás de um cipreste emergiu Tamás, pálido e mal-humorado.

— Tenho de ir para casa — disse —, porque não consigo dormir sob essa luz assustadora. Em seguida foi embora e Mihály quis correr atrás dele, mas não conseguiu se levantar, por mais que se esforçasse.

De madrugada Mihály acordou por causa do frio e da primeira luz, e examinou sonolento o jardim. Sob os ciprestes havia toda espécie de túmulos com crucifixos: dormira no *camposanto*, o cemitério da aldeia. Não poderia haver nada mais terrível; as cidades dos mortos italianas talvez fossem mais amistosas e atraentes que as dos vivos, tanto de dia quanto ao luar. Para Mihály, porém, a situação tinha um significado simbólico terrível. Ele de novo fugiu correndo, e é esse o instante que devemos registrar como o momento de eclosão da doença. Do que lhe aconteceu a partir de então, ele mais tarde não conseguiu se lembrar.

No quarto, no quinto ou talvez no sexto dia, o pôr-do-sol o alcançou em uma estrada de montanha. Os tons cor-de-rosa e dourados do sol poente o encantaram também no estado febril em que estava, talvez mais que no período de lucidez. Lúcido ele resistiria em reagir com tanta intensidade às cores antigas e inteiramente sem finalidade do firmamento. Quando, entretanto, o sol desapareceu atrás de uma montanha, um pensamento febril o levou de repente a se agarrar a uma rocha, na crença de que do alto ainda veria o sol durante algum tempo. A mão desajeitada, contudo, se agarrou a um lugar inadequado, ele escorregou para o fosso que ladeava o caminho e não teve mais forças para se reerguer. Ficou deitado.

Por sorte, vendedores ambulantes passaram por ali em mulas, de madrugada, à luz da lua, viram o homem deitado, reconheceram nele o estranho ilustre, e numa solidariedade bem-intencionada o levaram para a aldeia, de onde funcionários públicos o transferiram, com baldeações, ao hospital de Foligno. Ele, porém, não teve consciência de nada.

Capítulo 2

Quando voltou a si, continuava sem conseguir falar uma palavra em italiano. Em húngaro, dirigiu à enfermeira, numa voz débil e temerosa, as perguntas de costume: onde estava, como chegara lá. Como a enfermeira não sabia responder, concluiu por conta própria — não foi muito difícil — que estava em um hospital. Lembrou-se também da estranheza que sentira entre as montanhas e se acalmou. Tinha apenas curiosidade de saber qual era o seu problema. Não sentia dor, apenas muito cansaço e fraqueza.

Por sorte, havia no hospital um médico meio inglês de nascimento que foi chamado ao leito de Mihály. Mihály vivera na Inglaterra durante muito tempo, a língua inglesa lhe entrara no sangue de um modo que não a esquecera e, assim, eles se entenderam bem.

— O senhor não tem nada — disse o médico —, apenas uma exaustão tremenda. O que o senhor fez para estar tão cansado?

— Eu? — perguntou Mihály refletindo. — Nada. Vivi.

E adormeceu.

Quando acordou, sentia-se muito melhor. O médico inglês veio de novo, examinou-o e comunicou-lhe que ele não tinha nada, em alguns dias poderia se levantar.

O médico se interessava por Mihály e conversava muito com ele. Desejava saber como ele havia se cansado tanto. Aos poucos notou quanto Mihály se afligia com a idéia de que em alguns dias estaria saudável e teria de sair do hospital.

— O senhor tem algo a fazer em Foligno ou na redondeza?

— Claro que não. Nem sabia que Foligno existia.

— Para onde quer ir daqui? Voltar para a Hungria?

— Não, não. Gostaria de ficar na Itália.

— E o que o senhor procura na Itália?

— Não tenho a menor idéia.

— Tem parentes?

— Não, não tenho ninguém — disse Mihály, e caiu no choro em meio a uma fraqueza nervosa. O médico de coração mole sentiu muita pena do homem abandonado e a partir de então passou a tratá-lo com mais amor. Embora Mihály chorasse não por não ter ninguém, mas, ao contrário, porque havia muita gente interessada nele e ele sentia medo de não poder conservar por muito tempo a solidão que no hospital tanto apreciava.

Contou ao médico que durante toda a vida ansiara por ficar em um hospital. Claro que não como um doente grave ou que sofresse, mas assim, como estava, deitado, num cansaço impotente e indesejado, bem atendido, sem qualquer objetivo ou desejo, desligado das coisas dos homens.

— Na Itália tenho tudo o que sempre desejei — concluiu.

Descobriram que o médico gostava das associações históricas tanto quanto Mihály. Aos poucos ele começou a passar todo o tempo livre junto do leito de Mihály em conversas cansativas sobre história. Mihály aprendeu muito sobre Angela da Foligno, a santa mística, a filha mais famosa da cidade, de quem a gente de Foligno de um modo geral nem ouvira falar. E soube muito sobre o próprio médico, que narrava acontecimentos familiares aventureiros, como todo inglês. O pai fora um dia oficial da Marinha, certa vez contraíra febre amarela em Cingapura, na doença fora atormentado por visões terríveis, e quando se recuperara tornara-se católico praticante, porque acreditava que só assim escaparia das torturas do inferno. A família, religiosa, constituída na maioria de ministros da igreja anglicana, deu-lhe as costas, fazendo com que o velho passasse a odiar os ingleses, deixasse a marinha de guerra e se empregasse numa companhia comercial italiana, para mais tarde desposar uma italiana. Richard Ellesley — o nome do médico — passara a infância na Itália. O avô italiano deixara uma fortuna considerável e o pai enviara o jovem para ser educado em Harrow e Cambridge. Durante a guerra o velho voltou para a marinha de guerra inglesa e tombou na Batalha de Skagerrak, eles perderam a fortuna e desde então Ellesley ganhava o pão como médico.

— Do meu pai não herdei nada, a não ser o medo do inferno — disse sorrindo.

Aqui os papéis se inverteram. Mihály, embora tivesse medo de muitas coisas, não temia o inferno nem um pouco, não tinha nenhuma sensibilidade para a vida no outro mundo. Então decidiu curar o médico. Era necessário curá-lo com urgência. Praticamente a cada três dias, um medo terrível assaltava o médico.

O medo não era despertado por um sentimento de culpa: ele era uma alma virtuosa e boa, não se recriminava por nenhum pecado em particular.

— Então por que você acha que vai para o inferno?

— Meu Deus, eu não tenho como saber por que irei para lá. Não vai ser por vontade própria; serei levado.

— Satã só tem poder sobre os maus.

— Isso nunca se sabe. Porque a reza diz (o senhor também a conhece): "São Miguel arcanjo, proteja-nos em todas as nossas lutas; proteja-nos contra as maldades e travessuras de Satã. Que Deus impere, suplicamos; e você, príncipe dos exércitos celestes, com a força de Deus condene Satã e os outros espíritos malvados que vêm à Terra para a perdição das almas."

A reza evocou em Mihály a capela da escola e o horror adolescente que naquela época a reza sempre despertava nele. Porém, não eram Satã e a condenação que o horrorizavam, mas a historicidade inclemente, ancestral, da reza — por outro lado, para ele o catolicismo em si era atual; apenas a reza era como um resquício de tempos antigos, enterrados.

Uma vez assaltado pelo medo do inferno, Ellesley corria para padres e vigários, para que o absolvessem dos pecados. Mas não adiantava muito. Em parte porque não se sentia pecador e o perdão não ajudava. Em parte porque os confessores eram na maioria padres primitivos, de aldeia, que não perdiam a oportunidade de lembrá-lo dos horrores do inferno, agravando assim sua condição. Os amuletos e objetos mágicos eram mais úteis. Certa vez uma velha santa o defumou com uma erva sagrada, e ele durante dois meses sentiu-se em paz.

— Mas o senhor — perguntou —, o senhor não sente nenhum medo? O que o senhor acha, o que acontece com a alma depois da morte?

— Nada.

— E o senhor não tem fé na imortalidade e na vida eterna?

— O nome dos grandes permanece para sempre. E eu não sou grande.

— E suporta a vida dessa forma?

— Isso é outra questão.

— Não compreendo como pode acreditar que quem morre deixa de existir completamente. Pois existem mil provas do contrário. Todo italiano e todo inglês podem dizê-lo para o senhor. Nessas duas nações não há quem não tenha se encontrado com os mortos, e esses dois são os povos mais decentes. Não entendo que espécie de gente são os húngaros.

— O senhor também já se encontrou com mortos?

— É claro que sim. E não só uma vez.

— Como?

— Não vou contar porque talvez possa deixá-lo nervoso. Embora um dos encontros tenha sido tão simples que nem vai incomodá-lo. Durante a guerra eu estudava em Harrow. Um dia estava de cama — estava gripado — e olhei pela janela. De repente, no parapeito da janela vi o meu pai vestido de oficial da marinha acenando para mim. O estranho era que no barrete de oficial havia duas asas. Como se costuma representar Mercúrio. Pulei da cama e abri a janela. Mas ele não estava mais lá. Isso aconteceu de tarde. Meu pai tombara naquela manhã. Esse foi o tempo que a alma dele levou para ir de Skagerrak a Harrow.

— E a outra vez?

— Foi muito mais misteriosa, aconteceu em Gubbio, não faz muito tempo. Mas essa eu não posso contar, de verdade.

— Gubbio? Por que esse nome é tão familiar para mim?

— Com certeza pela lenda de São Francisco, de Fioretti.

— Claro, é verdade, o lobo de Gubbio... com quem São Francisco firmou um pacto de que ele não perturbaria os moradores da cidade, que, por conta disso, cuidariam dele...

— E todas as noites o lobo pode ser visto percorrendo as casas de Gubbio com a cestinha no pescoço, reunindo os donativos caridosos.

— Essa Gubbio ainda existe?

— Claro, é perto daqui. Vá visitá-la quando estiver curado. É muito interessante, não só pela lembrança do lobo...

Falaram muito também sobre a Inglaterra, a outra pátria do doutor Ellesley, pela qual ele ansiava muito. Mihály também gostava muito da Inglaterra. Passara dois anos sérios e sonhadores lá, antes de voltar a Paris e para casa. Em Londres vivera a orgia da solidão, às vezes passava semanas sem falar com ninguém, a não ser com trabalhadores em cervejarias dos subúrbios, e mesmo com eles apenas algumas palavras. Gostava do clima terrível de Londres, de sua suavidade úmida, inchada, nevoenta, em que se podia afundar, companheira fiel da solidão e do esplim.

— Novembro em Londres nem é um mês — disse —, mas um estado de espírito.

Ellesley lhe deu inteira razão.

— Veja, agora me ocorre — disse Mihály — que no mês de novembro, em Londres, eu também vivi uma coisa que nas pessoas que se parecem com o senhor teria reforçado a crença de que os mortos existem de alguma forma. Em mim reforçou apenas a idéia de que tenho um problema em meu sistema nervoso. Ouça bem. Certa manhã trabalhava na fábrica (repito, era novembro), quando me chamaram ao telefone. Uma voz desconhecida de mulher me pediu que fosse em tal e tal lugar de tarde por conta de um assunto extremamente importante — passou um endereço e um nome desconhecidos. Resisti, certamente seria um engano. "Não", disse a voz de mulher, "procuro um cavalheiro húngaro que trabalha na fábrica Buthroyd como voluntário — há algum outro?" Não, eu disse, e o nome também confere. Mas diga do que se trata. Ela não podia dizer... Falamos longamente, por fim eu prometi que iria.

E fui, porque estava curioso. Existe algum homem que não se excite com uma voz de mulher desconhecida que se cala ao telefone? As mulheres, se conhecessem os homens, lhes pediriam tudo pelo telefone e no anonimato. A rua — Roland Street — se estende por uma região desagradável de Londres, atrás da Tottenham Court Road, ao norte do Soho, onde moram os artistas e as prostitutas que não têm o suficiente para morar no Soho ou em Bloomsbury. Não sei ao certo, mas acho muito provável que naquela área morassem os fundadores de religiões, os gnósticos e os espiritualistas mais modestos. O bairro todo exibe a decadência religiosa. Pois foi para lá que tive de ir. O senhor precisa saber que sou inacreditavelmente sensível à atmosfera das ruas e paisagens. À medida que atravessava as ruas escuras em busca da Roland Street, na neblina — não era *fog*, mas apenas *mist*, branca, em gotículas, como leite, verdadeiramente de novembro —, a sensação de decadência religiosa me assaltou com tanta força que quase fiquei enjoado.

Por fim achei a casa e junto do portão o nome que a desconhecida dera ao telefone. Toquei a campainha. Passado um tempo ouviu-se um arrastar de pés, e uma empregada desleixada e sonolenta abriu a porta.

— O que deseja? — perguntou.

— Não sei — eu disse, constrangido.

Então alguém, como se de muito longe, gritou. A empregada refletiu e por algum tempo não disse uma única palavra. Depois me conduziu para uma pequena escada suja e disse segundo o costume inglês: "Siga em frente." Ela própria ficou lá, não subiu.

No alto encontrei uma porta aberta e um quarto escuro, nele não havia ninguém, por outro lado a porta em frente acabava de se fechar, como se alguém tivesse deixado o quarto naquele instante. Lembrando-me das instruções da empregada, atravessei o quarto e entrei pela porta recém-fechada. De novo cheguei a um quarto escuro, antiquado, poeirento e de mau gosto em que não havia ninguém, e ao mesmo tempo a porta em frente acabava de se fechar como se alguém acabasse de sair. De novo atravessei o quarto e entrei no terceiro e a seguir no quarto aposento. Diante de mim uma porta sempre se fechava sem fazer barulho, como se alguém andasse à minha frente. Por fim, no quinto quarto... embora seja exagero dizer por fim, porque no quinto quarto também não havia ninguém, mas ao menos ali nenhuma porta se fechou à minha frente. Esse quarto só tinha uma porta, a porta em que entrara. Mas quem andava à minha frente não estava lá.

No quarto ardia uma lâmpada, e nele não havia nenhum móvel a não ser duas poltronas. Nas paredes, quadros, tapetes, toda espécie de objetos fora de moda e sem valor. Sentei-me hesitante numa das poltronas e esperei. Enquanto isso eu olhava inquieto à minha volta porque sabia que estava diante de alguma coisa muito estranha.

Não sei por quanto tempo fiquei sentado assim, quando de repente o meu coração começou a bater terrivelmente porque encontrei o que inconscientemente eu buscava. Desde o primeiro instante em que entrei no quarto senti que me observavam. Em seguida, achei. Em uma das paredes pendia um tapete japonês com figuras de diversos dragões e animais e os olhos dos animais eram feitos de grandes botões de vidro colorido. Percebi que os olhos de um animal não eram de vidro, mas dois olhos de verdade que me olhavam.

Em outras circunstâncias me ocorreria alguma coisa no gênero de um romance policial, pois lemos muito sobre estranhos que desaparecem em Londres sem deixar pistas, e a minha aventura começara exatamente como imaginamos as histórias desses desaparecimentos. O natural teria sido que eu me assustasse, desconfiasse de um crime e me pusesse numa atitude defensiva. Porque, meu senhor, o olho era conhecido...

— Como assim?

— O olho era de um amigo meu de infância, um certo Tamás Ulpius que morreu muito jovem, em circunstâncias trágicas, embora obscuras. Em alguns instantes o horror passou e fui tomado de uma alegria indistinta, fantasmagórica, um espectro de alegria. "Tamás!", gritei, e quis correr para ele. Mas naquele instante o olho desapareceu.

— E depois?

— Na verdade não há depois. O que vem depois é completamente sem sentido. No quarto entrou uma senhora mais velha, uma mulher estranha, à antiga, antipática, de olhos grandes, e com um rosto até certo ponto inexpressivo perguntou alguma coisa. Não compreendi, eu não falava inglês. Tentei em francês, em alemão, também em húngaro, mas a mulher balançou a cabeça, triste. Depois disse alguma coisa numa língua estranha, numa animação crescente, e me assediou com mais e mais perguntas. Eu me levantei para descobrir ao menos em que língua ela falava. Tenho bom ouvido para línguas, também para aquelas que não entendo: concluí que a língua que a mulher falava não era latina, nem germânica, nem eslava e nem mesmo fino-ugriana, porque eu tinha estudado finlandês na universidade. E de repente tive certeza de que ela era a única no mundo a falar aquela língua. Não sei por que pensei nisso. Mas fiquei tão horrorizado que dei um pulo e corri de volta pelos quartos, para fora da casa.

— E qual é a explicação? — perguntou Ellesley.

— Não tenho nenhuma explicação, a não ser que era novembro. Devo ter chegado àquela casa por conta de um engano sem razão. A nossa vida é cheia de coincidências sem sentido...

— E o olho?

— O olho na verdade fui eu que imaginei, sob efeito do ambiente estranho e do novembro londrino. Porque continuo a ter certeza de que quem morreu, morreu.

Capítulo 3

O prazo se esgotou e Mihály, recuperado, teve de deixar o hospital. O prisioneiro, libertado depois de vinte anos de cadeia, deve se sentir desligado de tudo e sem objetivos como Mihály, quando com seus poucos pertences — porque não tinha outras posses a não ser as compras que fizera em Perugia no dia da fuga — caminhou entre as casas baixas de Foligno.

Sentia que não poderia viajar para casa. Perante a família, por conta de sua fuga, tornara-se impossível dar qualquer explicação. Além disso, não era capaz de suportar a idéia de ir para Budapeste, entrar no escritório, ocupar-se de negócios e, para descansar, jogar *bridge* e conversar.

Ainda teria de conhecer muitas cidades italianas, que com certeza escondiam muitas coisas. Decidiu que escreveria para casa e pediria dinheiro.

Porém, adiava a carta todos os dias. Ficou em Foligno, onde vivia a única pessoa com quem tinha alguma relação, o dr. Ellesley. Alugou um quarto e viveu silenciosamente, lia os romances ingleses que o médico lhe emprestava e alegrava-se com o almoço e o jantar. Somente o sabor das comidas italianas o ligava à realidade naqueles dias apáticos. Gostava do sentimentalismo insuperável da cozinha italiana: em geral a cozinha franco-européia cultivava sabores atenuados, finos e sutis, disciplinada como as cores da moda masculina. O italiano gostava do muito doce, do muito azedo, dos sabores muito marcantes, e mesmo para as massas, excessivas, atribuía um sentido sentimental.

Certa noite estava sentado com Ellesley diante do café da cidadezinha. Como de hábito, falavam inglês. De repente uma mulher jovem se aproximou da mesa, falou num inglês norte-americano e sentou-se junto deles:

— Não me levem a mal — disse —, mas passei o dia vagando nessa maldita cidade e não encontrei ninguém com quem fosse capaz de me fazer entender. Preciso que esclareça uma coisa. Vim aqui por isso. É muito importante.

— Disponha.

— Pois bem, eu estudo história da arte em Cambridge.

— Oh, em Cambridge? — gritou, feliz, Ellesley.

— Sim, em Cambridge, no estado de Massachusetts. Por quê? O senhor também estudou lá?

— Não, eu estudei em Cambridge na Inglaterra. Mas em que podemos ser úteis?

— Bem, estudo história da arte e vim para a Itália porque, como os senhores talvez saibam, aqui há muitos quadros que não existem em outros lugares. E eu vi todos eles.

Pegou uma caderneta e prosseguiu:

— Estive em Florença, em Roma, em Nápoles, em Veneza e numa porção de lugares cujos nomes não consigo ler agora por causa da falta de luz. Agora mesmo em Per... Estive em Perugia. O nome está certo?

— Sim.

— Lá no museu conheci um senhor francês. Era francês, mas era muito correto. Explicou tudo muito bem e depois disse que eu não podia deixar de ir a Foligno, porque lá havia um quadro muito famoso pintado por Leonardo da Vinci, como sabem o mesmo que pintou *A última ceia*. Pois então vim para cá. E procurei o quadro o dia todo e não o encontrei. E ninguém conseguiu me orientar nesse buraco detestável. Tenham a bondade de me dizer onde esconderam o quadro.

Mihály e o médico se entreolharam.

— Quadro de Leonardo? Nunca houve um quadro dele em Foligno — disse o médico.

— Não é possível — disse a moça ofendida. — O senhor francês me garantiu. Disse que nele havia uma bela vaca branca, um ganso e um gato.

Mihály caiu na risada.

— *My dear lady*, a coisa é muito simples: o senhor francês a enganou. Em Foligno não há nenhum quadro de Leonardo; e, embora eu não entenda do assunto, tenho a impressão de que Leonardo não tem nenhum quadro assim, com uma vaca, um ganso e um gato.

— Então por que ele disse?

— Talvez porque os europeus cínicos gostem de comparar as mulheres com esses animais. Claro, apenas as mulheres européias.

— Não entendo. O senhor está dizendo que o senhor francês zombou de mim? — perguntou ruborizada.

— Infelizmente, parece que sim.

A moça refletiu profundamente. Depois perguntou a Mihály:

— O senhor não é francês?

— Não. Sou húngaro.

A moça acenou com a mão, dando a entender que tanto fazia. Depois se voltou para Ellesley:

— Mas o senhor é inglês.

— Sim. Em parte.

— E o senhor é da mesma opinião que o seu amigo?

— Sim — disse Ellesley assentindo, triste.

Durante algum tempo a moça pensou de novo, depois fechou os punhos.

— E eu fui tão simpática com ele! Como eu queria saber ao menos o nome do malandro.

Seus olhos se encheram de lágrimas. Ellesley a consolou:

— Não aconteceu nada terrível. Pode escrever no caderno que esteve também em Foligno.

— Já anotei — disse a moça soluçando.

— Pois então — disse Mihály. — E amanhã a senhora volta direitinho para Perugia e prossegue seus estudos. Vou acompanhá-la até o trem; porque eu também tomei o trem errado...

— Não se trata disso. É uma vergonha, uma vergonha! Lidar assim com uma pobre mulher indefesa! Sempre me disseram para tomar cuidado com os europeus. Mas eu tenho um caráter íntegro. Aqui servem uísque?

Depois ficaram juntos até a meia-noite.

Em Mihály a presença da moça teve um efeito revigorante, ele também bebeu uísque e tagarelou, embora preferisse fazer a moça falar. Enquanto isso o pequeno doutor continuou taciturno, porque tinha uma natureza ciumenta e a moça o agradava bastante.

A moça — que se chamava Ingram Millicent — era extraordinária. Extraordinária especialmente como historiadora de arte. Imaginava que Luca della Robbia fosse uma cidade às margens do Arno e afirmava que estivera em Paris no ateliê de Watteau. "Um senhor de idade muito agradável", disse, "apenas sua mão é suja e não gostei de ele ter beijado meu pescoço no hall de entrada". Apesar disso, falava sobre história da arte o tempo todo, apaixonada e presunçosa.

Aos poucos se revelou que a moça era da Filadélfia, filha de pais muito ricos e bastante respeitada nos bons círculos sociais, ao menos ela se via assim, e parecia que uma inclinação a Rousseau a impelira para a solidão e a natureza, significado que a Europa tinha para ela. Estudara por alguns semestres em Paris, em Viena e em outros bons lugares — mas nada a atraíra. Conservara a integridade da alma norte-americana.

E ainda assim, quando Mihály foi para casa, ele cantarolou bem-humorado para si mesmo ao deitar e a apatia o deixou. "Millicent", disse. Como pode alguém se chamar Millicent! Millicent.

Ingram Millicent não era uma moça norte-americana bonita, enlouquecedora, de fazer chorar, das que se viam em Paris nos anos do pós-guerra, quando além delas tudo no mundo era muito feio. Entre as beldades norte-americanas, Millicent se situava no segundo escalão. Mas apesar disso tinha certa beleza, embora chamá-la de bonita talvez fosse exagero, porque o rosto era completamente inexpressivo. Em todo caso a moça tinha uma ótima aparência, com o nariz pequeno, a grande boca carnuda, muito pintada, o corpo primoroso, esportivo; os músculos pareciam elásticos como borracha.

E era norte-americana. Seja como for, pertencia ao gênero das beldades exportadas para Paris no tempo da juventude de Mihály. A "estrangeira" lembrava a juventude, os anos de peregrinação. E mais tarde restara deles uma nostalgia permanente, porque durante os anos de peregrinação somos desajeitados e medrosos, e perdemos as melhores oportunidades. Mihály vivia em Budapeste havia muitos anos, os amores eram todos de Budapeste. A estrangeira representava um pouco a juventude. E a libertação, depois de Erzsi, depois do casamento sério, depois dos muitos anos sérios. Por fim uma aventura, alguma coisa imprevista, que gravitava na direção de um desfecho inesperado.

A burrice de Millicent também o encantava. Na burrice profunda havia algo de sedutor, como um redemoinho que atrai para a aniquilação. A força de atração do vácuo.

No dia seguinte, quando acompanhou Millicent à estação de trem, antes de comprar a passagem, ele disse:

— Por que vai viajar de volta a Perugia? Foligno também é uma cidade. Fique aqui.

Millicent olhou para ele com olhos grandes e sérios, e respondeu:

— Tem razão.

E ficou.

O dia estava muito quente; tomaram sorvete e conversaram o dia todo. Mihály tinha a qualidade que torna os diplomatas ingleses temíveis para os seus pares: em caso de necessidade, era capaz de ser excepcionalmente estúpido. Millicent não notou nenhuma diferença intelectual entre eles, ou melhor, por conta do conhecimento de história da arte ela se viu numa condição de superioridade que lhe fez muito bem.

— O senhor é o primeiro europeu capaz de me valorizar intelectualmente — disse. — A maioria dos europeus é muito obtusa e não tem sensibilidade para a beleza da arte.

Mihály ganhou a inteira confiança de Millicent. Ao anoitecer, sabia tudo sobre ela; porém, não havia nada que valesse a pena saber.

De noite encontraram Ellesley no café. O médico ficou muito surpreso ao ver a moça em Foligno.

— Sabe — disse Millicent —, decidi que não podemos nos ocupar o tempo todo com questões artísticas. Um médico amigo me disse que o pensamento intenso constante faz muito mal para a pele. Não é verdade? Assim, decidi que vou me desligar um pouco. Vou me dar um descanso intelectual. O seu amigo me acalma muito. É uma alma simpática, simples, equilibrada. Não é verdade?

Ellesley reconheceu resignado que seu paciente cortejava a moça norte-americana e ficou ainda mais silencioso. Porque Millicent continuava a agradá-lo. Era muito diferente das mulheres italianas. Só uma anglo-saxã podia ser assim pura, assim inocente. Millicent — *innocent*, que bela rima seria se fosse poeta. Bem, não faz mal. Importava que para o simpático paciente húngaro a diversão caída do céu parecia fazer muito bem.

No dia seguinte Mihály e a moça deram um grande passeio. Em uma pequena taverna de aldeia se fartaram de *pasta*, depois se deitaram num pequeno parque de aparência clássica e adormeceram. Quando acordaram, Millicent disse:

— Há um pintor italiano que pintava árvores exatamente como essas. Como ele se chama?

— Botticelli — disse Mihály, e a beijou.

— Ohh! — disse Millicent com uma expressão horrorizada, e depois devolveu o beijo.

Agora que tinha a garota entre os braços, Mihály constatou feliz que não se enganara. O corpo era flexível como borracha. Oh, o que significa o corpo da estrangeira para aquele que persegue a fantasia e não os fenômenos da fisiologia! Sentia também nos beijos preliminares e inocentes que todas as partes do corpo de Millicent eram desconhecidas, ou melhor, magníficas. A boca saudável era norte-americana (oh, as pradarias!), era desconhecido o pescoço com os delicados fios de cabelo, a carícia das mãos grandes, fortes, a limpeza inimaginável, transcendente, do corpo (oh, Missouri-Mississippi, o Norte contra o Sul, *and the Blue Pacific Sea*!...).

"A geografia é o afrodisíaco mais poderoso", pensou consigo.

À noite, porém, uma carta reenviada de Perugia esperava por Millicent. A carta era escrita por *miss*. Rebecca Dwarf, que fora sua professora de história de arte medieval na Universidade de Cambridge (Massachusetts), mestra e principal guia espiritual. Durante o jantar Millicent contou em meio a lágrimas que *miss* Dwarf estava muito satisfeita com a última carta de Millicent, em que ela relatava os progressos nos estudos, mas achava indiscutivelmente urgente que ela viajasse e visse os célebres primitivos de Siena.

— Foi tão bom estar com você, Mike — soluçou, e pôs a mão sobre a de Mihály.

— Tem de ir para Siena sem falta?

— É claro. Se *miss* Dwarf escreveu...

— Que o diabo leve a velha megera — explodiu Mihály. — Ouça, Millicent. Não veja os primitivos de Siena. Os primitivos de Siena provavelmente são iguais aos primitivos da Úmbria que você viu em Perugia. E, além disso, não é indiferente ver dez quadros a mais ou a menos?

Millicent olhou para ele espantada e retirou a mão.

— Mas, Mike, como pode falar assim? Pensei que o senhor tivesse sensibilidade para a beleza da arte, apesar de ser europeu.

E se virou.

Mihály percebeu que havia cometido uma gafe. Viu-se obrigado a retomar o tom estúpido. Mas não lhe ocorreu nenhum argumento estúpido com que pudesse convencer Millicent. Experimentou o sentimentalismo.

— Para mim você vai fazer uma falta incalculável se for embora. Talvez não nos vejamos nunca mais nesta vida.

— É verdade — disse Millicent —, para mim você também vai fazer uma falta terrível. Até escrevi para a Filadélfia, contei para Doris e Ann Mary como você me entende bem; e agora temos de nos separar.

— Então fique aqui.

— Não é possível. Mas venha para Siena. Você não tem nada de especial para fazer.

— É verdade. O meu trabalho permite que eu vá.

— Então por que não vem?

Depois de certa hesitação Mihály confessou:

— Porque não tenho dinheiro.

Era verdade. O dinheiro quase acabara. Havia sido gasto em algumas peças melhores de roupa compradas na véspera, em consideração a Millicent, e também na alimentação dela, extraordinariamente farta e sofisticada. Era verdade que em alguns dias não teria mais dinheiro para ficar em Foligno… mas se ficamos em um mesmo lugar não sentimos tanto a falta de dinheiro como quando viajamos.

— Não tem dinheiro? — perguntou Millicent. — Como é possível?

— Acabou — disse Mihály sorrindo.

— E seus pais não mandam mais?

— Sim. Eles vão mandar. Se eu escrever para eles.

— Pois então. Até lá eu empresto — e tirou o talão de cheques. — De quanto precisa? Quinhentos dólares serão suficientes?

Mihály se espantou com a quantia e se espantou com a oferta. Todo sentimento burguês de decência e toda inclinação romântica se opunham a que recebesse dinheiro emprestado por conta de uma aventura da garota caída do céu que beijara pela primeira vez naquele dia. Millicent, porém, insistiu na proposta com uma inocência sedutora. Sempre emprestava para os amigos e amigas, disse. Na América era natural. E, além de tudo, Mihály lhe pagaria logo. Por fim, combinaram que Mihály pensaria na coisa até o dia seguinte.

Mihály tinha muita vontade de ir a Siena, independentemente de Millicent. Foligno o entediava mortalmente, ansiava por Siena porque uma vez curado da apatia as cidades italianas voltaram a exigir, doces e cruéis, que ele visitasse algumas delas e vivesse seus segredos antes que fosse tarde. Como no início da lua-de-mel voltava a sentir o significado da Itália, um tesouro muito frágil que de um instante para outro ele poderia deixar cair das mãos. Millicent, por sua vez, desde que ele a beijara, era muito mais desejável que antes, e todos gostam de levar aventuras dessa natureza até o fim.

No entanto, como podia um adulto, uma pessoa séria, um sócio de uma empresa conhecida de Budapeste, pedir dinheiro emprestado a uma jovem? Não, um adulto, um sócio sério não podia. Quanto a isso não havia dúvida. Mas quem era ele? Por ser um refugiado ele não teria voltado a um padrão mais antigo, a um modo de vida em que o dinheiro era apenas um pedaço de papel ou um disco de prata? Falando abertamente, não teria ele voltado à ética da casa dos Ulpius?

Mihály se horrorizou com a idéia. Não, não podia, o paraíso da juventude também desmoronara ante a realidade com que eles não contavam e cuja forma principal de manifestação era o dinheiro.

É fácil, entretanto, apaziguar a consciência quando se deseja muito alguma coisa. Pois se trataria apenas de um empréstimo de curto prazo, de uma quantia pequena, nem aceitaria quinhentos dólares, cem dólares seriam suficientes, digamos duzentos, quem sabe trezentos... Escreveria imediatamente para casa e logo devolveria o dinheiro.

Ele se decidiu e acabou escrevendo a carta. Não escreveu para o pai, mas para o irmão mais novo, Tivadar. Tivadar era o *bon-vivant* e o pródigo da família, freqüentava corridas de cavalos e dizia-se que tivera um relacionamento com uma atriz. Ele talvez entendesse e o perdoasse.

Escreveu para Tivadar que ele e Erzsi haviam — como ele certamente já saberia — se separado em completa paz, e ele logo providenciaria tudo o que se esperava de um cavalheiro. Contaria a razão da separação pessoalmente — numa carta era complicado. Não escrevera antes porque estivera muito doente, em Foligno, no hospital. Havia se recuperado, mas os médicos diziam que ainda precisava de descanso e desejava passar a convalescença na Itália. Via-se obrigado a pedir que Tivadar lhe mandasse dinheiro. Quanto antes e o máximo possível. Porque o dinheiro acabara e ele tivera de pedir um empréstimo de trezentos dólares a uma amiga do lugar e desejava pagá-la o mais rápido possível. Tivadar deveria mandar o dinheiro diretamente para seu amigo, o dr. Richard Ellesley. Esperava que todos em casa estivessem bem e que eles logo se reencontrassem. Pedia também que remetessem as cartas para o endereço de Ellesley em Foligno, porque dali ele seguiria viagem e não sabia ao certo onde ficaria por mais tempo.

No dia seguinte de manhã enviou a carta por via aérea e correu para o hotel de Millicent.

— Você refletiu e virá comigo, não é, Mike? — perguntou Millicent radiante.

Mihály fez que sim e pegou o cheque com o rosto muito vermelho. Depois foi para o banco, comprou uma bela mala, os dois se despediram de Ellesley e partiram.

Na cabine de primeira classe estavam a sós, e eles se beijaram com o senso de responsabilidade dos franceses. Essa qualidade era remanescente dos anos de estudos em Paris. Mais tarde entrou na cabine um distinto senhor de idade, mas eles não se perturbaram, recorrendo aos direitos dos bárbaros estrangeiros.

De noite chegaram em Siena.

— Um quarto para a *signora* e o *signore*? — perguntou educado o porteiro no hotel diante do qual parou a velha charrete alugada. Mihály acenou afirmativamente. Millicent, por sua vez, não compreendeu do que se tratava, somente no andar descobriu, mas não se opôs.

Na realidade, Millicent nem de longe era inocente como o dr. Ellesley imaginava. E no amor também dispunha do frescor e do encantamento de outras horas. Mihály achou que valera muito a pena ter viajado para Siena.

Capítulo 4

Siena era a mais bela entre as cidades italianas que Mihály vira até então. Era mais bonita que Veneza, mais bonita que a nobre Florença e também que a doce Bologna. Talvez contribuísse o fato de ele não estar ali com Erzsi, oficialmente, mas com Millicent, e por acaso.

A cidade toda, com as ruas íngremes, rosadas, se espalhava largada, descontraída, em forma de estrela, sobre as colinas que se distanciavam; nos rostos dos moradores se podia ler que eram muito pobres, porém muito felizes, felizes ao inigualável modo latino. A aparência de ficção, de um conto alegre, se devia a que de todos os cantos se via no alto da cidade o Domo que pairava sobre ela como um Zeppelin divertido, listrado como uma zebra.

Uma das paredes do Domo fica separada do conjunto da igreja, grotesca e magnífica, a cerca de uns bons duzentos metros de distância, símbolo espacial da vaidade dos projetos humanos. Mihály amava a boemia com que os antigos italianos se atiraram à construção das catedrais. "Nós também precisamos ter a nossa se Florença tem a sua, e ela deverá ser, se possível, maior", disseram, e construíram a parede afastada para que os florentinos se afligissem de antemão quanto às dimensões da igreja de Siena. Depois o dinheiro acabara, os construtores, num gesto natural, depuseram as ferramentas e nunca mais olharam para a catedral. "Sim, sim", pensou Mihály, "é assim que se deve construir uma igreja. Se os Ulpius construíssem uma igreja eles também a fariam assim.

Depois eles desceram para o *campo*, a praça principal da cidade em forma de concha que em seu desenho também era como o sorriso da cidade. Mihály tentou se desvencilhar, mas Millicent insistiu:

— *Miss* Dwarf não escreveu nada sobre isso — disse —, e ela nem é primitiva.

À tarde percorreram os portões de Siena, diante deles se detiveram, Mihály se entregou à paisagem, à doçura delicada da paisagem toscana.

— Esta é a paisagem humana — disse para Millicent. — Uma colina tem a altura que uma colina deve ter. Aqui tudo é bem proporcionado, tudo tem dimensões humanas.

Millicent refletiu.

— Como sabe qual deve ser a altura de uma montanha? — perguntou.

Um dos portões exibia os dizeres: *Cor magis tibi Sena pandit*, Siena, abra mais o seu coração... Os portões também diziam coisas verdadeiras e sábias, Siena, abra mais o coração, para acolher os devaneios e anseios simples da vida, como cabe à beleza velada pelos séculos.

Na madrugada seguinte Mihály acordou, levantou-se e olhou pela janela. A janela dava para além da cidade, na direção das montanhas. Sobre a paisagem toscana pairava uma cerração leve, lilás, e o dourado se preparava para o dia aos poucos e sem coragem. Via-se apenas o brilho lilás-dourado ao pé das montanhas distantes.

"Se essa paisagem é verdadeira", pensou, "se essa beleza existe, tudo o que fiz até hoje é mentira. Mas essa paisagem é real".

E recitou em voz alta os versos de Rilke:

Denn da ist keine Stelle,

Die dich nicht sieht. Du musst dein Leben ändern.[1]

Depois ele se voltou sobressaltado para Millicent, que continuava dormindo docemente. E descobriu que ela não continha nenhuma realidade. Millicent não passava de uma aparência que inadvertidamente poderia surpreender. E mais nada. Nada.

Cor magis tibi Siena pandit. Um anseio mortal o assaltou, um anseio que conhecera apenas muito jovem, embora desta vez parecesse mais ponderado e ardente: na juventude ansiava tanto pelos seus desejos que se sentia obrigado a gritá-los.

Sabia que a aventura, a volta aos anos de peregrinação, era somente passagem, somente um degrau para voltar mais, mais para trás, para o passado, para a própria história. A estrangeira seguia sendo estrangeira, como nos anos de peregrinação preenchidos apenas de vagabundagem infrutífera, mas ele teria de voltar para casa, para aqueles que não eram estrangeiros. Porém, eles... morreram há tempos, e foram varridos pelo vento errante dos quatro cantos do mundo.

Millicent acordou quando sentiu que Mihály enterrara a cabeça em seu ombro e chorava. Sentou-se na cama e perguntou horrorizada:

— O que aconteceu? Mike, por Deus, o que aconteceu?

— Nada — disse Mihály —, sonhei que era um menino e um grande cão devorou o meu pão com manteiga.

[1] Como uma estrela; pois ali ponto não há/ Que não te mire. Força é mudares de vida (Tradução de Manuel Bandeira).

Abraçou e apertou Millicent contra si.

Naquele dia não tiveram mais sobre o que conversar. Ele deixou que a moça contemplasse sozinha os primitivos de Siena, e no final da manhã ouviu distraído as bobagens que ela contou sobre a experiência.

À tarde não saiu do quarto, ficou deitado, vestido, na cama.

"... Meu Deus, de que vale a civilização toda se nos esquecemos do que também os povos mais primitivos sabiam: de relembrar os mortos."

Millicent o encontrou nesse estado de espírito.

— Não está com febre? — perguntou, e pôs a mão grande e bela sobre a testa dele. Com o toque, Mihály voltou um pouco a si.

— Venha passear, Mike. Está uma noite linda. Todos os italianos estão na rua, e todos têm seis filhos com nomes extraordinários como Emérita e Assunta. Há pequenos que já se chamam Annunziata.

Mihály se ergueu com muita dificuldade, e eles saíram. Mihály caminhava com dificuldade e insegurança; como se visse tudo por entre um véu, como se tivesse cera nos ouvidos e através dela ouvisse os sons da noite. Os pés pesavam como chumbo. "De onde conheço essa sensação?", refletiu.

Chegaram ao *campo* e Mihály fitou a Torre della Mangia, a torre da prefeitura com mais de cem metros de altura que penetrava o céu noturno como uma agulha. Seu olhar acompanhou a torre para o alto lentamente pela altura vertiginosa, e pareceu que a torre crescia cada vez mais na direção das paisagens ressoantes, azul-escuras do céu.

Foi então que aconteceu. Junto da fonte a terra se abriu e de novo ali estava o abismo a seus pés. A sensação não durou mais que um instante e logo passou. Tudo estava no lugar. A Torre della

Mangia era uma vez mais somente uma torre muito alta. Millicent não notou nada.

Mas naquela noite, quando seus corpos satisfeitos se separaram e Mihály ficou só na profunda solidão que nessa hora sentimos quando abraçamos uma mulher com quem não temos nenhuma relação, o abismo novamente se abriu (ou lhe veio à mente?), e desta vez durou muito tempo. Sabia que bastaria estender a mão para sentir a outra realidade, o corpo atraente, agradável, e ele se torturou solitário, assim lhe pareceu, durante horas.

No dia seguinte de manhã ele estava com dor de cabeça e seus olhos ardiam terrivelmente pela falta de sono.

— Estou doente, Millicent — disse. — O mal que me obrigou a ficar de cama em Foligno voltou.

— Qual é a sua doença? — perguntou Millicent desconfiada.

— Não se sabe ao certo. É uma espécie de catalepsia apodíctica esporádica — balbuciou.

— Ah, bem.

— Tenho de voltar para Foligno, para o dr. Ellesley. Talvez ele possa fazer alguma coisa. Ao menos eu o conheço. O que vai ser de você, Millicent?

— Eu vou com você, naturalmente, já que está doente. Não vou deixá-lo só. Além disso, vi todos os primitivos de Siena.

Mihály beijou as mãos dela, emocionado. No final da tarde estavam em Foligno.

Alugaram quartos separados, por iniciativa de Mihály. Afinal, Ellesley não precisava saber deles, disse.

De noite Ellesley visitou Mihály. Ouviu suas queixas, e ante a sensação do abismo apenas resmungou.

— É uma forma de agorafobia. Por enquanto, descanse. Depois veremos.

Mihály ficou deitado durante dias. A sensação do abismo não voltou, mas ele não tinha nenhuma vontade de se levantar. Sentia que se saísse da cama o abismo o assaltaria de novo. Na medida do possível, dormiu muito. Tomou toda espécie de calmantes e soníferos leves trazidos por Ellesley. Quando dormia, sonhava com Tamás e Éva.

— Sei qual é o meu problema — disse para Ellesley. — Sofro de nostalgia aguda. Gostaria de ser jovem. Existe um remédio para isso?

— Hmm — disse Ellesley. — Na verdade existe, mas sobre isso não se deve falar. Pense em Fausto. Não queira ser jovem de novo; Deus dá a idade adulta e também a velhice.

Afetiva, porém entediada, Millicent o visitava. De noite vinha Ellesley e eles saíam juntos.

— Diga sinceramente — perguntou Ellesley, quando um dia estava sentado só junto da cama de Mihály —, diga sinceramente, você não tem um morto que tenha sido muito querido?

— Sim.

— Tem pensado muito nele?

— Sim.

Daí em diante o tratamento de Ellesley correspondeu cada vez menos às regras da medicina. Uma vez trouxe uma Bíblia; em outra, um rosário; depois, uma Virgem Maria de Lurdes. Numa das visitas Mihály notou que, enquanto conversava com Millicent, Ellesley desenhava uma cruz na porta. Certo dia apareceu com uma réstia de alho.

— Ponha isso no pescoço antes de dormir. O cheiro de alho fortalece muito os nervos.

Mihály caiu na risada.

— Doutor, eu também li sobre o Drácula. Sei para que serve o alho. Para manter afastado o vampiro que suga o nosso sangue de noite.

— Isso mesmo. Me alegra que você saiba. Porque não vale nada você não acreditar que os mortos não estejam em lugar nenhum. Você sofre por eles. Eles o visitam e sorvem a sua energia vital. Para isso a medicina não serve.

— Então leve o alho para casa. Não posso afastar os meus mortos com esse tipo de coisa. Eles estão dentro de mim.

— Naturalmente. Hoje em dia os mortos também trabalham com instrumentos psicológicos. Mas no que importa isso não muda nada. Precisamos nos defender deles.

— Deixe-me em paz — disse Mihály um pouco irritado. — Diga que tenho pouco sangue no cérebro e prescreva elixir da China e bromo para os meus nervos. Esse é o seu trabalho.

— Claro que é. Nem posso fazer mais que isso. Contra os mortos a medicina não ajuda. Mas existem recursos mais poderosos, sobrenaturais…

— Você sabe que não sou supersticioso. A superstição só ajuda quem acredita nela.

— Esse ponto de vista é ultrapassado há muito tempo. Além disso, não custa experimentar. Você não arrisca nada.

— Como não? A auto-estima, o respeito, a consciência racional.

— São palavras grandiosas que não dizem nada. Você precisa experimentar. Tem de ir a Gubbio, lá vive um padre milagroso, no alto, no mosteiro de São Ubaldo.

— Gubbio. Você falou sobre esse lugar uma vez. Se lembro bem, você disse que lá lhe aconteceu uma coisa muito assombrosa.

— Sim. E agora vou contá-la, porque a história talvez o convença. Aliás, trata-se desse mesmo padre.

— Vejamos.

— Bem, quando isso aconteceu, eu era o médico da cidade em Gubbio, antes de vir para o hospital daqui. Chamaram-me para ver uma doente que, diziam, sofria muito dos nervos. Morava na Via dei Consoli, uma rua completamente medieval, numa casa velha. Era uma mulher jovem que não era natural de Gubbio, nem era italiana, não sei de onde era, mas falava bem o inglês. Os da casa contaram que a mulher, que morava com eles como inquilina, era torturada por alucinações havia algum tempo. No pesadelo dela, à noite o portão dos mortos ficava aberto.

— O quê?

— O portão dos mortos. Porque em Gubbio, nas casas medievais, havia dois portões. Um portão normal para os vivos, e um outro, mais estreito, para os mortos. Esse portão era aberto apenas quando o caixão saía da casa. Depois era de novo emparedado para que o morto não pudesse voltar. Porque achavam que o morto só voltaria por onde tivesse saído. O portão não ficava no nível da rua, mas cerca de um metro mais alto, para que se pudesse passar o caixão aos que estavam na rua. A jovem de quem eu falo morava numa casa assim. Certa noite acordou com o portão dos mortos se abrindo, e alguém de quem ela gostava muito e que morrera havia bastante tempo entrava por ele. E a partir de então o morto passou a vir todas as noites.

— Bem, isso seria fácil de se resolver. A jovem teria, simplesmente, de se mudar.

— Nós também dissemos isso, mas ela não quis se mudar. Sentia-se muito feliz com a visita do morto. Ficava deitada o dia todo, como o senhor, e esperava pela noite. Nesse meio-tempo, emagreceu terrivelmente e os da casa se afligiam muito por ela. Também não os agradava que um morto freqüentasse a casa toda noite. Era uma família patrícia de princípios morais bem severos. Na verdade, eles me chamaram para que, pelo respeito devido aos médicos, eu convencesse a jovem a se mudar.

— E o que você fez?

— Procurei explicar à jovem que ela tinha alucinações e teria de se tratar, mas ela riu de mim. "Como eu poderia ter alucinações", disse, "ele vem todas as noites, de verdade, indiscutivelmente, exatamente como o senhor que está aqui agora. Se não acredita, passe a noite aqui".

— Aquilo não fazia bem o meu gênero, porque eu talvez fosse excessivamente impressionável com essas coisas, mas não tive como não ficar, por obrigação médica. Na realidade, a espera não foi nada desagradável, a jovem não estava aterrorizada ou extasiada, e sim extraordinariamente consciente, ou melhor, sem que eu queira me vangloriar, comportou-se comigo de um modo verdadeiramente provocante... Quase me esqueci da razão pela qual estava ali e de como a meia-noite se aproximava. Antes da meia-noite ela de repente agarrou a minha mão, com a outra mão pegou uma vela e me levou para o salão do térreo onde se abria o portão dos mortos.

"Sou obrigado a reconhecer que não vi o morto. Mas por culpa minha; não tive coragem de esperar. Senti apenas que estava muito frio e a chama da vela tremulava na corrente de ar. E senti, de certa forma senti no corpo todo, que havia mais alguém no quarto. E confesso sinceramente que isso era mais do que eu podia suportar. Saí correndo do quarto, para casa, tranquei a porta e cobri a cabeça com a colcha. É claro, você vai dizer que a jovem me sugestionou. É possível...

— E o que aconteceu com ela?

— Sim, é isso que eu quero contar. Quando viram que um médico, ao menos um médico como eu, não conseguia ajudar, chamaram o Padre Severinus, do mosteiro de São Ubaldo. Esse Padre Severinus era um homem santo muito especial. Aparecera em Gubbio vindo de algum país muito distante, não se sabia de onde. Não o víamos muito na cidade, a não ser em feriados e enterros, porque ele nunca descia da montanha, onde levava uma vida severa, de sacrifício. Dessa vez conseguiram convencer o Padre Severinus a descer e visitar a jovem doente. O encontro deles, dizem, foi muito emocionante e dramático. A jovem, ao vê-lo, gritou muito e desmaiou. Padre Severinus também empalideceu e ficou aturdido. Parece que percebeu do que se tratava. E foi bem-sucedido.

— Como assim?

— Não sei. Parece que exorcizou o espectro. Depois de falar com a jovem durante uma hora em uma língua desconhecida, voltou para a montanha; a jovem se acalmou, deixou Gubbio e desde então nem ela nem o espírito foram mais vistos.

— Interessante. Mas diga — perguntou Mihály, assaltado por uma suspeita súbita —, esse Padre Severinus tinha vindo de um país estranho? Não sabe de verdade de onde?

— Infelizmente não sei. Ninguém sabe.

— Como ele era? Falo da aparência.

— Bastante alto, magro... Como os padres costumam ser.

— E ele continua naquele mosteiro?

— Sim. Você deveria procurá-lo. Só ele poderia ajudá-lo nessa doença.

Mihály refletiu profundamente. A vida é repleta de coincidências sem razão. Talvez o Padre Severinus fosse Ervin, e a jovem, Éva, perseguida pela lembrança de Tamás...

— Quer saber, doutor? Amanhã vou a Gubbio. Para agradá-lo, por ser um homem tão gentil. E como amante da história da religião sinto curiosidade também pelos portões dos mortos.

Ellesley se alegrou muito com o resultado.

No dia seguinte Mihály fez as malas. Para Millicent, que o visitava, disse:

— Preciso viajar para Gubbio. O médico disse que somente lá vou me curar.

— De verdade? Receio que então teremos de nos despedir. Eu vou ficar por algum tempo em Foligno. Passei a gostar muito desta cidade. E pensar como senti raiva do francês que me fez vir para cá, lembra? Mas não lamento. O médico também é um homem muito gentil.

— Millicent, infelizmente continuo em dívida com você. Sinto muito, mas, sabe, entre nós é o Banco Nacional que transfere o dinheiro para o exterior e o processo é bastante complicado. Peço encarecidamente que tenha um pouco de paciência. O dinheiro deve chegar em alguns dias.

— Nem vale a pena falar nisso. E se encontrar alguma coisa bonita, escreva.

Capítulo 5

Chegava-se em Gubbio por um trem de bitola estreita que circulava entre Fossato di Vico e Arezzo. A viagem, apesar da pequena distância, era bem longa, fazia calor, e Mihály estava muito cansado quando chegou. Mas a cidade, ao se oferecer a ele no caminho que subia da estação, o encantou desde o primeiro instante.

A cidade se estendia como se fugisse atemorizada para o alto sobre a encosta de uma montanha imensa, nua, tipicamente italiana. Ao se olhar para ela, não se via uma casa que não tivesse séculos de idade.

Em meio às ruas tortuosas emergia um edifício inacreditavelmente alto, e não se compreendia quem e por que fora erguido no centro daquele fim de mundo. Era um arranha-céu medieval gigantesco e sombrio. Desse Palazzo dei Consoli os cônsules governaram a pequena República de Gubbio até o século XV, quando a cidade se tornou propriedade dos Montefeltre, condes de Urbino. Acima da cidade, entretanto, quase no topo do monte Ingino, havia uma construção branca de dimensões imensas, o mosteiro de São Ubaldo.

Na parte baixa, no caminho que levava da estação à cidade, havia um albergue de aparência melhor. Mihály alugou um quarto, almoçou, descansou um pouco, depois partiu para a descoberta de Gubbio. Visitou o imenso Palazzo dei Consoli, que lembrava um ateliê aberto, e nele os painéis de bronze ancestrais de Iguvium, restos dos tempos pré-romanos, que guardavam os textos sagrados do povo úmbrio. Visitou também a velha catedral. Não havia muito mais para se ver; a própria cidade era a atração.

A maioria das cidades italianas da região despertava a sensação de que as casas desmoronavam, não passariam mais que alguns anos e a decrepitude as engoliria, como a tantas outras cidades antigas. Isso acontecia porque os italianos, onde erigiram as construções de pedra natural, não acrescentaram reboco às paredes das casas, e o visitante da Europa Central pensava que da casa, ou da cidade inteira, o reboco se desprendera, e assim a deixavam, em completa desolação, desaparecer. Gubbio tinha menos reboco, parecia ainda mais em ruínas que as demais cidades italianas; era desoladora. Ficava à margem do movimento dos turistas, mal tinha comércio, do que viviam os poucos milhares de pessoas espremidas entre as paredes era um mistério.

Ao sair da catedral, Mihály entrou na Via dei Consoli. "Esta é a rua de que Ellesley falou", pensou. Dessa rua se pode de fato pensar muitas coisas. Nas casas medievais antigas, escurecidas, pouco respeitáveis, imaginamos moradores que há séculos vivem a pão e água apenas em nome do passado glorioso...

E, ainda assim, logo na terceira casa ele viu o portão dos mortos. Junto do portão normal, a um metro de altura do chão, uma abertura estreita, gótica, emparedada. Existia um portão igual àquele em quase todas as casas da Via dei Consoli; na rua toda não havia mais nada; em especial, não havia gente.

Por uma ruela estreita ele desceu para a rua paralela, que não era mais nova, apenas menos sombria e menos nobre; era como se ali morassem seres vivos. E, ao que parecia, também mortos. Porque diante de uma casa ele vislumbrou um grupo de pessoas surpreendente, singular. Se não soubesse de imediato do que se tratava, pensaria que estava tendo uma visão. Diante da casa ele viu homens com o rosto coberto por capuzes, com velas nas mãos. Era um enterro, e segundo o antigo ritual italiano os parentes encapuzados, os membros da *confraternitas*, levavam os mortos.

Mihály tirou o chapéu e se aproximou para ver o ritual de perto. O portão dos mortos estava aberto. Via-se o interior da casa, um recinto escuro em que estava o catafalco. Padres e vigários cercavam o caixão com incensórios e cantavam. Pouco depois ergueram o caixão e o passaram para a rua pelo portão dos mortos, onde os encapuzados o puseram sobre os ombros.

Nessa hora, o padre de batina branca apareceu na abertura gótica. Voltou o rosto triste, pálido, cor de marfim, com um olhar vazio, para o céu, inclinou de lado a cabeça e entrelaçou as mãos num gesto indizivelmente delicado, que lembrou cenas do passado.

Mihály não correu para ele. Porque ele agora era padre, um sacerdote sério e pálido, cumprindo funções religiosas... não, não correu para ele como um ginasiano, como um garoto...

O féretro partiu com o caixão; em seu rastro, o padre e o cortejo fúnebre. Mihály se juntou ao final e sem chapéu deixou-se levar para o *camposanto*, sobre a colina. Seu coração batia tão depressa que de vez em quando ele tinha de parar. Será que conseguiriam se falar depois de tantos anos e tendo percorrido caminhos tão diferentes?

Perguntou o nome do padre a uma pessoa do cortejo.

— Ele é o Padre Severinus — disse o italiano. — Um homem muito santo.

Chegaram ao *camposanto*, baixaram o caixão na cova, o enterro terminou, as pessoas se dispersaram. Padre Severinus caminhou na direção da cidade com seu acompanhante.

Mihály não conseguia se decidir a abordá-lo. Sentia que Ervin se tornara um homem santo, certamente se envergonhava da juventude mundana e a recordava com asco, como Santo Agostinho. Com certeza reavaliara tudo, talvez tivesse descartado a existência de Mihály, não desejaria lembrar-se dele. Quem sabe fosse melhor partir e se contentar com o milagre de tê-lo visto.

Nessa hora Padre Severinus deixou os companheiros e se virou. Caminhou diretamente em sua direção. Mihály abandonou todo o comportamento adulto e correu para Ervin.

— Misi! — gritou Ervin e o abraçou. Em seguida ofereceu a face direita e depois a esquerda para Mihály numa entrega religiosa.

— Eu vi você no túmulo — disse em voz baixa. — Como veio parar aqui, onde não passa ninguém?

Entretanto, fizera a pergunta somente para ser gentil, o tom denunciava que não estava nem um pouco espantado. Parecia mais que contava com o encontro havia muito tempo.

Mihály não foi capaz de dizer uma única palavra. Simplesmente olhava para o rosto de Ervin, muito emagrecido, e para os olhos, em que a chama da juventude se extinguira, para a profunda tristeza que emanava dele — como das casas de Gubbio — em meio à alegria do momento. Para Mihály, ele até então fora apenas uma palavra, "padre", e ele nesse momento compreendeu que Ervin era de fato um padre, e seus olhos se encheram de lágrimas. Virou o rosto.

— Não chore — disse Ervin. — Você também mudou. Oh, quanto eu pensei em você, Misi, Misi!

Mihály foi tomado por uma impaciência repentina. Teria de contar tudo para Ervin, tudo; coisas que não pudera contar para Erzsi — Ervin saberia de um ungüento para tudo, pois sobre ele a glória e a luz irradiavam de um outro mundo...

— Eu sabia que você tinha de estar em Gubbio, por isso vim para cá. Diga, onde e quando poderíamos conversar? Você viria agora até o meu albergue? Poderíamos jantar juntos?

Ervin sorriu ante a ingenuidade de Mihály.

— Não posso. E agora, neste instante, infelizmente não tenho tempo, caro Mihály. Estarei ocupado até a noite. Já tenho de me apressar.

— Vocês têm tanto trabalho assim?

— Demais. Vocês nem podem imaginar. Hoje perdi uma porção de rezas.

— Então quando você vai ter tempo e onde poderemos nos encontrar?

— Só existe uma maneira, Misi, mas receio que vá ser muito incômoda para você.

— Ervin! Como você pode imaginar que alguma coisa me seja incômoda em se tratando de falar com você?

— Porque você teria de vir ao mosteiro. Nós não podemos sair de lá, a não ser para cumprir a função de pastores de almas, como essa minha vinda para o enterro. E no mosteiro todas as horas têm suas obrigações severas. Só existiria uma maneira de conversarmos em paz. Você sabe, à meia-noite vamos à igreja para recitar salmos. Costumamos deitar às nove e dormimos até a meia-noite. Mas o sono não é obrigatório. Esse intervalo não é sujeito a regras e também não há uma prescrição de silêncio. Nesse período poderíamos conversar. O mais inteligente seria você aparecer no mosteiro depois do jantar. Venha como peregrino, nós costumamos recebê-los. Traga um pequeno presente para São Ubaldo, para agradar os irmãos. Quem sabe algumas velas, segundo o costume. E peça ao irmão porteiro que o acomode para a noite no quarto dos peregrinos. Você sabe, não é muito confortável, em comparação ao que você está acostumado, mas não posso sugerir outra coisa. Porque, se você partisse à meia-noite e voltasse para a cidade, eu ficaria muito preocupado. Você teria de conhecer a montanha. Para quem não a conhece, a região é muito inóspita. Contrate um garoto para guiá-lo para cima. Está bem assim?

— Está bem, Ervin, está muito bem.

— Então fique com Deus. Tenho de me apressar, estou atrasado. Vejo você de noite. Fique com Deus.

E partiu a passos muito apressados.

Mihály caminhou lentamente para a cidade. Ao lado da catedral encontrou uma loja e comprou algumas velas muito bonitas para São Ubaldo, em seguida foi para o hotel, jantou e quebrou a cabeça quanto aos trajes que deveria usar como peregrino. Por fim, com as velas, o pijama e a escova de dentes fez um pequeno pacote bem ajeitado, com boa vontade ele poderia lembrar o alforje de um peregrino. Depois pediu ao garçom que lhe arranjasse um guia. Em pouco tempo o garçom voltou com um pequeno malandro e eles partiram.

No caminho Mihály se interessou pelas celebridades do lugar. Perguntou o que havia acontecido ao lobo domesticado por São Francisco de Assis que tinha um compromisso com a cidade.

— Deve ter sido há muito tempo — disse o menino, reflexivo. — Antes de Mussolini. Porque desde que ele é o *Duce* não existem mais lobos. Mas eu teria ouvido falar se a cabeça do lobo estivesse enterrada numa igreja distante.

— É comum peregrinos subirem ao mosteiro?

— Claro, é bem comum. São Ubaldo é muito bom para dores nos joelhos e nas costas. O senhor também tem dor nas costas?

— Não exatamente nas costas...

— Mas ele também é muito bom para anemia e nervosismo. Muita gente vem especialmente no dia 16 de maio, o Dia de São Ubaldo. Da cidade levam *ceris* — imagens de cera — em procissão para o mosteiro. Mas ela não chega a ser uma procissão como a da Ressurreição ou a do Corpus Christi. As *ceris* têm de ser levadas na corrida...

— O que as *ceris* representam?

— Ninguém sabe. São muito antigas.

Em Mihály despertou o historiador da religião de um dia. Teria de verificar as *ceris*. Era muito interessante que as levassem para o mosteiro correndo... como as bacantes que subiam correndo a montanha na festividade de Dioniso, na Trácia. Gubbio era extraordinariamente antiga: os painéis de metal, os portões dos mortos... Quem sabe também o lobo domesticado por São Francisco de Assis fosse uma divindade italiana ancestral, parente da loba de Rômulo e Remo, que mantinha viva a lenda. Era curioso Ervin ter se instalado ali...

Depois de uma hora de caminhada dura na montanha chegaram ao mosteiro. Um muro largo de pedra o cercava e o pequeno portão recortado na parede estava fechado. Tocaram a campainha. Passado muito tempo uma janelinha se abriu no portão e um padre de barba olhou por ela. O garoto submisso explicou que o senhor era um peregrino que desejava visitar São Ubaldo. A porta se abriu. Mihály pagou o guia e entrou no pátio do mosteiro.

O irmão porteiro examinou espantado a roupa de Mihály.

— O senhor é estrangeiro?

— Sim.

— Não faz mal, temos um padre que também é estrangeiro e entende a sua língua. Vou avisá-lo.

Levou Mihály para um edifício onde ainda havia luz. Alguns minutos depois chegou Ervin, não mais de batina, mas no hábito marrom dos franciscanos. Apenas nessa hora Mihály se deu conta de quanto Ervin era franciscano. A tonsura dava ao rosto uma aparência muito diferente, eliminava dele toda mundanidade e o elevava ao plano das imagens de Giotto e de Fra Angelico, embora Mihály sentisse que o verdadeiro rosto de Ervin desde o princípio se prontificara a se transformar nesse rosto, a tonsura sempre estivera em sua cabeça, apenas a cobria o cabelo preto, encaracolado, de Ervin... Não havia dúvida de que Ervin se encontrara, por terrível que fosse. E antes que ele se desse conta, Mihály saudou Ervin como se habituara a saudar os sacerdotes na escola:

— *Laudetur Jesus Christus.*

— *In aeternum* — disse Ervin. — Bem, você conseguiu chegar aqui onde ninguém vem. Venha, vou levá-lo ao quarto de hóspedes. Não posso receber visitas na minha cela. Respeitamos a clausura com muita severidade.

Acendeu uma lamparina e conduziu Mihály por recintos, corredores e quartos imensos, caiados de branco e inteiramente vazios, onde não havia alma viva, apenas se ouvia o eco dos passos.

— Diga, quantos moram no mosteiro? — perguntou Mihály.

— Seis. Temos lugar de sobra, como você pode ver.

Era muito fantasmagórico. Seis pessoas num casarão onde caberiam duzentas confortavelmente. E onde um dia houvera de fato esse número.

— Você não costuma sentir medo?

Ervin sorriu e não respondeu à pergunta infantil.

Chegaram ao quarto de hóspedes, um salão abobadado imenso, vazio, em que a um canto havia uma mesa e algumas cadeiras velhas. Sobre a mesa, em um jarro, vinho tinto e um copo.

— Graças à bondade do padre prior, tenho a felicidade de poder lhe oferecer um pouco de vinho — disse Ervin. Nessa hora Mihály tomou consciência da ligeira estranheza que havia na fala de Ervin. Pois ele não falava húngaro havia tantos anos... — Vou servi-lo. Vai cair bem depois da longa caminhada.

— E você?

— Oh, eu não bebo. Desde que entrei na ordem...

— Ervin..., você também não fuma?

— Não.

Os olhos de Mihály se encheram de lágrimas. Era capaz de acreditar em tudo sobre Ervin, com certeza usaria um cilício de pregos sob o hábito, e antes de morrer receberia a *stigmata*... mas acreditar que ele não fumava!

— Tive de renunciar a coisas muito maiores — disse Ervin —, de modo que nem notei esse sacrifício. Mas beba, e acenda um cigarro.

Mihály virou o copo de vinho tinto. Existem grandes ilusões sobre o vinho dos frades guardado em tonéis cheios de teias de aranha para honrar os raros convidados. Pois aquele vinho não era assim. Era um vinho comum de aldeia, muito límpido, o sabor combinava muito com a simplicidade dos salões vazios.

— Não sei se é bom — disse Ervin. — Não temos adega. Somos uma ordem mendicante e levamos as regras ao pé da letra. Pois agora conte.

— Veja, Ervin, entre as nossas vidas a sua é muito mais extraordinária. A minha curiosidade é justificadamente maior do que a sua. Você tem de contar primeiro...

— O que eu poderia contar, querido Misi? Nós não temos biografia. A vida de um é exatamente como a do outro, e tudo se funde com a história da Igreja.

— Mas diga, como você veio parar aqui, em Gubbio?

— Primeiro eu fui noviço na nossa terra, na Hungria, em Gyöngyös, depois estive durante muito tempo na paróquia de Eger. Mais tarde a prelatura húngara teve de enviar um padre a Roma, com uma certa missão, e eles me mandaram porque eu havia aprendido a falar italiano. Depois de cumprir a missão, chamaram-me de novo para Roma porque se encantaram muito comigo, embora eu de verdade não merecesse, e quiseram me manter junto de um *generalis*. Mas eu temia que com o tempo aquilo me levasse... faria carreira, claro que no sentido franciscano da palavra, seria prior em algum lugar, ou preencheria um cargo junto do *generalis*, coisa que eu não queria. Pedi ao irmão *generalis* que me designasse para cá, para Gubbio.

— Por que exatamente aqui?

— Não saberia dizer. Talvez por causa da antiga lenda de que tanto gostávamos nos tempos de estudante, você se lembra? Uma vez vim de Assis para cá por conta da lenda e gostei muito do mosteiro. Você sabe, é um lugar para onde não vem ninguém...

— E você se sente bem?

— Sim. À medida que os anos passam a minha paz aumenta cada vez mais... mas não quero "pregar" — (pôs a palavra entre aspas com um sorriso estranho, contido) —, porque sei que você não veio ver o Padre Severinus, mas sim aquele que Ervin foi um dia, não é verdade?

— Eu mesmo não sei... diga... é tão difícil perguntar essas coisas... não é muito monótono aqui?

— Não é nada monótono. Nas nossas vidas há alegrias e tristezas exatamente como na vida lá fora, apenas as grandezas são diferentes, a ênfase fica em outro lugar.

— Por que você não quis fazer carreira religiosa? Por humildade?

— Não por isso. Os níveis a que eu poderia chegar seriam compatíveis com a humildade, ainda mais porque dariam oportunidade para vencer o orgulho. Eu não quis fazer carreira por uma razão completamente diferente. Não quis porque não poderia atribuir o meu progresso ao fato de ser um bom padre, mas a qualidades que trazia comigo da vida mundana, ou melhor, dos meus antepassados. Ao meu talento para línguas e à capacidade de formular certas coisas com mais rapidez que alguns de meus companheiros. Ou seja, às minhas características judaicas. E isso eu não queria.

— Diga, Ervin, como os companheiros vêem o fato de você ter sido judeu? Não é uma desvantagem?

— Não, de maneira alguma, isso sempre me favoreceu, porque tive alguns companheiros que demonstravam aversão pela minha raça e assim me deram a oportunidade para a prática da doçura e da auto-anulação. E além disso, na Hungria, onde a notícia correu, os crentes honestos de aldeia me olhavam como se eu fosse um animal estranho e me ouviam com muito mais atenção. Por outro lado, aqui na Itália ninguém se importa com isso. Aqui também a mim mal me ocorre que eu era judeu.

— Diga, Ervin... afinal, o que você faz o dia todo? O que você tem para fazer?

— Muitas coisas. Em especial rezas e práticas espirituais.

— Você não bebe mais?

Ervin sorriu de novo.

— Não, há muito tempo. Veja, é verdade que quando entrei na ordem imaginei que serviria à Igreja com a pena, seria um poeta católico... mas depois...

— E aí? A vocação o deixou?

— Claro que não. Fui eu que a deixei. Descobri que era inteiramente inútil.

Mihály refletiu. Começava a sentir de verdade os mundos que o separavam de Padre Severinus, que um dia fora Ervin.

— Desde quando você está em Gubbio? — perguntou por fim.

— Espere... acho que há seis anos. Mas pode ser que sejam sete.

— Diga, Ervin, pensei muito nisso quando me lembrava de você: vocês também sentem que o tempo passa e que cada pedacinho é uma realidade distinta? Vocês têm história? Quando lembra de um acontecimento, você é capaz de dizer se foi em 1932 ou 1933?

— Não. A clemência que é parte da nossa condição implica que Deus nos excluiu da passagem do tempo.

Nisso Ervin começou a tossir muito. Somente naquela hora Mihály se deu conta de que Ervin havia tossido antes, uma tosse seca, intensa.

— Diga, Ervin, você não está com um problema nos pulmões?

— Sei que não está tudo bem... ou melhor, diria que estou muito mal. Sabe, nós húngaros somos mimados demais. Na Hungria a calefação é muito boa. Os invernos italianos me desgastaram bastante, sempre em celas sem aquecimento e igrejas frias... e de sandálias no piso de pedra... e o hábito também não esquenta muito.

— Ervin, você está doente... e não o tratam?

— Você é muito bom, Mihály, mas não precisa sentir pena de mim — disse Ervin tossindo. — Veja, também é uma bênção eu estar doente. Por isso concordaram em que eu não ficasse em Roma e viesse para Gubbio, onde o ar é tão puro. Talvez eu me cure. E o sofrimento do corpo faz parte da vida em nossa ordem. Outros têm de maltratar o corpo, comigo o corpo cuida de se maltratar... Mas deixemos isso para lá. Você veio para falar de si, não percamos tempo precioso com coisas em relação às quais nem você nem eu temos nada a fazer.

— Mas, Ervin, as coisas não são assim... você teria de viver de outro modo, teria de ir para algum lugar onde cuidassem de você e o fizessem tomar leite e onde ficasse deitado ao sol.

— Não se aflija por mim, Mihály. Talvez isso venha a acontecer. Nós também temos de nos defender da morte, porque se deixássemos que a doença nos vencesse estaríamos cometendo uma espécie de suicídio. Se a coisa ficar séria o médico virá me atender... mas estamos longe disso, acredite. E agora conte. Conte tudo o que aconteceu com você desde que não nos vimos mais. E primeiro conte como me encontrou.

— János Szepetneki disse que você estava na Úmbria ou em algum outro lugar que ele não sabia ao certo. E eu segui as pistas por conta de acasos estranhos, de coisas indicativas de que você estava em Gubbio e era o célebre Padre Severinus.

— Sim, eu sou o Padre Severinus. E agora fale de você. Estou ouvindo.

Curvou a cabeça sobre as mãos na atitude clássica da confissão e Mihály começou a contar. No início, hesitante, com dificuldade, mas as perguntas de Ervin ajudaram de maneira extraordinária. Não havia como se opor à longa experiência do confessionário, pensou consigo Mihály. Não conseguia resistir à confissão que buscava emergir dele. Durante a fala, tudo o que desde a fuga vivia nele instintivamente se tornou consciente: como sentia equivocada a vida de adulto, ou de adulto aparente, o casamento, como não sabia o que fazer, o que esperar do futuro, como poderia reencontrar o próprio eu. E, principalmente, como o torturava a nostalgia pela juventude e pelos amigos de então.

Quando chegou nesse ponto se emocionou e a voz falhou. Sentia pena de si próprio e se envergonhava do sentimentalismo diante de Ervin, diante da serenidade olímpica do amigo. E, de súbito, surpreso, perguntou:

— E você? Como você suporta? Não dói? Não lhe faz falta? Como você conseguiu?

No rosto de Ervin surgiu de novo o sorriso discreto, ele abaixou a cabeça e não respondeu.

— Responda, Ervin, eu lhe imploro, responda: não lhe faz falta?

— Não — disse Ervin num tom indiferente e com o rosto transtornado —, nada mais faz falta.

Ficaram em silêncio durante muito tempo. Mihály procurava compreender Ervin. Não podia ser diferente, com certeza ele havia extirpado tudo de si. Tivera de romper com todos, desenterrara da alma também as raízes de onde os sentimentos que nos atam aos homens poderiam germinar. Não sentia mais dor, mas permanecia ali na terra revolvida, estéril, ressequida, na montanha... Horrorizou-se.

E de repente lhe ocorreu:

— Ouvi uma lenda sobre você... De como você exorcizou uma mulher visitada pelos mortos aqui, em uma mansão da Via dei Consoli. Diga, Ervin, a mulher era Éva, não?

Ervin assentiu.

Mihály deu um pulo, excitado, e virou o restante do vinho.

— Oh, Ervin, conte... como foi... e como estava Éva.

Como estava Éva? Ervin refletiu.

— Como estaria? Estava muito bonita. Como sempre...

— Como? Não mudou?

— Não. Ao menos eu não vi nenhuma mudança nela.

— E o que Éva faz?

— Também não sei bem. Sei apenas que a vida dela vai bem, e que ela se dedicou a muitas coisas nos países do Ocidente.

Alguma coisa se acendera em Ervin quando se encontraram? Mas ele não teve coragem de perguntar.

— Onde ela está, você sabe?

— Como posso saber? Já faz alguns anos, acho, que Éva esteve em Gubbio. Porém, como eu disse, a minha idéia de tempo é muito imprecisa.

— E diga... se puder dizer... como aconteceu... como você despachou o falecido Tamás?

A voz de Mihály revelou o terror que ele sentia ao pensar naquilo. Ervin de novo sorriu o sorriso discreto.

— Não foi difícil. Foi a mansão que fez Éva ver fantasmas, o portão dos mortos já perturbou outras pessoas também. Tive apenas de forçá-la a sair de lá. E, além disso, acho que ela simulou um pouco a coisa toda; você a conhece... Receio que ela nunca tenha visto Tamás, não deve ter tido nenhuma visão, embora fosse possível. Não sei. Sabe, eu lidei com tantas visões e fantasmas ao longo dos anos, especialmente aqui em Gubbio, a cidade dos portões dos mortos, que acabei ficando um pouco cético nesse terreno...

— Ainda assim, como foi que você curou Éva?

— Eu não a curei. Foi como costuma acontecer em geral com essas coisas. Falei sério com ela, rezei um pouco e ela se acalmou. Reconheceu que o lugar dos vivos é entre os vivos.

— Você tem certeza disso, Ervin?

— Certeza absoluta — disse Ervin muito sério. — A não ser que você faça a escolha que eu fiz. Caso contrário, fique entre os vivos. Mas por que estou pregando para você? Pois você também sabe disso.

— Ela não disse nada sobre como Tamás morreu?

Ervin não respondeu.

— Você seria capaz de exorcizar em mim a lembrança de Tamás e de Éva e de vocês todos?

Ervin refletiu.

— Seria muito difícil. Muito difícil. E nem sei se seria bom, pois o que restaria? É muito difícil eu lhe dizer qualquer coisa, Mihály. É raro um peregrino perdido que não possa ser aconselhado, como você, vir a São Ubaldo. O que por obrigação eu recomendaria você não aceitaria. As portas do perdão somente se abrem para quem deseja se entregar a ele.

— E o que vai ser de mim? O que vou fazer amanhã e depois de amanhã? Eu esperava uma resposta milagrosa de você. Confiava, supersticioso, que você me aconselharia. Devo voltar para Budapeste como o filho pródigo ou devo começar uma vida nova, empregar-me em algum lugar porque aprendi o ofício? Não me abandone, estou muito sozinho. O que devo fazer?

Do fundo do hábito Ervin tirou um enorme relógio de camponês.

— Agora vamos dormir. Logo vai ser meia-noite, eu tenho de ir à igreja. Vá dormir, vou levá-lo ao seu quarto. E durante as matutinas vou pensar em você. Talvez tudo se aclare... Já me aconteceu outras vezes. Amanhã de manhã talvez eu possa lhe dizer alguma coisa. Agora vá dormir. Venha.

Levou Mihály ao hospício. O recinto escuro em que peregrinos sonharam os sofrimentos, os desejos e as esperanças de uma cura milagrosa durante séculos combinava com a aflição que se apoderara de Mihály. A maioria dos leitos estava vazia, mas dois ou três peregrinos dormiam na parte mais distante do salão.

— Deite-se, Mihály, e durma bem. Tenha uma noite tranqüila — disse Ervin.

Fez o sinal-da-cruz sobre Mihály e saiu apressado.

Mihály ficou sentado durante muito tempo na beirada da cama dura, com as mãos em cruz sobre o colo. Não estava com sono e sentia-se muito triste. Poderia alguém ajudá-lo? Seu caminho o levaria a algum lugar?

Ajoelhou-se e rezou, pela primeira vez depois de muitos anos.

Depois se deitou. Custou para dormir na cama dura, no ambiente estranho. Os peregrinos se mexiam inquietos em seus leitos, suspiravam e gemiam no sono. Um deles chamava São José, Santa Catarina e Santa Ágata em seu auxílio. Amanhecia quando Mihály adormeceu.

De manhã ele despertou com a sensação agradável de que sonhava com Éva. Não se lembrava do sonho, mas sentia no corpo todo a euforia sedosa que somente um sonho causava e, excepcionalmente, o amor desperto. A sensação suave era estranha, paradoxal e doentiamente doce no leito duro, de asceta.

Levantou-se, ao preço de uma certa renúncia se lavou em uma pia não muito moderna e saiu para o pátio. Era uma manhã clara, fresca, com vento, os sinos chamavam para a missa, e irmãos, leigos, empregados do mosteiro e peregrinos acorriam de todos os lados para a igreja. Mihály também entrou e ouviu, enlevado, as palavras latinas eternas da celebração. Sentiu-se tomado de uma sensação festiva de felicidade. Talvez devesse se penitenciar. Sim, seria um servidor simples, ganharia o pão com o trabalho de suas mãos... Sentia que alguma coisa nele despertava, o canto se alçava por ele, e por ele, pela sua alma, badalavam os sinos primaveris vívidos e graves.

Ao final da missa saiu para o pátio. Ervin veio em sua direção sorrindo.

— Como você dormiu? — perguntou.

— Bem, muito bem. Sinto-me inteiramente diferente do que ontem à noite, não sei por quê.

Olhou para Ervin, à espera, e como este não dissesse nada, perguntou:

— Você pensou no que eu posso fazer?

— Sim, Mihály — disse Ervin em voz baixa. — Acho que você deveria ir a Roma.

— A Roma? — perguntou Mihály, profundamente espantado. — Por quê? Como foi que você pensou nisso?

— Ontem à noite no coro... não tenho como lhe explicar, você não conhece essa espécie de meditação... sei que você tem de ir a Roma.

— Mas por que Ervin, por quê?

— Tantos peregrinos, fugitivos e exilados foram a Roma ao longo dos séculos, e lá aconteceu tanta coisa... na verdade, tudo sempre aconteceu lá. É por isso que dizem que todos os caminhos levam a Roma. Vá a Roma, Mihály, e você vai ver. No momento não posso dizer mais nada.

— E o que eu vou fazer em Roma?

— Tanto faz. Visite as quatro grandes basílicas da Cristandade. Vá ver as catacumbas. O que quiser. Em Roma não há como se entediar. E, acima de tudo, não faça nada. Confie no acaso. Entregue-se completamente, não faça nenhuma programação... Você irá?

— Sim, Ervin, se é isso que você sugere.

— Então parta imediatamente. Hoje o seu rosto não parece tão sofrido quanto ontem. Aproveite esse dia afortunado para partir. Vá. Fique com Deus.

Sem esperar resposta ele abraçou Mihály, ofereceu-lhe as duas faces à maneira dos padres e se retirou às pressas. Mihály ficou parado por algum tempo, espantado, depois pegou o alforje de peregrino e começou a descer a montanha.

Capítulo 6

Quando recebeu o telegrama enviado por Mihály por intermédio do pequeno fascista, Erzsi saiu de Roma. Não queria voltar para casa porque não sabia como contaria a história de seu casamento em Budapeste. Por conta de certas gravitações geográficas ela também viajou para Paris, como é o hábito das pessoas que desejam começar uma nova vida sem nenhuma esperança.

Em Paris procurou Sári Tolnai, a amiga de infância. Sári era famosa, desde muito jovem, pela personalidade masculina e pela extraordinária praticidade. Nunca se casara, não tinha tempo para isso, era sempre muito requisitada na empresa, na companhia ou no jornal em que trabalhava. Conduzia a vida amorosa de passagem, como uma viagem de negócios. Com o tempo, quando tudo lhe causava náuseas, emigrou para Paris, a fim de recomeçar a vida e continuar tudo aquilo que fazia em Budapeste, dessa vez em empresas, companhias e jornais franceses. Quando Erzsi chegou a Paris ela era secretária de uma grande empresa cinematográfica. Era a única mulher feia na casa, o penhasco rochoso que não combinava com a atmosfera erótica própria do ofício, porém, em sua lucidez e ausência de preconceitos, sempre confiável, trabalhava muito mais e ganhava muito menos que os demais. Nesse meio-tempo ficara com os cabelos brancos e com eles curtos tinha uma cabeça nobre, como a de um bispo do campo, sobre o corpo frágil de menina. Todos se voltavam para vê-la, e ela se orgulhava muito disso.

— De que você vai viver? — perguntou depois que Erzsi esboçou brevemente, suavizando com alguns ditados de Budapeste, a história de seu casamento. — De que você vai viver? Você ainda tem muito dinheiro?

— Você sabe, com o meu dinheiro a coisa é bem curiosa. Quando nos separamos, Zoltán me destinou uma renda e a herança do meu pai (que na realidade é muito, muito menos do que as pessoas imaginam); grande parte eu apliquei na empresa de Mihály, e depositei no banco uma parcela menor, para imprevistos. Embora seja difícil eu ter acesso ao dinheiro, tenho recursos para viver. Não tenho como trazer o dinheiro que está no banco por vias honestas. De modo que eu dependo do que o meu ex-sogro me envia. O que também não é simples. Em se tratando de gastar, o meu ex-sogro costuma ser uma pessoa bem difícil. E não temos nenhum acordo quanto a valores.

— Humm. Você precisa tirar o dinheiro da empresa deles. Seria a primeira providência.

— Sim, mas para isso eu teria de me separar de Mihály.

— É óbvio que você tem de se separar de Mihály.

— Isso não é tão óbvio.

— Como assim, depois de tudo?

— Sim. Mas Mihály não é como os outros. Foi por isso que me casei com ele.

— E se deu muito bem. Não gosto das pessoas que são diferentes das outras. As outras já são suficientemente repulsivas. Quanto mais as diferentes.

— Está bem, Sári. Deixemos isso de lado. Além de tudo, não vou fazer a Mihály o favor de simplesmente me separar dele.

— Mas por que diabos você não volta para Budapeste, se o dinheiro está lá?

— Não quero voltar para casa antes de as coisas se esclarecerem. O que vou dizer para as pessoas? Imagine o que diria Juliska, a minha sobrinha.

— Ela vai falar de qualquer maneira, não se preocupe.

— Mas pelo menos aqui eu não escuto. E depois... não, não posso voltar para casa também por causa de Zoltán.

— O seu primeiro marido?

— Sim. Ele me esperaria com um buquê de flores na estação.

— Não fale bobagens. Ele não está furioso pelo modo como você o deixou?

— Que furioso, que nada. Ele me dá inteira razão, e espera, submisso, que um dia eu acabe voltando para ele. E em sua tristeza ele certamente rompeu com todas as datilógrafas e vive uma vida de asceta. Se eu voltasse para casa ele não me deixaria em paz. E seria insuportável. Tolero tudo, menos a bondade e o perdão. Especialmente da parte de Zoltán.

— Quer saber, ao menos nisso você tem razão. Não gosto de homens que são bons e perdoam.

Erzsi alugou um quarto no lugar em que Sári morava, um hotel moderno, insípido e inodoro, atrás do Jardin des Plantes, de onde se via o grande cedro-do-líbano que estendia com uma dignidade estrangeira, oriental, os ramos macios, espalmados, para a excitante primavera parisiense. No exterior ela sempre pensava numa vida outra, extraordinária, desconhecida, cuja chegada esperava em vão.

No começo tinham quartos separados, depois as duas passaram a morar juntas, porque era mais barato. Jantavam no quarto a comida que compravam fora, a despeito da proibição do hoteleiro. Sári revelou no preparo do jantar a mesma habilidade que tinha para as outras coisas. Almoçavam sozinhas, porque Sári comia sanduíche e café no centro, de pé, e logo em seguida voltava para o escritório. Erzsi no início experimentou diversos bons restaurantes, mas depois descobriu que os bons restaurantes exploravam os estrangeiros e passou a visitar pequenas *crêmeries* onde "conseguia as mesmas coisas por menos". No começo sempre tomava café depois do almoço, porque adorava o bom cafezinho parisiense, mas depois reconheceu que também não era vital, e renunciou a ele, a não ser uma vez por semana, às segundas-feiras, quando ia à Maison du Café no Grand Boulevard e lá tomava uma xícara da célebre bebida.

No dia seguinte à sua chegada comprou uma belíssima bolsa, em uma loja elegante, nas proximidades da Madeleine, sua única compra de luxo. Descobriu que as mesmas coisas oferecidas por muito dinheiro aos estrangeiros nos bairros nobres ela comprava por muito menos em pequenas ruas, em lojas simples ou nas regiões de bazares da cidade, na rue de Rivoli ou na rue de Rennes. No início comprou muitas coisas porque eram muito mais baratas que nos outros lugares. Mas por fim concluiu que não fazer compras era ainda mais barato, e a partir de então lhe davam uma alegria especial os objetos que pensava em comprar e que acabava não comprando. Depois descobriu um hotel duas ruas adiante que, embora não fosse tão moderno, também tinha água quente corrente no quarto, onde se podia morar exatamente como no primeiro, por muito menos, por quase um terço do valor. Convenceu Sári, e elas se mudaram.

Aos poucos a economia se tornou sua principal ocupação. Lembrou que sempre sentira grande inclinação para economizar. Quando criança guardava os bombons de chocolate ganhos de presente até que mofassem, sempre escondia as melhores roupas, que as empregadas às vezes encontravam nos lugares mais surpreendentes, sujas e estragadas, um xale de seda, um par de meias finas, um par de luvas caras. Mais tarde a vida não permitiu que Erzsi vivesse a paixão pela economia. Quando jovem tivera de representar junto do pai, ou melhor, tivera de ser pródiga para elevar o crédito do pai. A esposa de Zoltán, por sua vez, não podia nem sonhar em ser econômica. Se um dia abrisse mão de um par de sapatos caro, Zoltán no dia seguinte a surpreendia com três pares ainda mais caros. Zoltán era "um homem generoso", amparava as artes e os artistas, e fazia questão de se exceder com a mulher, em parte para apaziguar a consciência; enquanto isso, a principal paixão de Erzsi, a economia, continuou insatisfeita.

Agora, em Paris, a paixão sufocada explodiu com a força dos elementos. Contribuíram para isso a atmosfera francesa, o modo francês de viver, que despertava na alma mais generosa o desejo pela economia, e contribuíram fatos mais misteriosos: o prejuízo amoroso, o fracasso do casamento, a falta de objetivos — tudo buscava uma compensação na economia. Quando Erzsi abriu mão do banho diário, porque o hoteleiro cobrava muito por ele, Sári não pôde mais se calar.

— Diga, por que diabos você economiza tanto? Posso lhe emprestar, em troca de uma promissória, é claro, como simples formalidade...

— Obrigada, você é muito gentil, mas tenho dinheiro, ontem recebi três mil francos do pai de Mihály.

— Três mil francos, veja bem, é muito dinheiro. Não me agrada que uma mulher economize tanto. Alguma coisa está errada. É como a mulher que se dedica à limpeza o dia todo e caça grãos mortos de poeira, ou lava as mãos o dia todo e leva consigo um lenço para enxugar as mãos se for convidada a algum lugar. A loucura feminina tem milhares de formas. Diga, por favor, pensei nisso agora, o que você faz o dia todo enquanto eu fico no escritório?

Revelou-se que Erzsi não tinha como prestar contas. Sabia apenas que economizava. Não ia a lugar algum e não fazia nada para não gastar dinheiro. Mas o que fazia além disso parecia nebuloso, como um sonho...

— Loucura! — gritou Sári. — Sempre achei que você tivesse alguém e passasse o tempo com ele, e agora descubro que você fica o dia todo olhando à sua frente, e sonha acordada como as mulheres meio loucas, mas que estão no melhor dos caminhos. E assim você obviamente engorda, por menos que coma, é claro que engorda, você devia se envergonhar. Bem, isso não vai ficar assim. Você precisa estar entre pessoas e tem de se interessar por alguma coisa. Com os diabos, se eu tivesse tempo para alguma coisa nesse mundo...

— Hoje de noite vamos farrear — disse animada, um ou dois dias depois. — Há um cavalheiro húngaro querendo fazer um negócio muito duvidoso com a fábrica e ele está me seduzindo porque sabe que o patrão me ouve. Convidou-me para jantar, deseja me apresentar, ele diz, para gente de dinheiro em nome de quem ele negocia. Eu disse que pessoas horríveis com dinheiro não me interessam, sou obrigada a me relacionar com gente assim no escritório. Ele diz que não é ninguém horrível, trata-se de um homem muito bonito, um persa. Eu disse então que iria, mas levaria comigo a minha amiga. Ele achou ótimo, queria mesmo sugerir que eu não fosse a única mulher no grupo.

— Sári, querida, você sabe que não posso ir, que idéia! Não tenho vontade, e também não tenho nada para vestir. Só tenho trapos de Budapeste.

— Não se preocupe, você fica muito elegante neles. Veja só, em comparação com as mulheres parisienses esqueléticas, você está brincando... e um húngaro com certeza vai gostar de ver que você é de casa.

— Não posso nem pensar em ir. Como se chama o cavalheiro húngaro?

— János Szepetneki, ao menos é o que ele diz.

— János Szepetneki!... eu o conheço!... Ele é um batedor de carteiras!

— Batedor de carteiras? É possível. Embora pareça mais um assaltante. Na indústria do cinema todos começam assim. Mas a não ser por isso é uma pessoa muito agradável. Bem, você vem ou não?

— Sim, eu vou...

O pequeno *auberge* onde foram jantar era decorado num estilo francês antigo, com cortinas e toalhas de mesa axadrezadas, poucas mesas, comida cara e muito boa. Erzsi, quando estivera em Paris com Zoltán, comera muitas vezes em lugares como esse ou melhores, porém agora, com a economia que despertara das profundezas, emocionou-se, golpeada pela atmosfera conhecida, de gente rica, do restaurante. Mas a emoção durou apenas um instante, porque logo a superou a sensação maior, János Szepetneki. Beijou a mão de Erzsi, que ele não reconheceu, educado, como um *gentleman*. Elogiou Sári pela escolha competente das amigas, e depois levou as damas para a mesa onde o amigo os esperava.

— *Monsieur* Lutphali Suratgar — anunciou. Por trás de um nariz de águia, o brilho impiedosamente intenso se voltou para os olhos de Erzsi. Ela estremeceu. Sári também estava visivelmente espantada. A primeira impressão era de que se sentavam à mesa com um tigre pouco domesticado.

Erzsi não sabia qual dos dois deveria temer mais: Szepetneki, o batedor de carteiras, que falava extremamente bem, como se fosse parisiense, e montara o cardápio numa mescla perfeita de empenho e descontração como somente os vigaristas perigosíssimos sabiam fazer (Erzsi lembrou-se de quanto o próprio Zoltán temia os garçons parisienses elegantes, e de como era grosseiro com eles por causa do medo), ou o persa, que permanecia em silêncio, com um sorriso agradável, europeu, ensaiado e fora de lugar, no rosto, como uma gravata que vinha com o nó pronto. No entanto, depois da entrada e do primeiro copo de vinho a língua do persa se soltou e a partir de então ele conduziu a conversa num francês que vinha do peito, em *staccato*.

A conversa dele entreteve os ouvintes completamente. Do homem emanavam um entusiasmo romântico, uma humanidade medieval, primitiva e verdadeira, sem nenhum automatismo. O homem não vivia em francos e coroas, mas em cédulas de rosas, rochas e águias. Perdurava, entretanto, a sensação de que se sentavam à mesa com um tigre pouco domesticado. A sensação era causada pelos seus olhos.

Descobriram que ele na Pérsia tinha jardins de rosas, minas de ferro e, sobretudo, plantações de papoula, sendo a fabricação de ópio a sua principal ocupação. Tinha péssima opinião sobre a Liga das Nações, que impedia o transporte de ópio entre os países e lhe causava prejuízos consideráveis. Via-se obrigado a manter um bando de ladrões na fronteira do Turquestão para que pudesse contrabandear o ópio para a China.

— Mas então o senhor é um inimigo da humanidade — disse Sári. — Espalha o veneno branco. Arruína a vida de centenas de milhares de chineses. E ainda se espanta com o fato de as pessoas honestas se unirem contra o senhor.

— *Ma chère* — disse o persa com uma impulsividade surpreendente —, não fale sobre o que não entende. As declarações humanitárias estúpidas dos jornais europeus a confundem. Como pode o ópio fazer mal aos "pobres" chineses? Pensa que eles têm dinheiro para comprar ópio? Ficam felizes quando sobra para o arroz. Somente as pessoas muito ricas fumam ópio, porque é caro, um privilégio dos melhores, como as outras coisas boas desse mundo. É como se eu me afligisse com o fato de os operários franceses tomarem champanhe em excesso. E se ninguém proíbe que os parisienses ricos tomem champanhe sempre que quiserem, com que direito proíbem o ópio aos chineses?

— A comparação não é lá muito boa. O ópio tem um efeito muito mais nocivo que o champanhe.

— Isso também é uma fantasia européia. É verdade que quando um europeu começa a fumar ópio ele não consegue parar. Porque os europeus não têm medidas em nada, na voracidade, na construção de casas e no derramamento de sangue. Mas nós sabemos cuidar da medida certa. Ou a senhora acha que o ópio me faz mal? Pois eu fumo e, além disso, como ópio regularmente.

Estufou o peito imenso, depois exibiu os músculos do braço com um gesto um pouco circense, e estava para erguer a perna quando Sári o deteve:

— Ei, ei. Deixe alguma coisa para a próxima vez.

— Veja... Os europeus são desmedidos no consumo de álcool, embora seja uma sensação nauseante ter muito vinho no estômago e sentir que mais cedo ou mais tarde você vai passar mal. O efeito do vinho sobe cada vez mais, e a gente de súbito desmorona. Ele não é capaz de oferecer a narcose uniforme, duradoura, do ópio, a única felicidade na vida... o que vocês, europeus, sabem? Primeiro teriam de conhecer a situação, antes de se meter nos assuntos de uma outra nação.

— É por isso que desejamos fazer com os senhores esse documentário esclarecedor — disse Szepetneki voltando-se para Sári.

— Como? Um filme de propaganda a favor do consumo de ópio? — perguntou Erzsi, que até então simpatizara com os pontos de vista do persa e somente agora se horrorizava.

— Não a favor do consumo de ópio, mas a favor do transporte livre de ópio e a favor da liberdade em geral. O filme seria um grande manifesto a favor da individualidade, contra toda espécie de tirania.

— Qual seria a história? — perguntou Erzsi.

— No início se veria — respondeu Szepetneki — um produtor de ópio simples, de bom caráter, conservador, no círculo pacífico de sua família. Ele só poderá casar a filha, a heroína, com o jovem de mesma classe social de quem ela gosta se puder vender a safra anual de ópio. Nisso o vilão, que também está enamorado da garota, mas é desonesto e um comunista de ocasião, denuncia o pai às autoridades, que à noite ocupam com violência todas as instalações onde se produz o ópio. A cena é emocionante, com automóveis e sirenes. Mais tarde, porém, a inocência e a nobreza de alma da moça comovem o oficial impiedoso e ele devolve o ópio confiscado, que viaja em cestas tilintantes na direção da China. Esse seria um resumo da história...

Erzsi não sabia se Szepetneki brincava ou não. O persa ouviu em silêncio, com um orgulho ingênuo. Talvez ele tivesse concebido a trama.

Depois do jantar foram todos para uma casa noturna elegante. Lá, alguns conhecidos se juntaram a eles, sentaram-se a uma grande mesa e conversaram como puderam, tanto quanto o barulho permitia. Erzsi ficou longe do persa. János Szepetneki convidou-a para dançar.

— O que você acha do persa? — perguntou Szepetneki durante a dança. — É um homem muito interessante, não? Todo romântico.

— Sabe, toda vez que olho para ele me vem o poema de um antigo poeta inglês louco — disse Erzsi com o brilho de seu velho eu intelectual. — "Tigre, tigre, chama amarela ardente na mata escura...".

Szepetneki olhou para ela espantado e Erzsi se sentiu envergonhada.

— Tigre, sim — disse Szepetneki —, porém um visitante terrivelmente difícil. É tão ingênuo nas coisas em geral quanto é desconfiado e prudente nos negócios. Nem os cineastas conseguem enganá-lo. E ele não quer fazer um filme por razões comerciais, mas pela propaganda, e acredito que, sobretudo, para arranjar um harém com as figurantes. E você, quando saiu da Itália?

— Você me reconheceu? — perguntou Erzsi.

— Claro que sim. Não agora. Dias atrás, na rua, quando estava com *Mlle* Sári. Eu tenho olhos de águia. A noite de hoje eu também armei para falar com você... Mas diga, onde deixou o meu ilustre amigo Mihály?

— O seu amigo ilustre provavelmente continua na Itália. Não nos correspondemos.

— Sensacional. Separaram-se na lua-de-mel?

Erzsi assentiu.

— Fantástico! Isso sim. Esse é o estilo de Mihály. O velho rapaz não mudou nada. Interrompeu tudo o que fez na vida. Não tem paciência para nada. Por exemplo, ele era o melhor zagueiro não só do ginásio, mas arrisco dizer que de todas as escolas médias do país. E um belo dia...

— Como sabe que foi ele quem me deixou e não o contrário?

— Oh, perdão. Nem perguntei. É claro. Foi você que o deixou. Compreendo. Não se pode suportar um homem como ele. Sou capaz de imaginar o sofrimento que é viver ao lado de um cara-de-pau daqueles... que nunca se irrita, que...

— Sim. Foi ele que me deixou.

— Ah, sim. Logo pensei, na verdade. Já em Ravenna. Sabe, agora falo bem sério. Mihály não serve para marido. Oh... como posso dizer... ele busca... Buscou alguma coisa a vida toda, alguma coisa diferente. Alguma coisa sobre a qual creio que o persa saiba mais do que nós. Talvez Mihály devesse fumar ópio. Sim, com certeza é isso que ele deveria fazer. Confesso francamente que nunca o compreendi.

E fez com a mão um gesto de quem desistia.

Erzsi, porém, sentia que a solução displicente era apenas pose e que Szepetneki estava tremendamente curioso para saber o que acontecera entre ela e Mihály. Ele não saiu mais de junto dela.

Sentaram-se ao lado um do outro; Szepetneki não permitiu que ninguém se aproximasse de Erzsi. Nessa hora, um francês mais velho, respeitável, cortejava Sári, e o persa, por sua vez, estava sentado com olhos ardentes entre duas figurantes de cinema.

"Interessante", pensou Erzsi, "como de perto tudo é diferente e insignificante. Quando estive em Paris pela primeira vez trazia as fantasias adquiridas nos tempos de estudante. Acreditava que Paris fosse uma metrópole perversa e pecadora, e os dois cafés inocentes de artistas e imigrantes, de frente um para o outro em Montparnasse, o Dôme e o Rotonde, pareceram aos meus olhos como duas mandíbulas incandescentes da garganta do inferno. E agora que estou aqui, entre pessoas certamente perversas e pecadoras, tudo parece facilmente compreensível."

Ela, entretanto, não teve muito tempo para refletir, porque escutava Szepetneki com atenção. Esperava saber dele alguma coisa muito importante sobre Mihály. Szepetneki falava com prazer sobre os anos passados juntos; mas é claro que de seu ponto de vista tudo parecia distorcido e diferente comparado ao de Mihály. Apenas Tamás seguia sendo ótimo: príncipe destinado à morte que a vida não merecia; partira cedo, antes que pudesse regatear. De acordo com Szepetneki, Tamás era tão frágil que não conseguia adormecer se no quarto vizinho alguma coisa se movimentasse, e ante um odor mais forte ele poderia se exilar do mundo. O único problema era sua paixão pela irmã. Tinham relações sexuais, e quando Éva engravidou de Tamás, pelo sentimento de culpa ele se matou. Por outro lado, todos eram apaixonados por Éva. Ervin se tornara padre porque seu amor por Éva era sem futuro. Mihály também amava Éva desesperançadamente. Ele a seguia como um cachorrinho. Era cômico. E Éva se aproveitou dele. Tirou todo o seu dinheiro. E roubou o seu relógio de ouro. Porque naturalmente havia sido Éva quem roubara o relógio, e não ele, mas eles não quiseram contar a Mihály por delicadeza. Éva, contudo, não gostava de ninguém. Apenas dele. De János Szepetneki.

— E o que aconteceu com Éva? Você a viu desde então?

— Eu? É claro que sim! Desde então nos tornamos bons amigos. Éva fez uma grande carreira, não sem a minha ajuda. Tornou-se uma grande mulher.

— Como assim?

— Bem assim. Sempre teve os maiores partidos: reis da imprensa, magnatas do petróleo, herdeiros de trono de verdade, sem falar de grandes escritores e pintores, de quem ela precisava mais por publicidade.

— E onde ela anda agora?

— Está na Itália. Quando pode sempre viaja para a Itália, é a sua paixão. E coleciona coisas antigas como o pai.

— Por que você não disse a Mihály que Éva estava na Itália? E como você foi parar em Ravenna?

— Eu? Estava de passagem por Budapeste e lá ouvi que Mihály havia se casado e estava em Veneza em lua-de-mel. Não consegui resistir ao desejo de rever nessa ocasião o velho garoto e a mulher, e por isso voltei para Paris passando por Veneza. De Veneza eu desci até Ravenna quando soube que vocês estavam lá.

— E por que não falou de Éva?

— Pensei nisso. Para que ele a procurasse?

— Não a procuraria, pois estava com a esposa em lua-de-mel.

— Não me leve a mal, mas não acredito que isso o impedisse.

— Como não? Durante vinte anos ele não pensou em procurá-la.

— Porque não sabia onde ela estava, e além disso Mihály é muito passivo. Mas se soubesse...

— E por que o incomoda que Mihály possa encontrar Éva Ulpius? Ciúmes? Você ainda ama Éva?

— Eu? Claro que não. Nunca a amei. Era Éva que me amava. Mas eu não queria criar um problema para o casamento de Mihály.

— Você é um rapaz angelical, não?

— Não. Mas eu simpatizei com você desde o primeiro instante.

— Ótimo. Em Ravenna você disse exatamente o contrário. E me ofendeu bastante.

— Aquilo eu só disse porque tinha curiosidade de saber se Mihály me esbofetearia. Mas Mihály não bate em ninguém. Esse é um problema dele. Um bofetão libera tantas coisas... mas voltando: você me impressionou desde o primeiro momento.

— Que bom. Devo me sentir honrada, não? Você não poderia me cortejar de um modo mais espirituoso?

— Não sei seduzir de modo espirituoso. Esse estilo combina com os impotentes. Quando eu gosto de uma mulher penso apenas em deixar a coisa clara. Depois ou ela responde ou não. Mas em geral costuma responder.

— Eu não sou "em geral".

Ela, porém, tinha clareza de que apesar de tudo agradava a János Szepetneki, de que ele a desejava com uma avidez adolescente, sem nenhuma sabedoria masculina, de uma maneira simples, detestável.

E isso lhe fazia tão bem que sob a superfície da pele a circulação sangüínea se acelerou, como quando bebemos. Não estava habituada a essa espécie de instintividade crua. Os homens em geral se aproximavam dela com amor e palavras delicadas. O amor deles sempre se dirigia à mulher distinta vinda de uma boa família. E antes Szepetneki a ferira profundamente em sua vaidade feminina. A ruína de seu casamento talvez tivesse começado naquele momento, e Erzsi desde então carregava as palavras de Szepetneki consigo. E agora ali estava o remédio, o antídoto. Jamais acreditara ser capaz de se comportar de maneira provocativa como fazia diante de Szepetneki: para que no final o rechaçasse com mais frieza, para se vingar por Ravenna.

No entanto, mais do que tudo, reagiu à aproximação de Szepetneki porque por o instinto feminino sentia que ele se dirigia à senhora de Mihály. Sabia da relação estranha entre Szepetneki e Mihály, de como ele sempre e por todos os meios desejara provar que era o especial entre os dois e por isso queria seduzir a mulher de Mihály. Erzsi banhou-se no desejo de Szepetneki num consolo doentio, de viúva, e sentia que agora, ante o despertar do desejo, ela se tornava de verdade a esposa de Mihály, penetrava o círculo encantado, o velho círculo dos Ulpius que era para Mihály a única realidade.

— Falemos de outra coisa — disse, embora seus joelhos acariciassem os dele de maneira sensual debaixo da mesa. — Na realidade, qual é a sua ocupação em Paris?

— Favoreço a concretização de grandes negócios. Apenas de negócios muito grandes — disse Szepetneki, e começou a acariciar a coxa de Erzsi debaixo da mesa. — Tenho excelentes relações com o

Terceiro Reich. Poderia se dizer que num certo sentido eu sou o representante comercial do Terceiro Reich aqui. E paralelamente quero facilitar o negócio entre Lutphali e a indústria cinematográfica Martini-Alvaert, porque preciso de dinheiro vivo. Mas diga, por que estamos falando tanto? Venha dançar.

Divertiram-se até as três da manhã. Nessa hora o persa pôs no carro as duas atrizes com quem se entretinha, convidou as outras para a sua mansão em Auteuil no domingo de tarde e se despediu. Os demais também se prepararam para ir para casa. Sári foi acompanhada pelo cavalheiro francês, Erzsi, por Szepetneki.

— Vou subir — declarou Szepetneki diante do portão.

— Você está louco. Além de tudo, moro junto com Sári.

— Que o diabo a carregue. Então venha comigo.

— Vê-se, Szepetneki, que você saiu de Budapeste há muito tempo. De outro modo não saberia explicar como pode se enganar tanto em relação a uma mulher como eu. Com isso você estragou tudo.

E sem se despedir, mas triunfante, ela o deixou.

— Por que está flertando com esse Szepetneki? — disse Sári quando estavam as duas na cama. — Tome cuidado.

— Acabou. Imagine, queria que eu fosse à casa dele.

— E daí? Você age como se ainda vivesse em Budapeste. Querida, não se esqueça de que Budapeste é a cidade mais moralista da Europa. Não é assim que as pessoas pensam aqui.

— Mas, Sári, na primeira noite... É preciso que uma mulher tenha o respeito suficiente para...

— É claro. Mas então não converse com homens... aqui é a única maneira de uma jovem ser respeitada. Como eu. Mas diga, para que guardar o respeito, diga, por favor, para quê? Você acha que eu não teria saído feliz com o persa, se ele me convidasse? Ele me convidou? Nem pensou nisso. E que homem lindo! De qualquer modo, você fez bem de não se juntar a esse Szepetneki. Tem boa aparência e é muito másculo, no sentido de... mas, você sabe, é um vigarista. No fim acabaria tirando o seu dinheiro. É preciso tomar muito cuidado, querida. Uma vez me roubaram quinhentos francos numa situação como essa. Bem, boa noite.

"Vigarista", pensou consigo Erzsi, deitada, sem sono. "Pois é isso mesmo que ele é." Erzsi fora exemplar a vida toda: amada pelas babás e criadas, orgulho do pai, a melhor aluna da classe, enviada para concursos estudantis. Passara a vida toda protegida e disciplinada, obedecendo com rigor ao estatuto consagrado da boa vida burguesa. Quando chegara o tempo, casara-se com um homem rico, vestia-se com elegância e mantinha a casa nobre, representava, era uma dona de casa ideal. Usava sempre os mesmos chapéus; como as outras jovens que pertenciam à mesma classe social, passava férias onde convinha passá-las, sua opinião sobre as peças de teatro e suas observações eram as apropriadas; conformava-se em tudo aos padrões, como diria Mihály. Depois, porém, começara a se entediar, o tédio se intensificou a ponto de se transformar em neurose, e nisso ela escolhera Mihály, porque sentia que ele não era inteiramente conformado; em Mihály havia alguma coisa estranha aos moldes da vida burguesa. Acreditava que por intermédio dele ela também ultrapassaria as paredes para o alagadiço repleto de matas virgens que se estendia fora, na direção de lonjuras desconhecidas. Mihály, entretanto, desejara se conformar exatamente por intermédio dela, usara-a como instrumento para se transformar num burguês correto, e só freqüentava os alagadiços sozinho e às escondidas, até se cansar do conformismo e fugir, de volta para a mata, a sós. E János Szepetneki, que, por sua vez, não desejava se acomodar, para quem rondar para além das paredes era uma ocupação, parecia muito mais resistente e saudável que Mihály, ele... "*Tigre, tigre, chama amarela ardente na mata escura...*"

A tarde de domingo em Auteuil foi bonita e tediosa, sem figurantes de cinema, tudo exibia uma aparência mundana e elegante, a alta burguesia francesa se via representada, mas esse mundo não interessava a Erzsi, que era mais acomodada e menos tigresa que os nativos de Budapeste. Sentiu-se aliviada somente quando no caminho de volta para casa János Szepetneki a levou para jantar e, em seguida, para dançar. János foi satânico, fez com que ela bebesse, vangloriou-se, declamou, chorou e por vezes foi muito másculo — embora na verdade nada daquilo fosse muito necessário. Também dessa vez János se excedeu no papel, ainda que não tivesse dito nada Erzsi passaria a noite com ele, obedecendo a uma lógica interna, em sua busca dos tigres amarelos.

TERCEIRA PARTE

Roma

Go thou to Rome — at once the Paradise,
The Grave, the City, and the Wilderness.

Shelley: *Adonais*

Capítulo 1

Mihály estava em Roma havia dias e nada lhe acontecera. Nenhuma mensagem romântica que pudesse orientá-lo, e que segundo as palavras de Ervin ele em segredo esperava, lhe caíra do céu. Apenas o que acontecera fora Roma propriamente dita, se é que se pode dizer isso.

Perto de Roma todas as demais cidades italianas pareciam anãs. Veneza, onde estivera oficialmente com Erzsi, era pouco, e era pouco Siena, onde estivera com Millicent, por acaso. Porque em Roma ele estava só e por um desígnio superior. O que via em Roma estava nas mãos do destino. Havia se deparado com esse sentimento em outras vezes; num passeio de madrugada ou num fim de tarde especial de verão tudo adquiria um sentido incomum e impossível de se expressar em palavras, sentimento que ali não o deixava nem por um momento. Em outras ocasiões as ruas e as casas também despertaram nele pressentimentos ousados, porém nunca tanto quanto as ruas, palácios, ruínas e jardins de Roma. Perambular entre as imensas paredes do Teatro Marcello, contemplar o Fórum, o modo como pequenas igrejas barrocas nasciam entre as colunas antigas, olhar do alto de uma colina a forma estrelada da prisão Regina Coeli, vagar pelas ruelas do gueto ou atravessar pátios estranhos entre a Santa Maria sopra Minerva e o Panteão, em cuja cobertura pelo grande vão em forma de roda de moinho se via o céu estival azul-escuro — assim passavam os dias. E de noite, cansado, morto de cansaço, caía na cama, no pequeno quarto de hotel, feio, com o piso de pedra, perto da estação onde, assustado, se esticara na primeira noite e que desde então não tivera a energia de trocar por outra acomodação.

A carta de Tivadar que Ellesley lhe encaminhou de Foligno o sacudiu do devaneio.

> *Caro Misi!*
> Estamos muito aflitos com a sua doença. Com sua falta de pontualidade habitual você se esqueceu de escrever o que teve na realidade, e pode imaginar como estamos ansiosos para saber. Por favor, repare a falta. Você já está completamente curado? A sua mãe está muito preocupada. Não leve a mal que somente agora possamos lhe enviar dinheiro, mas você sabe muito bem das dificuldades que existem em relação à moeda estrangeira. Espero que o atraso não lhe tenha criado dificuldades. Você pede que eu mande muito dinheiro; você não se expressou com clareza, "muito dinheiro" é sempre relativo. É possível que você ache pouca a quantia enviada, porque é pouco mais que a quantia que você diz estar devendo. Mas para nós esse dinheiro é muito, levando-se em conta o estado dos negócios, de que é melhor nem falar, e os grandes investimentos que fizemos nos últimos tempos e que só serão amortizados depois de anos. O dinheiro, porém, vai ser suficiente

para você pagar pelo seu quarto e voltar para casa. Por sorte a sua passagem de trem também vale para a volta. Porque nem preciso dizer que para você não existe outra solução possível. Você pode imaginar que a nossa empresa, nas condições atuais, não suporta o peso de financiar as despesas caras da permanência de um sócio no exterior — permanência inteiramente sem razão e incompreensível.

Tanto mais porque você pode imaginar que por conta das circunstâncias a sua esposa nos surpreendeu com exigências, além de tudo justas, que naturalmente priorizamos em cumprir. Ela está em Paris e por enquanto se satisfaz com a cobertura das despesas de sua estada lá; o acerto final com ela somente será feito depois da volta dela para casa. Nem preciso explicar que esse acerto final coloca a fábrica em uma situação terrivelmente desagradável. Você sabe que o dinheiro à vista que a sua mulher pôs na empresa nós investimos em máquinas, na ampliação da publicidade e no desenvolvimento da empresa em outros campos, de modo que a liquidação dessa importância não apenas traria dificuldades, como afetaria a empresa em seus fundamentos. Creio que outra pessoa também levaria isso em consideração antes de abandonar a esposa na lua-de-mel. Não preciso acrescentar que, independentemente de qualquer raciocínio econômico, o seu comportamento em si mesmo foi absoluta e totalmente anticavalheiresco, sobretudo em relação a uma mulher correta e digna como a sua esposa.

Bem, a situação é essa. O seu pai não consegue se decidir a lhe escrever. Você pode imaginar como os acontecimentos o perturbaram e deprimiram, e quanto o aflige a perspectiva de mais cedo ou mais tarde ter de ressarcir a sua esposa. Isso tudo o desgastou tanto, que gostaria que ele tirasse férias para que pudesse se desligar um pouco; pensamos principalmente em Gatein, mas ele não quer nem ouvir falar, tendo em vista a despesa extra que as férias representariam.

Portanto, caro Misi, depois de receber a minha carta, tenha a bondade de fazer as malas e voltar para casa, quanto antes melhor.

Com os abraços afetuosos de todos,

Tivadar

Tivadar certamente escrevera a carta muito feliz por se achar — ele, o pródigo e boa-vida da família — na condição de pregar a moral para o sóbrio e sério Mihály. Isso em si, o tom de superioridade do irmão menos querido o fez perder a cabeça. Por essa razão, não pôde considerar sua volta para casa nada mais que uma imposição e uma obrigação detestável.

Parecia, contudo, que não havia outra solução. Se pagasse a dívida para Millicent, não teria dinheiro para continuar em Roma. Preocupava-o muito o que Tivadar escrevera sobre o pai. Sabia que Tivadar não exagerava, o pai tinha tendência à depressão, e o modo complicado como se entrelaçavam os problemas econômicos, sociais e emocionais, era muito propício para perturbar a paz interna do pai. O comportamento inaceitável do filho preferido seria suficiente.

Teria sim de voltar para casa a fim de reparar ao menos isso, e justificar diante do pai que não podia fazer diferente, nem mesmo no interesse de Erzsi. Teria de provar que não era um fugitivo; assumiria o ato, como se esperava de um cavalheiro.

E em casa teria de reassumir o trabalho. Hoje em dia tudo é trabalho: o trabalho é o dote para os estudos do rapaz que começa a vida, e o trabalho é também a penitência e a punição para aqueles que fracassam em alguma coisa. Se voltasse para casa e trabalhasse direito, cedo ou tarde o pai o perdoaria.

Quando, porém, pensou nos detalhes do "trabalho", na escrivaninha, nas pessoas com quem teria de tratar, e principalmente nas coisas com que preencheria o tempo fora do trabalho, o *bridge*, o Danúbio, as mulheres distintas, chorou de amargura.

"O que disse a sombra de Aquiles?", refletiu. "Prefiro ser uma cavilha na casa de meu pai do que poderoso entre os mortos..." Eu, ao contrário, preferiria ser uma cavilha aqui, entre os mortos, do que poderoso em casa, na casa de meu pai. Gostaria apenas de saber melhor o que é uma cavilha...

Aqui, entre os mortos... Porque nessa hora andava na rua, fora dos muros da cidade, atrás da pirâmide de Cestius, no pequeno cemitério protestante. Nele jaziam os colegas, os mortos do norte levados para lá, onde foram alcançados por nostalgias indefiníveis, pela morte. O belo cemitério com as árvores frondosas sempre atraíra as almas do norte com a ilusão de que a morte seria mais doce. No final de uma das elegias romanas Goethe se encontrara ali, como um memento: *Cestius' Mal vorbei, leise zum Orcus hinab.* Shelley escrevera numa belíssima carta que gostaria de descansar naquele lugar, e de fato era onde ele descansava, ao menos o seu coração, sob a inscrição: *Cor cordium*.

Mihály quis ir embora quando numa extremidade do cemitério notou um grupo separado de túmulos. Aproximou-se e leu a inscrição nas pequenas lápides *empire*. Uma delas dizia apenas, em inglês: "Aqui jaz aquele que escreveu o nome sobre a água." No outro túmulo um texto mais longo dizia que ali jazia Severn, o pintor, e seu melhor amigo e cuidador fiel junto de seu leito de morte, John Keats, o grande poeta inglês que não permitira que talhassem seu nome sobre a pedra vizinha sob a qual descansava.

Os olhos de Mihály se encheram de lágrimas. Pois ali descansava Keats, o maior dos poetas desde que o mundo era mundo... embora a emoção fosse sem razão, porque o corpo havia muito não estava lá, e a sua alma os versos guardavam com mais fervor que qualquer cova. Como era extraordinariamente inglês, simpaticamente compromissado e inocentemente hipócrita o modo como respeitaram seu último desejo, embora dessem a entender sem deixar margem a dúvida que Keats descansava sob aquela pedra.

Quando ergueu os olhos, viu pessoas estranhas de pé a seu lado. Uma mulher belíssima e sem dúvida inglesa, uma governanta uniformizada e duas belas crianças inglesas, um menino e uma menina. Estavam parados, olhavam constrangidos para o túmulo, uns para os outros e para Mihály, imóveis. Mihály ficou à espera de que dissessem alguma coisa, mas não disseram nada. Passado um tempo, chegou um senhor elegante, com o rosto inexpressivo como os demais. Parecia-se muito com a mulher, deviam ser gêmeos, ou ao menos irmãos. Parou diante do túmulo, e a mulher apontou para a inscrição. O inglês assentiu muito sério, e perturbado alternou o olhar entre o túmulo, a família e Mihály, e tambem ele não disse uma única palavra. Mihály deu alguns passos adiante, porque pensou que talvez na presença dele se envergonhassem, mas eles continuaram imóveis, de vez em quando balançavam a cabeça e se entreolhavam; as expressões das duas crianças eram constrangidas e inexpressivamente belas como as dos adultos.

Mihály, ao se voltar para examiná-los com um espanto indisfarçável, de súbito sentiu que aquelas não eram pessoas, mas peões fantasmagóricos, autômatos perdidos junto do túmulo do poeta, seres inexplicáveis — se não fossem tão belos talvez não fossem tão surpreendentes, mas a beleza era sobre-humana como a das propagandas, e Mihály foi tomado por um horror indizível.

Depois a família inglesa partiu, devagar e balançando a cabeça, e Mihály também voltou a si. Uma vez lúcido, assim que reeditou os minutos passados, ele se assustou de verdade.

"O que há comigo? Em que estado nervoso terrível, sombrio, que lembra a adolescência, eu caí de novo? Essas pessoas não têm nada de especial, não passam de ingleses envergonhados e tremendamente estúpidos que se defrontaram com o fato de que este é o túmulo de Keats, e não sabiam o que fazer diante dele, quem sabe porque não soubessem quem foi Keats, ou embora soubessem não lhes ocorreu o que deviam fazer diante do seu túmulo, e por isso se envergonharam uns dos outros e de mim. Não se pode imaginar uma cena mais insignificante e banal, e ainda assim eu fui assaltado por todo o horror indizível do mundo. Sim; o horror é mais intenso nas coisas noturnas e amedrontadoras, mas quando ele nos encara a partir de alguma coisa cotidiana, à luz do dia, de uma vitrine, de um rosto desconhecido, por entre os ramos de uma árvore..."

Pôs as mãos nos bolsos e saiu apressado.

Decidiu que no dia seguinte viajaria para casa. Não poderia ir naquele dia porque recebera a carta de Tivadar no final da manhã e tinha de esperar a manhã seguinte para descontar o cheque enviado por ele e remeter o dinheiro que devia para Millicent. Passou a última noite em Roma; vagou pelas ruas muito mais entregue do que em outras vezes, e achou tudo mais cheio de significados.

Despediu-se de Roma. Não havia um edifício em particular que lhe tocasse a alma, mas Roma toda fora a sua maior experiência enquanto cidade. Perambulou sem destino e desesperado, com a sensação de que a cidade ainda ocultava milhares e milhares de cantos extraordinários que ele jamais veria, e de novo sentiu que as coisas importantes não estavam onde ele passava, mas em outro lugar; não recebera nenhum sinal secreto, o caminho não o levara a lugar algum, e a nostalgia seria para sempre torturante, para sempre insatisfeita, até que ele próprio partisse, *Cestius' Mal vorbei, leise zum Orcus hinab...*

Escurecia, Mihály andava de cabeça baixa e mal olhava as ruas, até que em uma ruela escura chocou-se com alguém que disse: "*Sorry*." Ante a palavra em inglês Mihály ergueu a cabeça e viu o jovem que tanto o espantara junto do túmulo de Keats. A expressão do rosto de Mihály deve ter feito o outro tirar o chapéu, grunhir alguma coisa e seguir adiante apressado. Mihály se virou e o seguiu com o olhar.

Somente por um instante, porque depois correu atrás dele com passos decididos, sem pensar em por que o fazia. Na infância, sob a influência dos romances policiais, uma de suas diversões preferidas era partir no rastro de estranhos, segui-los, cuidando para que eles não o percebessem, às vezes durante horas. Também naquela época não seguia qualquer um. A pessoa tinha de alguma forma, de um modo cabalístico, de ser significativa, como o jovem inglês; porque não poderia ser um acaso sem sentido encontrá-lo duas vezes no mesmo dia, ainda mais num dia significativo como aquele na grande cidade, sendo que nas duas vezes o encontro despertara nele um espanto inexplicável. Por trás disso se ocultava um mistério que ele tinha de esclarecer.

Seguiu o inglês pelas ruas estreitas na direção do Corso Umberto numa excitação detetivesca. Desde a infância tinha a habilidade para seguir as pessoas discretamente, como uma sombra. O inglês subiu e desceu o Corso durante algum tempo, depois se sentou no terraço de um café. Mihály também se sentou, tomou um vermute e observou o inglês, inquieto. Sabia que algo teria de acontecer. O inglês também não parecia sereno e inexpressivo como junto do túmulo de Keats. Sob as linhas delicadas do rosto e da pele assustadoramente lisa parecia que alguma coisa latejava. Embora estivesse de fato agitado, a sua agitação era, naturalmente, imperceptível sob a superfície inglesa como quando a asa de um pássaro roça a superfície de um lago. Mihály sabia que o inglês esperava alguém, e a aflição da espera o contagiava e se intensificava nele como o alarido de um megafone.

O inglês começou a olhar para o relógio enquanto Mihály mal conseguia ficar em seu lugar. Tenso, pediu mais um vermute, depois um *maraschino*. Não era hora de economizar. De qualquer maneira, no dia seguinte viajaria para casa.

Por fim um carro elegante parou diante do café, a porta se abriu e uma mulher olhou para fora. Nesse instante o inglês deu um pulo e entrou no carro, que partiu com eles sem fazer ruído.

Isso tudo durou apenas um instante, a mulher mal apareceu na porta do carro, mas Mihály reconheceu nela, mais com a intuição do que com os olhos, Éva Ulpius. Mihály também deu um pulo e lhe pareceu que o olhar de Éva passeou sobre ele, ou melhor, teve a impressão de que um sorriso muito sutil apareceu no rosto dela, tudo isso por um momento, e Éva desapareceu de carro na noite.

Mihály pagou e saiu do café cambaleante. Os sinais não davam margem a engano, tivera de vir para Roma porque Éva estava ali. Agora sabia também que esse era a fonte e o objeto de sua nostalgia: Éva, Éva...

Sabia também que não viajaria para casa. Nem que tivesse de vestir andrajos, e nem que tivesse de esperar durante cinqüenta anos. Finalmente havia um lugar no mundo onde tinha uma razão para ficar. Pressentira a razão sem consciência havia dias nas ruas, nas casas, nas ruínas e nas igrejas de Roma. Não se podia dizer que "a espera o enchera de alegria". Com Roma e seus séculos a felicidade não combinava, e o que ele esperava do futuro não era o que de costume se chamaria uma espera feliz. Esperava pelo destino, pela sorte racional, que combinava com Roma.

Escreveu imediatamente para Tivadar que a sua saúde não permitia uma viagem longa. Não mandaria o dinheiro para Millicent. Millicent tinha um padrão de vida bom, nada mudaria; se ela havia esperado até então, poderia esperar mais um pouco. Tivadar seria responsabilizado pelo atraso, por não ter mandado mais dinheiro.

Naquela noite, na inquietação da espera e na solidão da elação, ele se embriagou, e quando mais tarde acordou com uma forte palpitação, reviveu o sentimento de perdição que em seu amor juvenil dirigido a Éva era seu principal companheiro. Sabia bem, com muito mais clareza do que no dia anterior, que deveria voltar para casa, por mil e uma razões; e quando por causa de Éva — sem saber ao certo se a veria de novo — acabou ficando em Roma, arriscava muito, talvez desafiasse a família e o passado burguês de modo irreparável, e enfrentaria dias muito incertos. Mas não lhe ocorreu por um minuto agir de maneira diferente. Isto também fazia parte daqueles jogos adolescentes: o risco e o sentimento de perdição. Não amanhã, e não depois de amanhã, mas um dia se encontrariam, e até então ele estaria vivo, vivo de novo, não como nos anos passados. *Incipit vita nova.*

Capítulo 2

Lia os jornais italianos todos os dias, com um sentimento muito ambivalente. Dava-lhe prazer a idéia paradoxal de que os diários italianos fossem escritos em italiano, a língua que jorrava abundante, imensa, que, fragmentada nas notícias diárias, parecia uma correnteza movimentando uma máquina de costura. O conteúdo dos diários, entretanto, o deprimia terrivelmente. Os jornais italianos eram alegres o tempo todo, como se não fossem escritos por pessoas, mas por santos radiosos que acabavam de sair de um quadro de Fra Angelico para celebrar a ordem perfeita do país. Sempre havia razão para alegria, porque um dia uma empresa comemorava seus 11 anos, em outro momento uma estrada completava 12 anos. Nessas ocasiões alguém fazia um discurso grandioso e o povo celebrava com entusiasmo, ao menos segundo o testemunho do repórter.

Como todo estrangeiro, Mihály também se afligia para saber se o povo celebrava tudo com entusiasmo, sempre, sem descanso, incansavelmente feliz como afirmavam os jornais. Naturalmente, ele tinha consciência de que para um estrangeiro seria difícil medir o calor e a sinceridade da felicidade italiana, em especial sem falar com ninguém, sem entrar em contato com a vida italiana de modo algum. Porém, na medida em que era possível julgar a distância e distraído, sentia que, desde que entrara em moda, o povo italiano era de fato incansavelmente feliz e animado. Mas sabia também como eram poucas e estúpidas as coisas que bastavam para que o homem — como indivíduo ou como massa — fosse feliz.

Ele, porém, não se ocupou muito da questão. Os instintos lhe diziam que na Itália tanto fazia quem estava no poder e em nome de que ideais governava o povo. A política tocava apenas a superfície, o povo, o povo italiano, vegetativo, oceânico, levava os tempos cambiantes nas costas com uma passividade extraordinária e não assumia nenhum compromisso com a história magnífica. Desconfiava de que a Roma republicana e também a imperial, com os gestos, heroísmos e baixezas grandiosos, era apenas uma representação máscula na superfície, a romanidade toda era assunto privado de alguns atores geniais, e enquanto isso, serenos, os italianos comiam massa, cantavam o amor e engendravam progênies numerosas.

Um dia um nome conhecido chegou até ele por meio do Popolo d'Italia: La Conferenza Waldheim. Leu o artigo que contava que Rodolfo Waldheim, o célebre filólogo e historiador húngaro da religião, apresentara uma conferência denominada *Aspetti della morte nelle religioni antiche* na Accademia Reale. O jornalista italiano ardoroso dizia solene que a conferência lançara uma luz completamente nova não apenas sobre a concepção da morte nas religiões da Antigüidade, mas sobre a natureza da morte de um modo geral, e constituíra ao mesmo tempo uma afirmação da amizade ítalo-húngara; o público aclamara entusiasmado o extraordinário professor cuja juventude também tivera um efeito surpreendente e positivo sobre os ouvintes.

Esse Waldheim não poderia ser outro senão Rudi Waldheim, concluiu Mihály, e uma sensação agradável se apoderou dele, porque um dia gostara muito de Rudi Waldheim. Haviam sido colegas na universidade. Embora nenhum deles tivesse uma natureza amistosa — um porque desprezava os estranhos que não freqüentavam a casa dos Ulpius, e o outro porque sentia que comparados a ele todos eram ignorantes, simplórios e desprezíveis —, certa amizade se estabelecera entre eles por conta da história das religiões. A amizade não foi duradoura. Também à época Waldheim sabia muito, lia tudo o que era preciso em todas as línguas, de bom grado dava explicações primorosas a Mihály, porém depois descobriu que o interesse de Mihály pela história das religiões não era muito profundo, sentiu nele o diletante e, desconfiado, se retraiu. A Mihály, entretanto, impressionava o imenso preparo de Waldheim, pensava que se um historiador da religião iniciante conhecia tanto, quanto não saberia um historiador barbudo experiente, e com isso a coragem para aquilo tudo o abandonou. Além disso, ele logo largou os estudos universitários. Waldheim, por sua vez, foi para a Alemanha a fim de se aperfeiçoar aos pés dos grandes mestres da ciência e, assim, eles se separaram completamente. Anos depois Mihály acompanhou pelos jornais as várias etapas da veloz carreira científica de Waldheim e, quando Waldheim se tornou professor universitário, ele esteve muito perto de enviar uma carta de felicitações que por fim acabou não escrevendo. Não se encontrou mais com ele pessoalmente.

Agora que lia o seu nome, ocorreu-lhe a generosidade singular de Waldheim, de quem, nesse meio-tempo, ele havia se esquecido inteiramente: da vivacidade de *fox-terrier* da cabeça raspada, brilhante, arredondada, da loquacidade extraordinária; Waldheim dava explicações sempre interessantes o tempo todo, imaginava-se que também durante o sono, em voz alta, em longas frases sem erros; a animação insuperável, o apetite permanente pelas mulheres com que ele circulava entre as colegas nem sempre muito atraentes; e, principalmente, a qualidade que ele, parafraseando Goethe, chamava, um pouco relutante, de "fascinação", porque a ciência — em algumas de suas partes e em seu todo abstrato — e as formulações do Espírito o mantinham em permanente incandescência, não havia lugar para a indiferença, ele sempre se ocupava febrilmente de alguma coisa, ora amava uma manifestação grandiosa e, se possível, ancestral do Espírito, ora odiava uma estupidez "chã", "barata" ou "de baixo nível"; a palavra Espírito sempre o levava ao transe, que, parecia, para ele tinha algum significado.

A lembrança da vitalidade de Waldheim teve sobre ele um efeito revigorante inesperado. Pelo desejo súbito de se encontrar ao menos brevemente com Waldheim, ele de repente descobriu a solidão indescritível em que vivia havia semanas. Embora a solidão fosse parte inevitável da espera pelo destino que em Roma era sua única ocupação e que ele não podia compartilhar com ninguém. Apenas nessa hora percebeu os recessos em que mergulhara na espera paciente e sonhadora, e teve consciência da perdição que o arrastava enrodilhado para o reino dos seres míticos de águas profundas; de repente, ele pôs a cabeça fora d'água e respirou.

Tinha de se encontrar com Waldheim; a possibilidade de uma atitude prática irradiava em sua direção. O artigo que prestava contas sobre a conferência de Waldheim falava também de uma recepção que acontecera no Palazzo Falconieri, sede do Collegium Hungaricum. Mihály se lembrou de que em Roma havia um Collegium Hungaricum onde viviam com bolsa jovens artistas e cientistas; lá com certeza saberiam o endereço de Waldheim, se é que ele não morasse ali mesmo.

Não foi difícil descobrir o endereço do Palazzo Falconieri: ficava na Via Giulia, não muito distante do Teatro Marcello, na região em que ele mais gostava de vagar. Também dessa vez ele atravessou as ruelas do gueto e em pouco tempo se viu diante do palácio antigo e belo.

O porteiro acolheu as perguntas de Mihály com simpatia e comunicou que o professor estava de fato no colégio, mas àquela hora dormia. Mihály olhou espantado para o relógio, pois eram onze e meia.

— Sim — disse o porteiro —, o senhor professor dorme até o final da manhã todos os dias e não se pode acordá-lo, na verdade nem é possível, pois tem um sono muito bom.

— Nesse caso, vou voltar depois do almoço — disse Mihály.

— Infelizmente o senhor professor se deita de novo e dorme depois do almoço, e nessa hora também não se pode incomodá-lo.

— E quando ele fica acordado?

— A noite toda — disse o porteiro com certo encantamento.

— Então vai ser melhor eu deixar o meu cartão com o meu endereço para que o professor possa me avisar se quiser se encontrar comigo.

Quando Mihály foi para casa naquela noite esperava-o um telegrama em que Waldheim pedia que ele o encontrasse para jantar. Mihály logo tomou um bonde e desceu para o Palazzo Falconieri. Gostava da C, a linha de bonde fantástica que saía da estação de trem, contornava grande parte da cidade, aqui e ali atravessava bosques, parava diante do Coliseu, margeava as ruínas do Palatinus, corria ao longo do Tibre, a cada lado dos trilhos desfilava uma cavalgada de milênios, e tudo durava apenas um quarto de hora.

— Entre — gritou Waldheim quando Mihály bateu, mas a porta que ele tentou abrir de algum modo emperrou.

— Espere um pouco... — gritou Waldheim, e no momento seguinte a porta se abriu. — Estava um pouco escorada — disse Waldheim, apontando os livros e a pilha de manuscritos no chão. — Entre, não repare.

Entrar não foi tão simples porque o piso do quarto estava todo abarrotado com os mais variados objetos. Além dos livros e manuscritos, espalhavam-se roupas brancas, trajes de verão exageradamente claros, um número surpreendente de pares de sapatos, equipamentos de natação e outros esportes, jornais, latas de conserva, caixas de chocolates, cartas, reproduções e retratos de mulheres.

Mihály olhou em redor um pouco constrangido.

— Na verdade não gosto que façam limpeza enquanto estou aqui — explicou Waldheim. — As arrumadeiras fazem tanta desordem que não encontro nada. Sente-se, por favor. Espere um pouco...

Varreu alguns livros de uma das pilhas revelando uma cadeira, e, receoso, Mihály se sentou. Ele sempre se perturbava com desarrumação, e para piorar a confusão dela emanava a aura que impunha respeito pela santidade da ciência.

Waldheim também se sentou e de pronto começou a dar explicações. Explicou por que era desordeiro. A desordem tinha diversas razões intelectuais, abstratas, mas a herança também desempenhava um papel.

— O meu pai certamente falou disso, era pintor, talvez você se lembre do nome dele. Ele também não deixava ninguém mexer nos objetos que atulhavam o ateliê. Aos poucos apenas ele conseguia andar pelo ateliê, apenas ele sabia onde estavam as ilhas em que poderia pisar despreocupado, sem que caísse sobre alguma coisa. Porém, depois as ilhas também foram sepultadas pela enxurrada inevitável. Nessas horas o meu pai fechava o ateliê, alugava outro e começava vida nova. Quando morreu descobrimos que ele tinha cinco ateliês, todos abarrotados.

Depois contou sua biografia, começando pelo momento em que vira Mihály pela última vez, a carreira universitária, a fama mundial como filólogo, de que se vangloriava com a animação e ingenuidade de um garoto. "Por acaso ele tinha consigo" artigos de jornal em várias línguas que evocavam uma e outra conferência num tom simpático, entre elas a que Mihály lera no *Popolo d'Italia*. Em seguida apareceram cartas, linhas amistosas enviadas por cientistas e escritores estrangeiros célebres, e um convite para Doorn, para o encontro festivo da sociedade arqueológica do ex-chanceler alemão. De algum lugar fez surgir um cálice de prata com as iniciais do ex-chanceler.

— Veja, ganhei isso dele quando todos os presentes beberam vinho húngaro, Tokaj, em minha homenagem.

Depois mostrou, apressado, um grande número de fotografias, fotografias em que ele era visto com senhores com aparência deveras científica e com mulheres de aparência menos científica.

— A minha respeitabilidade de pijamas — explicou. — A minha respeitabilidade toda despida… essa mulher esconde o rosto porque está com vergonha…

Em seguida Waldheim surgiu num retrato junto de uma mulher muito feia e um garoto.

— Quem são esses, a mulher feia e o garoto? — perguntou Mihály com malícia.

— Ah, são a minha família — disse Waldheim, e deu uma grande risada. — A minha mulher e o meu filho.

— Você tem isso também? — perguntou Mihály espantado. — Onde você os guarda?

Porque o quarto de Waldheim e todo o seu ser passavam com tanta força a impressão do ouvinte universitário incorrigível, do estudante de filosofia que não cresceria nunca, que Mihály não conseguia imaginá-lo associado a uma mulher e um filho.

— Oh, eu sou casado há séculos — disse Waldheim. — Esse retrato é muito antigo. Desde então o meu filho está muito maior e a minha mulher muito mais feia. Ela eu arranjei em Heidelberg quando estava no terceiro ano. Chama-se Kätzchen, não é ótimo? E tem 46 anos. Mas não incomodamos muito um ao outro, eles vivem na Alemanha com os meus queridos sogros e me rejeitam. Nos últimos tempos não só pelos meus princípios, mas porque não sou alemão.

— Mas você é alemão, ao menos do ponto de vista racial.

— Sim, sim, mas um Auslanddeutsche, um natural de Bratislava, um posto avançado da bacia do Danúbio, o que não me tornou um igual. Ao menos é o que o meu filho diz, e ele sente muita vergonha de mim perante os colegas. O que posso fazer? Nada. Mas, por favor, coma. Ah, eu ainda não servi o jantar? Espere um pouco... O chá já ferveu. Mas você não precisa tomar chá. Posso servir vinho tinto também.

De algum lugar em meio aos recessos do piso ele pegou um grande pacote, guardou debaixo da mesa diversos objetos e manuscritos que estavam sobre a escrivaninha, pôs o pacote sobre ela e o abriu. Apareceu uma quantidade imensa de presunto, salame e pão italiano.

— Na verdade eu só como frios, nada mais — disse Waldheim. — Mas para que não ficasse tão sem graça para você, pensei em variar, espere um pouco...

Depois de uma longa exploração apareceu com uma banana, e o sorriso com que a estendeu para Mihály parecia dizer: Você já viu um dono de casa tão prendado?

A negligência e a simplicidade estudantil deixaram Mihály completamente encantado.

"Eis um homem que conseguiu o impossível", pensou com inveja, enquanto Waldheim se empanturrava com o presunto cru e dava explicações. "Eis um homem que conseguiu se imobilizar na idade apropriada para ele. Porque todas as pessoas têm uma idade que lhes é a mais adequada. Há os que permanecem crianças a vida toda, e há os que durante toda a vida seguem desajeitados, incômodos, não encontram seu lugar antes de se transformarem em velhos e velhas belos e sábios que chegaram à idade ideal. O espantoso em Waldheim era que ele na alma continuava sendo um universitário, sem que por isso desistisse do mundo, do sucesso, da vida intelectual. Escolhera uma profissão em que o atraso emocional parecia não chamar a atenção, ou melhor, era vantajoso, e da realidade ele só tomava conhecimento do que se acomodava à sua fixação. Isso sim! Se eu também pudesse construir...

Pouco depois do jantar Waldheim olhou para o relógio e, agitado, disse:

— Santo Deus, eu tenho um encontro muito urgente com uma mulher perto daqui. Se você não tiver coisa melhor, seria muito gentil de sua parte se me acompanhasse e me esperasse. Não vai demorar muito. E depois podemos ir a algum porão para continuar o nosso diálogo emocionante. ("Ele com certeza não percebeu que eu não disse uma única palavra", pensou Mihály.)

— Posso acompanhá-lo com prazer.

— Gosto absurdamente de mulheres — disse Waldheim no caminho. — Talvez em excesso. Sabe, na juventude não tive todas as mulheres de que precisava e que desejava, em parte porque na juventude somos imbecis e em parte porque a minha educação severa me proibia. Fui educado pela minha mãe, filha de um *pfarrer*, um verdadeiro *pfarrer* alemão imperial; na infância estive na casa dele uma vez e perguntei ao velho, não sei mais por que, quem fora Mozart. "*Der war ein Scheunepurzler*", disse, que significa aproximadamente que ele divertia a platéia com cambalhotas num celeiro; esse era o conceito que o velho tinha sobre os artistas. E ultimamente ando sentindo que nunca vou conseguir repor o que perdi em relação às mulheres até os meus 25 anos. Cheguei. Então, me espere, por favor, volto logo.

Desapareceu por um portão escuro. Reflexivo mas bem-humorado, Mihály passeou para cima e para baixo. Depois de algum tempo ouviu uma tosse estranha, engraçada; olhou para cima. Waldheim exibiu a cabeça brilhante, redonda, por uma janela.

— A-ham. Volto já.

— Uma mulher muito agradável — disse, quando desceu. — Tem os seios um pouco caídos, mas não faz mal, temos de nos acostumar. Eu a conheci no Fórum e a seduzi contando a ela que a Pedra Negra talvez tivesse um significado fálico. Você naturalmente não imagina como a história da religião seduz as mulheres.

Comem a história da religião na minha mão. Na verdade receio que as mulheres também possam ser seduzidas pelo cálculo integral e pela contabilidade se os apresentarmos com o entusiasmo necessário. Elas não prestam atenção ao conteúdo. E às vezes chegam a nos enganar. Às vezes chegam a parecer humanas. Não faz mal. Gosto delas. E elas também gostam de mim, que é o que importa. Bem, vamos entrar aqui.

Sem querer, Mihály fez uma careta quando viu a taverna em que Waldheim queria entrar.

— Não digo que seja bonita, mas é muito barata — disse Waldheim. — Mas vejo que você ainda é uma criança delicada como na universidade. Não faz mal, uma vez podemos ir a um lugar melhor para lhe agradar.

De novo exibiu um sorriso que evidenciava o reconhecimento da própria generosidade. Dispunha-se a pagar a própria despesa em um lugar mais caro para agradar Mihály.

Entraram em uma taverna ligeiramente melhor. Waldheim ainda falou por algum tempo, em seguida foi como se tivesse se cansado um pouco. Por alguns instantes ponderou, depois de súbito se voltou espantado para Mihály:

— E você, o que fez nesse tempo todo?

Mihály sorriu.

— Aprendi a profissão e trabalhei na empresa do meu pai.

— Você *trabalhou*? No passado? E agora?

— Agora não faço nada. Fugi de casa, vagabundeio por aqui e penso no que deveria fazer.

— No que você deveria fazer? Isso é pergunta? Ocupe-se com a história da religião. Acredite, é a ciência mais atual.

— Mas por que você acha que eu deveria me ocupar com História? Que relação eu tenho com História?

— Porque todos que não são estúpidos devem se ocupar com a ciência, no interesse da salvação da própria alma. É a única ocupação digna do homem. Não sei, quem sabe as artes plásticas e a música também... Porém, ocupar-se de outra coisa, como trabalhar em uma empresa comercial, uma pessoa que não seja completamente estúpida... eu digo que é afetação!

— Afetação? Como assim?

— Veja: você prometia ser um historiador da religião bastante bom. Você não era um rapaz de raciocínio muito rápido, mas com empenho podemos compensar muitas coisas, e pessoas muito menos talentosas que você se tornaram cientistas excepcionais, ou melhor... Depois, não sei ao certo, mas consigo imaginar o que se passou na sua alma burguesa: você descobriu que o campo científico não garantia a sobrevivência, que não sentia atração pela rotina entediante de professor de escola média, e isso e aquilo, de modo que teria de seguir uma carreira prática, levaria em conta as necessidades econômicas. É isso que eu chamo de afetação. Porque você também sabe bem que competência econômica não existe. A vida prática é mito, blefe inventado por gente que deseja se consolar, incapaz de se ocupar das coisas do espírito. Mas você é bastante inteligente para não cair nessa. Você se entregou à afetação. E agora chegou o tempo de perder a pose e voltar às origens, à vida científica.

— E de que vou viver?

— Meu Deus, isso não é problema. Como pode ver, eu também vivo de alguma coisa.

— Sim, do salário de professor universitário.

— É verdade. Mas viveria sem ele também. Não é preciso gastar. Vou lhe ensinar que se pode viver de salame e chá. É muito saudável. Vocês não sabem economizar, esse é o problema.

— Mas, Rudi, existe um outro problema também. Não tenho certeza de que a dedicação à ciência seria uma realização para mim tanto quanto ela é para você... eu não tenho tanto entusiasmo... não consigo acreditar tanto na importância dessas coisas...

— De que coisas você fala?

— Por exemplo, das conclusões da história das religiões. Nem sei, às vezes acho que é indiferente saber por que foi exatamente um lobo que criou Rômulo e Remo...

— Como diabos seria indiferente? Você está completamente louco. Não, você está fazendo gênero. Mas já falamos demais. Vou para casa; vou trabalhar.

— Agora? Já passou da meia-noite!

— Sim, é nessa hora que consigo trabalhar, nada me perturba e não penso em mulheres. Vou trabalhar até as quatro da manhã e depois vou correr durante uma hora.

— O que você vai fazer?

— Correr. De outro modo não conseguiria dormir. Desço até as margens do Tibre e lá eu corro para cima e para baixo. Os guardas me conhecem e não me repreendem. Exatamente como em nossa terra. Venha. No caminho vou contar no que estou trabalhando agora. É sensacional. Você se lembra do fragmento de Sophron que não faz muito tempo apareceu...

Quando a explicação terminou, estavam diante do palácio Falconieri.

— Mas para voltar ao assunto do que fazer — disse de súbito Waldheim. — Apenas o começo é difícil. Sabe de uma coisa, amanhã vou acordar mais cedo por você. Venha me buscar, digamos, às onze e meia. Vou levá-lo ao Valle Giulia. Aposto que você não esteve no museu etrusco. Se lá não sentir vontade de retomar o fio da meada, você é de fato um caso perdido. Nesse caso volte para a fábrica do seu pai. Fique com Deus.

E entrou apressado no palácio às escuras.

Capítulo 3

De fato, no dia seguinte foram ao Valle Giulia. Viram os túmulos, os sarcófagos em cujas tampas os antigos etruscos mortos viviam alegres, comiam, bebiam e abraçavam as esposas, veiculando a filosofia que jamais escreveram, porque os etruscos eram tão sábios que jamais desenvolveram a literatura durante sua existência, mas em contrapartida, sem deixar margem a dúvidas, lia-se em seus rostos que apenas o instante contava, e o belo instante nunca passava.

Waldheim mostrou largos potes em que os antigos italianos tomavam vinho, como dizia a inscrição: *Foied vinom pipafo, cra carefo*.

— "Hoje bebo vinho, amanhã não haverá mais" — traduziu Waldheim. — Diga, é possível uma formulação mais sintética e mais verdadeira? Essa frase, em sua grandiosidade arcaica, é tão definitiva, tão imutável quanto as paredes poligonais dos castelos, quanto as construções ciclópicas. *Foied vinom pipafo, cra carefo.*

Em um armário havia estatuetas: homens sonhadores guiados por mulheres, mulheres sonhadoras conduzidas ou arrebatadas por sátiros.

— O que é isso? — perguntou Mihály, surpreso.

— É a morte — disse Waldheim, e sua voz de repente se tornou aguda, como toda vez que se tratava de alguma coisa científica séria. — Esta é a morte; ou quem sabe o morrer. Porque não são a mesma coisa. As mulheres que seduzem os homens, os sátiros que arrebatam as mulheres são demônios da morte. Você percebe? As mulheres são arrebatadas por demônios masculinos, os homens, por demônios femininos. Os etruscos sabiam muito bem que morrer é um ato erótico.

Mihály foi sacudido por um sentimento de horror. Será que alguém mais sabia disso, e não apenas ele e Tamás Ulpius? Seria possível que para os etruscos esse sentimento fundamental da vida fosse um dia representável, uma verdade espiritual óbvia, e a intuição genial de historiador da religião de Waldheim fosse capaz de compreender essa verdade como os outros mistérios e horrores das crenças dos antigos?

Isso o perturbou tanto que não ele disse nada, nem no museu, nem no caminho de volta no bonde, porém de noite, quando visitou Waldheim de novo e o vinho tinto lhe deu coragem, ele acabou perguntando, cauteloso, para que sua voz não falhasse:

— Diga, por favor, como você entende que o morrer seja um ato erótico?

— Entendo tudo como falo, não sou um poeta simbolista. Morrer é um ato erótico, ou, se quiser, um prazer sexual. Ao menos para os homens das culturas antigas: para os etruscos, para os gregos do tempo de Homero, para os celtas.

— Não compreendo — fingiu Mihály. — Eu sempre acreditei que os gregos temessem muito a morte; pois o mundo do além não consolava os gregos do tempo de Homero, se lembro bem do livro de Rohdes. E os etruscos que viviam para o momento temiam ainda mais a morte.

— Isso é tudo verdade. Esses povos talvez temessem muito mais a morte do que nós. Nós recebemos da civilização um aparato espiritual pronto tão perfeito que durante a maior parte da vida esquecemos que um dia vamos morrer; aos poucos vamos excluir a morte da consciência como excluímos a existência de Deus. Assim é a civilização. Mas para o homem arcaico nada era mais presente que a morte e o morto, o próprio morto cuja existência, cujo destino, cuja vingança posterior misteriosa o ocupavam o tempo todo. Temiam demais a morte e os mortos, embora na alma deles tudo fosse mais ambivalente que na nossa, as grandes contradições eram mais próximas umas das outras. O medo da morte e o desejo de morrer eram vizinhos próximos na alma deles, e o medo era muitas vezes desejo e o desejo era muitas vezes medo.

— Meu Deus, o desejo de morrer não é arcaico, mas eternamente humano — defendeu-se Mihály dos próprios pensamentos. — Sempre houve e sempre haverá cansados e entediados da vida que anseiam pela libertação da morte.

— Não fale bobagens e não seja fingido, como se não me compreendesse. Eu não estou falando do desejo de morrer dos cansados e doentes, dos marcados para o suicídio, pois é exatamente porque suas vidas são tão plenas que eles anseiam pela morte como o maior dos êxtases, como o amor fatal. Ou você entende ou não entende, não há como explicar, mas para os homens arcaicos era óbvio. Por isso eu digo que morrer é um ato erótico: porque ansiavam por ele, e, no limite, todo desejo é erótico, ou melhor, chamamos de erótico aquilo em que Eros é divino, ou melhor, que contém o desejo. O homem sempre anseia por uma mulher, diziam os nossos amigos, os etruscos, portanto a morte, o morrer, é feminina. Mulher para o homem e sátiro imperioso para a mulher. É o que dizem as estátuas que você viu hoje de manhã. Mas eu poderia lhe mostrar outras coisas também: os retratos das cortesãs da morte em diferentes baixos-relevos arcaicos. As mulheres são prostitutas que seduzem os rapazes. Elas são representadas com vaginas imensas. E as vaginas provavelmente significam mais. Delas viemos e na direção delas caminhamos, diziam esses homens. Nascemos por conta de um ato erótico e através de uma mulher, temos de morrer por conta de um ato erótico e por meio de uma mulher, através da cortesã da morte, a grande antítese e complemento da Mãe... quando morremos nascemos de volta... você compreende? Na verdade foi isso que eu disse na minha conferência na Accademia Reale, sob o título de *Aspetti della morte*; fez um grande sucesso nos jornais italianos. Por acaso eles estão aqui, espere um pouco...

Aterrorizado, Mihály correu os olhos pelo caos alegre do quarto de Waldheim. De certa forma ele lembrava o antigo quarto da casa dos Ulpius. Buscava um sinal, alguma coisa que de uma maneira concreta comprovasse... a proximidade de Tamás, de Tamás cujas idéias Waldheim apresentava com clareza e objetividade científica naquela noite de verão. A voz de Waldheim era aguda, cortante, gemente como toda vez que ele explicava a "essência". Mihály virou depressa um copo de vinho e foi até a janela para respirar; alguma coisa lhe pesava muito.

— O desejo de morrer é uma das forças mais poderosas na geração dos mitos — continuou Waldheim, mais para si, excitado. — Se fizermos uma leitura cuidadosa da *Odisséia*, veremos que ela não trata de outra coisa. Lá estão as cortesãs da morte, Kirke, Kalypso, que atraem o viajante para as cavernas e não o deixam prosseguir;

impérios dos mortos, a terra dos lotófagos, dos feácios, e quem sabe a própria Ítaca não seja uma terra dos mortos?... No Ocidente distante, durante o dia os mortos sempre navegam para oeste... a nostalgia de Ulisses e seu retorno para Ítaca talvez não sejam a nostalgia pela não-existência, mas signifiquem a ressurreição... É possível que Penélope signifique pato, e que originalmente ela tenha sido uma alma voadora, mas isso por enquanto eu não posso provar. Você pode ver que esse é um tema com que eu teria de me ocupar urgentemente, e você também... Você poderia trabalhar uma parte para se familiarizar com o método da história das religiões. Por exemplo, seria muito interessante que escrevesse alguma coisa sobre Penélope como uma alma palmípede.

Mihály recusou a empreitada com um agradecimento, naquele momento aquilo o interessava menos.

— Por que só os gregos arcaicos sentiram tanto a realidade da presença da morte? — perguntou.

— Porque a natureza da civilização, também entre os gregos, é tal que desvia a atenção dos homens da realidade da morte e equilibra o desejo de morrer ao mesmo tempo em que reduz o desejo primitivo pela vida. A civilização cristã fez a mesma coisa. Embora os povos que o cristianismo teve de civilizar professassem um culto à morte muito maior do que os gregos. O grego, na verdade, não era um povo muito ligado à morte, ele apenas foi capaz de expressá-la melhor do que os outros. Verdadeiramente ligados à morte foram os povos nórdicos, os germanos, na meia-noite profunda de suas matas, e os celtas, sobretudo os celtas. As lendas celtas são repletas de ilhas dos mortos; mais tarde os narradores cristãos transformaram as ilhas, de um modo significativo, em ilhas da felicidade, e os estudiosos estúpidos do folclore costumam cair nessa cilada. Mas diga, a ilha da felicidade não é aquela que envia sua representante, a fada, a título de imperativo irresistível ao príncipe Bran? Ou o homem que regressa da felicidade não se transforma de repente em pó e cinzas assim que deixa a ilha; diga, o que você acha, por que as pessoas riem na ilha, na outra ilha? De felicidade? Que nada; riem porque são mortos, e a risada é a gargalhada terrível dos cadáveres que vemos nas máscaras índias e nos rostos peruanos. Infelizmente, porém, os celtas não são a minha especialidade. Você poderia se ocupar deles. Teria de aprender, depressa e sem falta, o irlandês e o *kimri*, você não tem mesmo o que fazer. E teria de ir a Dublin.

— Está bem — disse Mihály —, mas continue falando, você não imagina quanto o tema me interessa. Como a humanidade deixou de ansiar pelas ilhas dos mortos, ou quem sabe ainda anseia? Afinal, qual é o fim da história?

— Posso responder com uma pequena *spenglerei* de fabricação própria. A entrada dos povos nórdicos na comunidade dos cristãos, na civilização européia, teve como primeira conseqüência o fato de que durante dois séculos não se falou de outra coisa a não ser da morte, nos séculos X e XI, os séculos da reforma dos abades de Cluny. Nos primórdios da Era Romana a Cristandade se viu ameaçada pelo risco de se transformar na mais sombria das religiões, voltada para a morte, algo como a religião dos índios mexicanos. Mas depois a natureza mediterrânea e humanista original se manifestou. O que aconteceu? Os mediterrâneos conseguiram sublimar e racionalizar o desejo de morte, ou melhor, em húngaro, diluíram o desejo de morte em anseio pelo mundo do além, transformaram a sensualidade terrível da sereia da morte em chamamento musical dos coros e ordens celestiais dos anjos. Podiam ansiar tranqüilos pela bela morte que os chamava; não ansiavam pelos prazeres pagãos da morte, mas pelos prazeres civilizados e decentes do paraíso. O desejo de morte primitivo, ancestral, pagão, foi exilado sob as camadas superiores da religião, junto da superstição, da bruxaria, do satanismo. Quanto mais a civilização se fortalece, mais o amor pela morte se torna inconsciente.

"Observe: na sociedade civilizada a morte em geral foi parar entre os conceitos tabus. Não é de bom tom falar sobre ela, evita-se a palavra, como se fosse um impropério, e o morto, o cadáver, se transforma em falecido, defunto, alguém que partiu, como se evita falar dos fenômenos digestivos. E sobre o que não falamos, não devemos também pensar. Essa é a defesa da civilização contra o perigo terrível que consiste em que no homem, em contrapartida ao instinto de vida, trabalha um instinto de sentido oposto que convoca para a extinção com astúcia, doçura e força. O apetite vital primitivo do homem foi atenuado pela civilização. É por isso que temos de calar o outro instinto a ferro e fogo. Mas essa rejeição nem sempre é bem-sucedida. Em períodos de decadência o outro anseio ressurge e infiltra os territórios do espírito com uma intensidade surpreendente. Às vezes classes inteiras escavam quase conscientes os próprios túmulos, como os aristocratas franceses antes da revolução, e receio que o exemplo mais atual seja o dos húngaros da região transdanubiana...

"Não sei se você me compreende. De um modo geral, ao falar sobre esse tema a incompreensão dos meus ouvintes é extraordinária. Porém, posso propor um teste: estou andando em uma calçada escorregadia, um pé desliza e começo a cair. No instante em que perco o equilíbrio, sou tomado por uma felicidade repentina. É claro, ela não dura mais que um instante, em seguida eu jogo a perna para trás automaticamente, recupero o equilíbrio, e constato feliz que não caí. Mas por um instante! Por um instante eu me desprendi das leis terríveis do equilíbrio, eu me libertei, comecei a voar na direção de uma aniquilação libertadora... Você conhece isso?"

— Conheço isso tudo muito mais do que você imagina — disse em voz baixa Mihály.

De súbito, Waldheim olhou para ele surpreso.

— Ei, que maneira estranha de falar, meu velho! E como está pálido! O que há com você? Vamos sair para o terraço.

No terraço, Mihály logo voltou a si.

— Com os diabos — disse Waldheim. — O que é isso? Você está com calor ou com uma crise histérica? Aviso que se sob o efeito das minhas palavras você se suicidar, eu negarei que um dia o conheci. O que eu digo é sempre de natureza estritamente teórica. Detesto as pessoas que de verdades científicas tiram uma conclusão prática, que "transferem o estudo para a vida", como os engenheiros, que dos elementos temerários da química fabricam venenos contra percevejos. Trata-se do contrário do que Goethe disse: toda vida é cinza e a árvore dourada da teoria é verde. Sobretudo em relação a uma teoria verde como essa. Espero que tenha retomado o seu equilíbrio espiritual. E, seja como for... não viva uma vida espiritual. Creio que o seu problema seja esse. Pessoas inteligentes não têm vida espiritual. E amanhã venha comigo à festa ao ar livre do Instituto Americano de Arqueologia. Você precisa se divertir um pouco. Agora vá para casa, eu ainda vou trabalhar.

Capítulo 4

O Instituto Americano de Arqueologia funcionava numa mansão belíssima no meio de um parque no monte Gianicolo. A festa ao ar livre organizada uma vez por ano era um grande acontecimento para a colônia anglo-saxônica de Roma. Os organizadores não eram apenas arqueólogos norte-americanos, mas primeiramente pintores e escultores que viviam em Roma, e dela tomavam parte todos aqueles que tinham com eles uma relação próxima ou distante. Costumava se reunir ali um grupo extraordinariamente variado, portanto interessante.

Mihály, porém, experimentou pouco da variedade e do interesse da companhia. Estava de novo no estado de espírito em que as coisas chegavam a ele como que através de um véu, de uma neblina, a alegria excitante, suficiente por si mesma, da noite, misturada à música de dança, à bebida e às mulheres com quem conversou, sem que soubesse sobre o que falava. A fantasia de pierrô o abstraía completamente: não era ele que estava ali, mas outro alguém, um pierrô com sono.

As horas passaram numa narcose agradável, ficou muito tarde e ele de novo se viu no alto da pequena colina gramada, debaixo da *pinea*, e de novo ouviu os sons estranhos, inexplicáveis, que ao longo da noite o inquietaram repetidas vezes.

Os sons vinham de trás de uma parede muito grande, e quanto mais a noite avançava, tanto mais a parede crescia, chegando até o céu, ora mais altos, ora mais baixos, às vezes com a intensidade de gritos próximos dos ouvidos, e às vezes como um lamento distante, pessoas chorosas às margens de um lago ou mar afastado, sob um céu cor de cinzas... Depois silenciaram, emudeceram durante muito tempo. Mihály começou a se esquecer deles e a se sentir como quem estava em uma festa ao ar livre, e permitiu que Waldheim, à vontade em seu ambiente, o apresentasse a uma nova senhorita, quando os sons se manifestaram de novo.

Por outro lado, o clima da festa se tornou muito agradável, em todos agia a embriaguez sutil ou intensa, não mais desencadeada pelo álcool, mas pela noite. Todos venceram o limiar do sono, passaram da hora habitual de dormir, tudo era indiferente, a consciência não pesava mais, e se entregaram serenos à noite. Waldheim cantava trechos da *Belle Helène*, Mihály se ocupava de uma jovem polonesa e tudo estava muito agradável quando ele de novo ouviu o canto. Pediu desculpas e subiu ao alto da colina. Ficou lá sozinho, alerta, tenso, com o coração palpitante, como se tudo dependesse da solução daquele enigma.

Dessa vez ouviu com clareza que pessoas cantavam para além da parede, em maior número, provavelmente homens, uma canção lamentosa que não se parecia com nada, em que se repetiam certas palavras, identificáveis mas incompreensíveis. A canção expressava uma dor profunda e aflitiva, alguma coisa não humana, não desse mundo, alguma coisa que lembrava o gemido noturno prolongado dos animais, uma dor remanescente do tempo das árvores, do tempo das *pineas*. Mihály sentou-se sob a *pinea* e fechou os olhos. Não,

não eram homens que cantavam, mas mulheres, e ele as viu diante dele, um grupo singular que lembrava *Naconxipan*, a pintura de Gulácsy sobre os moradores do país das maravilhas, em roupas de um lilás forte, embriagante, depois pensou que eram deuses induzidos ao choro, Átis, Adônis... Tamás, Tamás, que morrera sem ser chorado, no início dos tempos, e agora jazia numa câmara ardente do outro lado da parede, com o brilho da madrugada próxima no rosto.

Quando abriu os olhos, uma mulher estava parada a seu lado, com o ombro apoiado nas *pineas*, mascarada, num traje clássico como Goethe imaginara os gregos. Mihály se endireitou educado e perguntou à mulher em inglês:

— Não sabe quem são os cavalheiros ou damas que estão cantando do lado de lá?

— É claro que sei — respondeu a moça. — Há um mosteiro sírio na vizinhança, os abades cantam salmos a cada duas horas. É fantasmagórico, não é?

— Sim — disse Mihály.

Ficaram em silêncio durante algum tempo. Por fim a mulher falou:

— Trago um recado para o senhor. Em nome de uma antiga conhecida sua.

Mihály se levantou de repente.

— Éva Ulpius?

— Sim, uma mensagem de Éva Ulpius. Para que não a procure, pois não a encontrará. É tarde. Deveria tê-lo feito na casa londrina, quando ela estava escondida atrás da cortina. Ela disse, porém, que naquela hora o senhor gritou o nome de Tamás. E agora é tarde.

— Como eu poderia falar com Éva Ulpius?

— Não há como.

De novo, e mais alto, o lamento do canto se alçou para além da parede, como se pranteassem a chegada da madrugada, ou como se chorassem a noite que se despedia, numa gritaria sufocadora, lancinante, torturada, mortífera. A mulher estremeceu.

— Veja, a cúpula de São Pedro — disse.

A cúpula pairava branca e muito fria sobre a cidade, como a verdade eterna invencível. A mulher desceu a colina apressada.

Mihály sentiu um cansaço imenso, como se apertasse a própria vida entre as mãos contraídas e agora a deixasse escapar.

Em seguida ele se recuperou e saiu às pressas atrás da mulher que desaparecia.

Embaixo havia uma grande confusão, a maioria se despedia, Waldheim lia em voz alta e explicava O Simpósio. Mihály perdeu-se atordoado em meio à multidão, depois correu para o portão do jardim, quem sabe encontraria a mulher entre os que entravam em seus carros.

Chegou a tempo. A mulher subiu em uma bela carruagem aberta, à moda antiga, em que havia outra figura feminina, e partiu depressa. Mihály reconheceu a outra mulher de imediato. Era Éva.

Capítulo 5

As negociações entre os bancos se prolongaram por muito tempo. O assunto poderia ter sido muito simplesmente resolvido se houvesse apenas gente inteligente sentada ao redor da mesa — mas isso não acontece muito na vida. Os juristas impressionavam uns aos outros com a capacidade de escorregar nas frases mais cabeludas sem cair, os grandes endinheirados falavam pouco, ouviam desconfiados, e o silêncio deles dizia com mais intensidade que qualquer palavra: "Dinheiro eu não dou."

"Isso não vai virar negócio" pensou resignado Zoltán Pataki, o primeiro marido de Erzsi.

Ele foi ficando cada vez mais nervoso e impaciente. Nos últimos tempos havia notado por diversas vezes que não conseguia prestar atenção às discussões, e desde então se tornara ainda mais nervoso e impaciente.

Sob a janela ouviu-se uma buzina prolongada de automóvel. Antes, Erzsi muitas vezes esperara no carro quando a negociação se prolongava.

"Erzsi... não pensar nela; ainda dói muito, mas o tempo vai me curar. Vamos adiante, vamos seguir adiante. Vazio como o automóvel de que todos desceram, mas seguir adiante."

Fez um gesto de negativa com a mão, apertou os lábios de modo estranho e sentiu um enorme cansaço. Nos últimos tempos os três fenômenos ligados que se sucediam automaticamente voltavam como as contorções de alguém cheio de tiques nervosos: pensava em Erzsi, fazia um gesto de negativa, apertava os lábios e sentia um imenso cansaço até trinta vezes por dia. "Quem sabe não devesse procurar um médico por conta desse cansaço? Que nada; vamos superá-lo, meu rapaz, vamos superá-lo."

Dessa vez prestou atenção. Diziam que alguém teria de ir a Paris negociar com certo grupo financeiro. Um outro senhor disse que era inútil, podiam resolver tudo por carta.

"Erzsi estava em Paris... Mihály na Itália... Erzsi não escreve uma palavra, embora deva estar terrivelmente sozinha. Teria bastante dinheiro? Talvez tivesse de andar de metrô, a coitada; se saísse antes das nove e voltasse depois das duas ganharia a passagem de volta, seria bem mais barato; coitada, certamente faz assim. Paris é difícil para uma mulher sozinha, e Erzsi é tão vistosa..."

A isso não se seguiu o gesto de negativa, o sangue subiu à sua cabeça e: "Morrer, morrer, não há outra solução..."

Nesse meio-tempo, firmou-se a convicção de que teriam de mandar alguém. Pataki pediu a palavra. Com toda vivacidade explicou que sem dúvida seria necessário prosseguir a negociação pessoalmente com os interessados franceses. Quando começou a falar não tinha clareza do que se tratava, mas enquanto falava descobriu e enumerou argumentos inabaláveis. Convenceu o grupo. E depois foi de novo tomado por um cansaço imenso.

— É claro que é necessário alguém ir a Paris. Mas eu não posso ir. Não posso deixar o banco agora; e, além disso, por que iria? Erzsi não me chamou. Correr atrás dela e assumir a rejeição é um risco muito provável que eu não quero... Afinal de contas, precisamos ter auto-estima.

Interrompeu as palavras abruptamente. O grupo, convencido, decidiu que enviaria um jovem diretor, o genro de um dos magnatas que falava um francês excelente.

— Vai ser uma boa escola para ele — pensaram, paternalistas, os endinheirados.

Depois da reunião veio a parte mais difícil do dia, a noite. Certa vez Pataki lera que entre o homem casado e o solteiro a principal diferença era que o casado sempre sabia com quem iria jantar. De fato, desde que Erzsi o deixara, esse era o principal problema da vida de Pataki. Com quem jantaria? Nunca gostara dos homens, não conhecia a instituição da amizade. As mulheres? Isso era o mais estranho. Enquanto era marido de Erzsi precisara de muitas mulheres, sempre novas, todas as mulheres o agradavam, uma porque era magra, a outra porque era gorda, a terceira exatamente porque era o meio-termo adequado. Passava todo o tempo livre e muitas vezes o tempo que não tinha livre com mulheres. Havia uma *maitresse de titre*, com uma relação insondável com o teatro, que lhe custava muito caro, mas era uma boa propaganda para o banco. Depois, de tempos em tempos tivera amores ilustres, a esposa de um ou outro colega, e sobretudo as datilógrafas e às vezes uma e outra empregada pelo gosto da variedade; uma galeria impressionante. Erzsi se incomodava com razão, e Pataki, nos momentos de maior otimismo, ponderava que Erzsi o abandonara por isso. Nas horas mais pessimistas via com clareza que Erzsi o deixara por uma razão diferente, por faltas que ele não era capaz de preencher, e esse saber era tremendamente humilhante. Quando Erzsi foi embora, ele liberou, cavalheirescamente, a *maitresse de titre*, ou melhor, logo a passou a um colega mais velho que havia muito reivindicava a honra, "transferiu" a secretária, acomodou junto de si a força de trabalho mais feia do banco e passou a viver uma vida reclusa.

"Deveríamos ter tido filhos", pensou, e de repente sentiu que gostaria muito de um filho se o tivesse, um filho de Erzsi. Numa resolução rápida, telefonou para uma sobrinha que tinha dois filhos adoráveis e foi jantar na casa dela. No caminho comprou uma quantidade inacreditável de doces. As duas crianças adoráveis provavelmente jamais saberiam a que deveriam o estômago embrulhado durante três dias.

Depois do jantar entrou em um café, leu o jornal, hesitou quanto a ir um pouco ao clube para jogar cartas, mas não conseguiu se decidir. Foi para casa.

A casa sem Erzsi era indizivelmente depressiva. Estava na hora de fazer alguma coisa com os móveis dela. Não fazia sentido o quarto de Erzsi estar lá como se ela fosse voltar a qualquer momento, embora... Deveria levá-lo para o sótão ou encaixotá-lo. Vou mobiliá-lo como uma espécie de quarto de lazer, com poltronas imensas.

De novo fez um gesto de negativa, apertou os lábios e sentiu um grande cansaço. A casa era definitivamente insuportável. Tinha de se mudar. Moraria em um hotel, como os artistas. E também trocaria de hotel com freqüência. Ou quem sabe moraria num sanatório. Pataki adorava a serenidade branca e a segurança médica dos sanatórios. Sim, iria para Svábhegy. Os meus nervos merecem. Se mais uma esposa me deixar eu enlouqueço.

Deitou-se, em seguida se levantou de novo porque sentiu que não conseguiria adormecer. Vestiu-se, mas não lhe ocorreu nenhum lugar para onde pudesse ir, e assim preferiu tomar um Sevenal (embora soubesse que não faria efeito) e de novo se despiu.

Uma vez na cama, a alternativa surgiu diante dele novamente com uma intensidade torturante. Erzsi em Paris estava só, terrivelmente só, talvez nem se alimentasse direito, quem sabe que lugar a preço fixo freqüentava — ou quem sabe não estivesse só. A idéia era insuportável. Com Mihály, de certa forma, ele havia se acostumado. Estranhamente, era incapaz de levar Mihály a sério, a despeito de ele ter, de fato, feito Erzsi fugir. Mihály não conta. Mihály não é humano. No íntimo estava convencido de que um dia se revelaria que ele não era nem... Talvez Erzsi e Mihály tivessem tido uma relação, vivido vida de casados, mas não se pertenceram como homem e mulher. Não havia como imaginar Mihály nisso. Porém, agora, em Paris... o homem desconhecido... o homem desconhecido era cem vezes mais torturante que o sedutor conhecido. Não, aquilo era insuportável.

Tinha de ir a Paris. Tinha de ver o que Erzsi fazia. E o que seria da auto-estima? Erzsi não ligava para ele, não precisava dele, Erzsi não queria vê-lo...

"E daí? Não basta que eu queira vê-la? O resto se esclarece."

"A auto-estima! Desde quando o senhor não tem auto-estima, sr. Pataki? Se na vida dos negócios sempre lhe tivesse faltado a auto-estima, onde estaria hoje, diga? Teria um armazém próspero em Szabadka, como seu querido pai. Por que teria auto-estima justo perante Erzsi? Devemos ter auto-estima onde existe risco. Diante do presidente ou, digamos, diante do secretário de Estado, o Krychlovác. (Não, não, seria exagero.) Mas preocupar-se com a auto-estima diante de uma mulher? Não seria cavalheiresco, não seria nobre. Ridículo."

No dia seguinte desencadeou um processo tempestuoso. Convenceu o banco e todos os interessados de que o jovem genro não era a pessoa ideal, na verdade precisavam de alguém mais experiente para tratar com os senhores franceses.

Os interessados aos poucos concluíram que Pataki era o homem experiente apropriado.

— Mas o senhor fala francês, sr. diretor?

— Não muito, mas apesar disso não vão me enganar; e além disso os negociadores certamente sabem alemão como o senhor ou eu. Já viu um financista que não falasse alemão? *Deutsch ist eine Weltsprache.*

Viajou no dia seguinte de manhã.

Resolveu a parte comercial da viagem em meia hora; o francês de nome Loew com quem teve de tratar, além de ser um homem inteligente, sabia de fato alemão. A coisa andou rápido também porque Pataki, ao contrário dos que não entendiam do assunto e o viam de fora, não levava a sério os assuntos econômicos e de dinheiro; era como o médico com os doentes. Sabia que esse terreno era como os demais, os que não tinham talento muitas vezes se realizavam mais que os talentosos, os que não tinham competência eram muitas vezes mais bem-sucedidos que os incompetentes, uma grande quantidade de economistas de mentira ocupava os principais cargos e dirigia a economia mundial, enquanto os de verdade refletiam no Schwartzer ou no Marko. Também nisso a batalha se travava por uma ficção lendária e sem fundamento, como na ciência em que se busca a Verdade inexistente e indesejável. Perseguia-se a Fortuna que pelas suas cifras não fazia o menor sentido; por ela se perdia a fortuna que fazia sentido. E ao final a busca toda não tinha nenhuma seriedade, como tudo no mundo.

Orgulhava-se de saber isso, ao contrário de Mihály, que não o sabia. Mihály era um intelectual, razão pela qual acreditava no dinheiro, ao passo que duvidava de todo o resto. Mihály, por exemplo, dizia coisas assim: "O estudo da alma, como existe hoje, é uma ciência nada confiável, primária...", ou "Nos dias de hoje a poesia lírica não tem nenhuma importância...", ou "Humanismo? Fazemos discursos inúteis contra a guerra, que espreita e virá...", e, ao contrário, a companhia Váraljai Kender e Len, ela sim; ela não comportava críticas; ali se tratava de dinheiro; com o dinheiro não se brincava. Pataki riu consigo mesmo. A Váraljai Kender e Len, meu Deus... se Mihály e os companheiros soubessem... A própria poesia lírica era mais séria.

"E agora podemos nos ocupar tranqüilamente da segunda parte do nosso pequeno programa." Pataki obteve o endereço de Erzsi em Paris da família de Mihály. Porque Pataki, como com todos, mantinha boas relações com a família de Mihály (afinal eles de fato não tinham culpa) e levava um presente da cunhada de Mihály para Erzsi. Constatou feliz que Erzsi não morava mais na margem esquerda, na Buda parisiense suspeitosa dos boêmios e imigrantes, mas na margem direita mais sensata, nas proximidades da Étoile.

Era meio-dia. Pediu ao garçom de um café que fizesse a ligação para o hotel de Erzsi, pois não confiava que seu francês fosse suficiente para superar as dificuldades dos telefones parisienses. Madame não estava em casa. Pataki foi reconhecer o terreno.

Entrou no pequeno hotel e pediu um quarto. Como falava um francês ruim, não teve dificuldade de fazer o papel do estrangeiro estúpido. Deu a entender por meio de gestos que não gostara do quarto oferecido e foi embora. Pôde constatar, porém, que se tratava de um pequeno hotel distinto, provavelmente hospedava ingleses, embora também houvesse certa malícia, especialmente no rosto das arrumadeiras, com certeza existiam quartos que velhos franceses alugavam como *pied-à-terre*, pagos por um mês, mas utilizados somente durante duas horas por semana. Por que Erzsi se mudara da margem esquerda? Queria morar com mais elegância ou tinha um amor mais elegante?

Às quatro da tarde ligou de novo. Dessa vez Madame estava.

— Alô, Erzsi? Aqui é Zoltán.

— Oh, Zoltán...

Pataki imaginou ouvir que o coração acelerado de Erzsi sufocara sua voz. Seria um bom sinal?

— Como vai você, Erzsi? Está tudo bem?

— Sim, Zoltán.

— Estou aqui, em Paris, tive uma série de complicações com a Váraljai Kender e Len, e tive de vir. Estou numa grande correria, faz três dias que não paro por um minuto. Estou cansado dessa cidade...

— Sim, Zoltán...

— E pensei que, já que estou aqui, e hoje estou com um pouco mais de tempo para respirar, queria saber como você está.

— Sim... é muito gentil de sua parte.

— Você está bem?

— Sim.

— Diga... alô... não posso vê-la?

— Para quê? — perguntou Erzsi de muito, muito longe. Pataki ficou um pouco atônito, e se apoiou na parede. Entretanto, prosseguiu animado:

— Como assim para quê? Por que não a veria, já que estou em Paris, não é?

— É verdade.

— Posso visitá-la?

— Sim, Zoltán. Não, não venha aqui. Vamos nos encontrar em algum lugar.

— Ótimo. Conheço um lugar muito simpático. Você sabe onde fica o Smith, a livraria inglesa na rue de Rivoli?

— Imagino que sim.

— Então, na casa de chá inglesa no andar de cima. Você tem de subir pela livraria. Vá, eu a espero lá.

— Está bem.

Escolhera o lugar porque no que dizia respeito a Erzsi ele desconfiava de tudo o que fosse francês. Imaginava que Paris e o que fosse francês significariam para Erzsi tudo aquilo que lhe faltava e que ele não conseguia oferecer. Num café francês (que ele de qualquer modo detestava, porque os garçons não o respeitavam muito e não traziam água com o café), a França inteira apoiaria Erzsi na luta contra ele; Erzsi estaria em vantagem. Escolhera a extraterritorialidade fria e neutra da casa de chá inglesa por uma questão de *fair play*.

Erzsi apareceu, fez um pedido e Pataki se esforçou para agir como se nada tivesse acontecido entre eles, nem casamento, nem separação. Dois nativos inteligentes de Budapeste, uma mulher e um homem que se encontravam em Paris. Contou de maneira expansiva e num tom malicioso as últimas fofocas de Budapeste sobre os conhecidos comuns. Erzsi o escutou com atenção.

Enquanto isso, Pataki pensava:

"Esta é Erzsi. Na essência não mudou, pois não passou muito tempo desde que foi minha esposa. Veste uma ou duas peças de roupa de Paris, charmosas, mas tenho a impressão de que não são da melhor qualidade. Erzsi está um pouco abatida. Em sua voz há uma amargura muito suave que me faz doer o coração. Coitadinha! Aquele pilantra, Mihály! Ela precisava disso? Parece que ainda não superou... ou em Paris ela teve novas decepções? O homem desconhecido... Oh Deus, meu Deus, eu aqui falando da sogra de Péter Bodrogi enquanto preferiria morrer.

"Esta é Erzsi. Em tamanho natural. Aqui está a mulher sem a qual não posso viver. Por que, na verdade por quê? Por que é ela a única mulher que eu desejo, ao passo que agora, por exemplo, não desejo as mulheres? Entre as outras houve 'mulheres muito melhores', por exemplo, Gizi, para não falar de Maria... Ao vê-las, meu sangue fervia. E, sobretudo, houve muito mais jovens. Erzsi nem é exatamente... Por que, como, aqui e agora, com a cabeça fria e sem nenhum ardor apaixonado eu daria metade da minha fortuna para dormir com ela?"

Erzsi olhava pouco para Zoltán, mas ouvia sorridente as fofocas e pensava:

"Quantas coisas ele sabe sobre todos! Eu me sinto em casa com ele. Mihály não sabia de nada sobre ninguém. Era incapaz de guardar quem era sogra ou amiga de quem. Não entendo por que senti medo e por que fiquei aflita. Vive tanto assim em nós o clichê do marido abandonado? Eu tinha tudo para saber que Zoltán jamais seria nem um pouco trágico. Em seus olhos alguma coisa sempre sorri. Receia tudo o que é grandioso. Se o destino lhe proporcionasse uma morte de mártir, contaria uma piada ou faria uma graça na pira em chamas, para desfazer a face trágica da situação. Embora tenha certamente sofrido bastante; está mais grisalho que antes. Mas ao mesmo tempo esconde de alguma forma o sofrimento. E de tempos em tempos sente-se muito bem. Não inspira pena."

— E você, como vai? — perguntou de repente Zoltán.

— Eu? Como posso estar? Você provavelmente sabe de tudo, da razão pela qual vim a Paris...

— Sim, de um modo geral sei da história, mas não sei por que as coisas aconteceram dessa forma. Você pode contar?

— Não, Zoltán. Não me leve a mal. Não consigo imaginar por que lhe contaria o que aconteceu entre mim e Mihály. Para Mihály eu também não contei nada sobre você. Isso é natural.

"Esta é Erzsi", pensou Zoltán. "Muito educada e fina. Nenhuma catástrofe a tornaria indiscreta. A disciplina interior sobre duas pernas. E como ela me olha, com que cordialidade fria e crítica! Conservou a capacidade de me olhar e fazer com que eu me sinta um aprendiz de açougueiro. Mas eu não vou me deixar intimidar com tanta facilidade."

— Ainda assim, você pode dizer quais são os seus planos? — disse.

— Por enquanto não tenho nenhum plano. Vou ficar em Paris.

— Você se sente bem aqui?

— Bastante bem.

— Você já entrou com o pedido de divórcio?

— Não.

— Por que não?

— Zoltán, você faz muitas perguntas! Não entrei porque não chegou a hora.

— Você acha que ainda... não me leve a mal. Você acha que ele pode voltar?

— Não sei. É possível. Nem sei se gostaria que voltasse. Talvez eu não falasse com ele. Nós não combinamos. Mas... Mihály não é como as outras pessoas; primeiro eu gostaria de saber dos planos dele. Não sei, pode ser que um dia ele acorde e olhe em volta para ver onde estou. E pode ser que descubra desesperado que me esqueceu no trem. E que revire a Itália para me encontrar.

— Você acha?

Erzsi baixou a cabeça.

— Você tem razão. Eu não acho.

"Por que fui tão sincera?", a pergunta a incomodou. "Por que me abri tanto, como não fiz com mais ninguém? Parece que restou alguma coisa entre mim e Zoltán; uma intimidade que não desaparece. Não há como desfazer quatro anos de casamento. Não existe ninguém no mundo com quem eu tenha falado sobre Mihály."

"A minha hora não chegou", pensou Zoltán. "Ela ainda gosta daquela besta. Por sorte, com o tempo Mihály vai estragar tudo."

— O que você ouviu sobre Mihály? — perguntou Pataki.

— Nada. Imagino que esteja na Itália. Ele tem um bom amigo aqui, que eu também conheço, um certo Szepetneki. Diz que está na pista dele e logo vai descobrir por onde anda e o que está fazendo.

— Como vai descobrir?

— Não sei. Szepetneki é uma pessoa muito diferente. A mais estranha que já encontrei. Além disso, há também um persa...

Pataki abaixou a cabeça e tomou um grande gole de chá. Qual dos dois? Ou os dois? Meu Deus, meu Deus, seria melhor morrer...

Não ficaram muito tempo juntos. Erzsi tinha o que fazer, não disse o que era.

— Onde você está hospedado? — perguntou distraída.

— No Edouard VII — disse Zoltán.

— Então, até logo, Zoltán. Na verdade, foi muito bom vê-lo. E... viva em paz e não pense em mim — disse em voz baixa, com um sorriso triste.

Naquela noite, Pataki levou para o hotel uma pequena mulher parisiense. "Afinal, já que estamos em Paris", pensou, e sentiu uma aversão indizível pela pequena estranha que ressonava a seu lado na cama.

De manhã, quando a mulher foi embora e Pataki se levantou e começou a se barbear, bateram na porta.

— *Entrez*!

Entrou um homem alto, de rosto marcante, vestido com extrema elegância.

— Procuro o sr. diretor Pataki. É muito importante, trago um assunto muito importante.

— Sou eu. Quem tenho a honra de conhecer?

— Sou János Szepetneki.

QUARTA PARTE

O portão do inferno

V. A porta inferi R. erue, Domine, animam eius.

Officium defunctorum

Capítulo 1

Anoitecia. Mihály atravessou o Tibre devagar, arrastando um pouco a perna.

Morava no Gianicolo havia bastante tempo, em um quarto muito precário descoberto por Waldheim, com uma velha decrépita que também lhe cozinhava o almoço feito de *pasta asciutta* e um pouco de queijo, e às vezes uma laranja que Mihály trazia consigo. Apesar da precariedade, era mais acolhedor do que um quarto de hotel, os móveis eram peças antigas de verdade, grandes e de proporções nobres, e não móveis de mentira como os encontrados normalmente nas hospedarias. Mihály gostaria mais do quarto se as condições para a higiene pessoal e as necessidades fisiológicas não fizessem com que a sensação torturante de decadência o perseguisse reiteradamente. Queixou-se para Waldheim, mas ele riu e fez um discurso longo e não exatamente atrativo sobre as suas experiências na Grécia e na Albânia.

Assim o acolheu a pobreza. Agora tinha de contar cada centavo de verdade antes de gastá-lo. Abriu mão do café preto, fumava um cigarro tão ruim que nem conseguia tragar muito, embora tivesse a garganta constantemente irritada, e lhe ocorria cada vez mais que o pouco dinheiro também acabaria. Waldheim o encorajava, dizia que logo arranjaria uma ocupação. Havia inúmeras velhas norte-americanas loucas, uma delas o contrataria como secretário ou tutor para os netos, ou quem sabe como zelador, profissão muito tranqüila. Essas mulheres norte-americanas, porém, até então viviam apenas na imaginação de Waldheim, e além disso Mihály estremecia ante qualquer ocupação, uma vez que ocupação ele teria também em Budapeste.

Ainda assim ele tinha duas ocupações que lhe bastavam. Uma era "se aculturar" na ciência das coisas etruscas sob a orientação de Waldheim, freqüentava museus e bibliotecas, à noite ouvia Waldheim, as falas de Waldheim para os amigos cientistas. Não sentia nem um pouco o entusiasmo genuíno dele pelos temas, mas se impunha o estudo regular sofrido porque ele suavizava a recriminação burguesa asfixiante que, não havia como escapar, sentia pela inação. Mihály na realidade nunca gostara de trabalhar, nos anos de burguês trabalhara muito porque gostava de sentir que durante o dia havia trabalhado. E o estudo desviava durante horas a sua atenção da ocupação outra, mais importante, ou seja, do seu encontro com Éva.

Não conseguia se conformar em não vê-la de novo. No dia que se seguiu à noite memorável, andou aturdido pela cidade, ele próprio não sabia o que desejava, embora mais tarde visse com clareza que queria uma única coisa, se é que querer fosse a palavra adequada. Os escolásticos ensinavam que a existência tinha diferentes graus e apenas o Perfeito existia por inteiro, de verdade. O tempo que ele passava procurando por Éva existia mais, na realidade era muito mais verdadeiro que os meses e anos sem ela. Boa ou ruim, por mais que se associasse a um sentimento terrível de angústia e de perda, sabia que assim era a vida, e sem Éva não havia outra realidade a não ser pensar e esperar por ela.

Estava cansado, sentia-se muito perdido, e arrastava a perna como se mancasse. Quando chegou à margem do Tibre, sentiu que alguém o seguia. Porém, afugentou a sensação, convencido de que seria mais uma fantasia causada pelos nervos.

Quando vagava pelas ruelas do bairro de Trastevere, entretanto, a sensação se intensificou cada vez mais. Começou a soprar um vento forte, as ruelas estavam mais vazias que de hábito. "Se alguém está me seguindo, preciso saber quem é", pensou, e de vez em quando olhava por sobre os ombros. Porém, vinham várias pessoas atrás dele. "Pode ser que alguém esteja me seguindo e também pode ser que não haja ninguém."

Aos poucos, à medida que subia as pequenas ruas, a sensação de que alguém o seguia se tornou tão opressiva que ele não entrou à esquerda na rua que levava para a montanha, mas continuou perambulando pelas ruelas de Trastevere pensando que no lugar oportuno esperaria por aquele que o seguia. Parou diante de uma pequena taverna.

"Se ele quiser me atacar", pensou (porque no bairro de Trastevere isso era fácil de se imaginar), "é mais provável que eu possa contar com ajuda aqui, se eu gritar alguém vai sair da estalagem. Em todo caso, vou esperar".

Parou diante da taverna e esperou. Muitos que vinham atrás dele passaram e ninguém pareceu se preocupar, todos seguiram seus caminhos. Estava para ir embora quando um homem se aproximou na meia-luz, e Mihály de imediato teve certeza de que era ele. Com o coração palpitando, notou que o homem vinha diretamente em sua direção.

Quando o vulto se aproximou, Mihály reconheceu János Szepetneki. O mais estranho de tudo, talvez a única coisa estranha, foi que ele não se surpreendeu.

— Olá — disse em voz baixa.

— Olá, Mihály — disse Szepetneki em voz alta, afetuoso. — Fico contente por você ter decidido me esperar. Era exatamente nessa taverna que eu pensava em trazê-lo. Bem, entre.

Entraram na taverna, que, além do cheiro, tinha como traço mais marcante a escuridão. Mihály tolerava o cheiro. Os cheiros italianos em especial não incomodavam seu nariz sensível. Ali, mesmo em meio ao mau cheiro, havia algo de excitante, de romântico. Ele, porém, não gostava do escuro. Szepetneki logo gritou por uma luminária. Uma garota italiana linda, com grandes brincos, olhos faiscantes, espantosamente magra, trouxe uma luminária. Szepetneki, ao que parecia, era um velho conhecido dela, porque deu tapinhas na moça, que sorriu com grandes dentes brancos e começou a contar uma história, no dialeto de Trastevere, de que Mihály não compreendeu uma única palavra, porém János, que tinha um grande talento para línguas, como os pilantras de um modo geral, fez comentários de entendido. A moça trouxe vinho, sentou-se à mesa deles e tagarelou. János a escutou animado, os dois se esqueceram completamente de Mihály. Quando muito János fazia um comentário em húngaro:

— Que mulher ótima, não? Elas sabem das coisas, essas italianas!

— Veja os olhos dela, como se movimentam. Quem sabe fazer isso em Budapeste?

— Ela diz que até aqui prenderam todos os seus noivos, e que eu também serei preso com certeza... tem cabeça, não?

Mihály virava nervoso um copo de vinho atrás do outro. Conhecia János Szepetneki e sabia que ele não revelaria logo o que tinha para dizer. Szepetneki precisava das condições românticas apropriadas. Por isso a comédia com a moça italiana, e ele teria de esperar que ela terminasse. Podia ser que ele tivesse organizado um bando de salteadores no Trastevere e a moça e a taverna fizessem parte dele, ao menos como fachada. Porém, Mihály também sabia que Szepetneki não viera para organizar um bando de salteadores, mas pediria alguma coisa dele, e o mistério o inquietava muito.

— Deixe a mulher em paz e diga por que veio atrás de mim e o que você quer. Não tenho tempo nem vontade de assisistir às suas comédias.

— Por quê? — perguntou Szepetneki com ar inocente. — Quem sabe a mulher não o agrada? Ou a taverna? Pensei que poderíamos nos divertir, pois fazia tempo que não nos víamos...

E voltou a se ocupar da moça.

Mihály se levantou e se preparou para sair.

— Não, Mihály, por Deus, não vá ainda, porque vim a Roma para falar com você. Fique só mais um minuto. — Nisso, voltou-se para a moça. — Agora, cale-se um pouco.

— Como você soube que eu estava em Roma? — perguntou Mihály.

— Oh, eu sempre sei tudo sobre você, meu caro Mihály. Há anos. Mas até então não valia a pena saber de você. Agora você começou a ficar interessante. É por isso que estamos nos encontrando com mais freqüência.

— Está bem. E agora faça o favor de dizer o que quer de mim.

— Tenho de conversar com você.

— Ainda por cima conversar? Sobre o quê?

— Você vai rir. Sobre negócios.

Mihály assumiu uma expressão sombria.

— Você falou com o meu pai ou com os meus irmãos?

— Não. Por enquanto não. Por enquanto não tenho nada com eles, apenas com você. Mas fale a verdade, a moça não é o máximo? Veja que mãos delicadas, pena que seja tão suja.

E ele de novo se voltou para a moça e começou a balbuciar em italiano.

Mihály deu um pulo e correu para fora. Partiu para cima, para a montanha. Szepetneki correu atrás dele e logo o alcançou. Mihály não se virou, apenas deixou que Szepetneki falasse às suas costas, por trás de seu ombro esquerdo, como um tentador.

Um pouco ofegante pela subida, János falou baixo e depressa:

— Mihály, ouça. Acontece que conheci um senhor chamado Zoltán Pataki, e eu descobri que ele foi o marido da sua esposa. Mas isso não é nada. Também descobri que esse Pataki continua a amar a mulher deseperadamente, quer você acredite ou não. Deseja ela de volta. A esperança dele é que, como você rejeitou a dama, ela seja sensata e volte para ele. Essa seria sem dúvida a melhor solução para os três. Você não diz nada? Muito bem. Você não entende onde está o negócio e o que eu tenho com isso. Mas você sabe que eu abri mão há muito tempo de ser cuidadoso. Na minha profissão... Bem, pois então escute. A senhora sua mulher não deseja se separar, em segredo ela confia que vocês um dia serão cônjuges felizes e com as pazes feitas, quem sabe o céu talvez abençoe sua união com filhos. Ela sabe que você é diferente, mas não faz idéia do que signifique ser diferente. Pensa muito em você, irritantemente muito, nas horas em que não devia. Mas não tenha pena dela. Está bastante bem, não quero fazer fofocas. Está bastante bem, mesmo sem você...

— O que você quer? — gritou Mihály parando.

— Nada. Trata-se de um pequeno negócio. O sr. Pataki pensa que se você desse um passo definitivo a sua esposa concluiria que não poderia esperar mais nada de você e o assunto estaria encerrado.

— De que passo definitivo você está falando?

— Por exemplo, se você entrasse com um pedido de divórcio.

— Como diabos eu poderia fazer isso? Fui eu que a deixei. E além do mais, se ela tivesse me deixado, eu também não o faria. Pedido de divórcio é coisa da mulher.

— Sim. É claro. Mas se a mulher não quer, ele cabe a você. Ao menos essa é a opinião do sr. Pataki.

— Não tenho nada a ver com a opinião de Pataki, e não tenho nada a ver com a coisa toda. Falem com Erzsi. Eu vou concordar com tudo o que ela quiser.

— Veja, Mihály, esse é exatamente o negócio, seja um pouco racional. Pataki não deseja que você entre com o pedido de divórcio de graça. Está disposto a um sacrifício financeiro significativo. É um homem podre de rico e não consegue viver sem Erzsi. Ele me autorizou a lhe pagar imediatamente um pequeno adiantamento, uma modesta quantia.

— Besteira. Com que base eu entraria com um pedido de divórcio contra Erzsi? Fui eu que a abandonei; se o juiz intimá-la a restabelecer o casamento e ela voltar para mim, o que eu vou fazer?

— Nada disso, Mihály, não se preocupe. Você entra com o pedido de divórcio e o restante nós resolvemos.

— Mas com que argumento?

— Adultério.

— Você está louco!

— Estou nada. Deixe comigo. Posso provar um adultério claro como neve. Tenho muita prática nisso.

A essa altura, os dois já estavam diante da casa de Mihály. Mihály mal via a hora de subir.

— Que os céus o guardem, János Szepetneki. Não vou apertar a sua mão. O que você propôs é de uma baixeza horrorosa. Espero não vê-lo tão cedo.

Subiu correndo para o quarto.

Capítulo 2

— Não sei do que se trata, mas estou convencido de que a sua angústia é uma bobagem — disse Waldheim exaltado. — Você continua sendo o filho devotado do seu pai honesto, grisalho, você continua sendo um burguês. Se alguém quer lhe dar dinheiro, você deve aceitar, nisso todos os princípios da história das religiões são unânimes. Mas você ainda não aprendeu que o dinheiro... ele simplesmente não conta. Não conta onde contam as coisas importantes. Sempre precisamos de dinheiro, e se não for importante, ele nunca vai faltar. Quanto e até quando e de onde, não tem nenhuma importância. Como não tem importância tudo o que se refere ao dinheiro. Por dinheiro você não adquire nada que seja importante, e o que você adquire com dinheiro talvez seja necessário para a vida, embora não tenha importância.

"O que de fato vale a pena nunca custa dinheiro. Não custam um centavo o espírito, a infinita maravilha das coisas, a ciência. Não custam um centavo estar na Itália, ou ter o céu italiano sobre você, caminhar por ruas italianas, sentar-se à sombra de árvores italianas, e ao anoitecer ver o sol se pôr em italiano. Não custa um centavo agradar a uma mulher que se entrega a você. Não custa um centavo sentir-se feliz de vez em quando. Custa dinheiro apenas o que rodeia a felicidade, os acessórios estúpidos e entediantes. Não custa dinheiro estar na Itália, mas custa dinheiro viajar para cá e dormir debaixo de um teto. Não custa dinheiro a amante, mas a necessidade, nesse meio-tempo, de comer, de beber e de se vestir para poder se despir. Os burgueses, porém, vivem há tanto tempo de oferecer uns aos outros as coisas inúteis e caras que se esqueceram das coisas que não custam nada, consideram essencial o que custa muito. E essa é a maior loucura. Não, Mihály, não se pode levar o dinheiro em conta. É preciso aceitá-lo, como o ar que respiramos, sem perguntar de onde vem, uma vez que não tem cheiro.

"E agora vá para o inferno. Hoje tenho de escrever a minha conferência de Oxford. Já lhe mostrei a carta em que me convidaram para Oxford? Espere... É incrível, não é? O que eles escrevem sobre mim. É claro que, se você lê a carta desatento, ela não diz muita coisa, mas se levar em conta que os ingleses gostam de *understate*, dizer menos do que pensam, você entende o significado de escreverem que o meu trabalho é *meritorious*, repleto de méritos..."

Mihály saiu reflexivo. Foi para o sul, junto do Tibre, para fora da cidade, na direção da grande Maremma morta. No limite da cidade havia uma colina estranha, o monte Testaccio, que ele subiu. A elevação se chamava montanha de cerâmica porque era completamente feita de cacos de cerâmica. Nela localizava-se nos tempos romanos o mercado de vinhos. Para lá eram levados os vinhos espanhóis em jarros de barro. Depois os jarros eram quebrados, o vinho era passado para embornais, os cacos eram varridos e acabaram formando a montanha.

Mihály ergueu sonhador alguns pedaços avermelhados de cerâmica e os guardou no bolso.

"Relíquias", pensou. "Cerâmicas imperiais legítimas, da época dos césares. Não há dúvida de que são genuínas, afirmação que não se aplica a todo suvenir."

Na montanha, garotos romanos, rebentos tardios dos quirites, brincavam de guerra, e atiravam uns sobre os outros pedaços de cerâmica, pedaços de cerâmica de dois mil anos, sem nenhuma emoção.

"Esta é a Itália", pensou, "atiram uns sobre os outros a História, porque os dois mil anos são para eles naturais como numa aldeia o cheiro de esterco".

Anoitecia quando chegou à pequena taverna no bairro de Trastevere, onde na noite anterior encontrara János Szepetneki. De acordo com os costumes do lugar, afundou na cabeça o chapéu amarrotado e entrou no recinto fumarento. Ver, não via, mas logo ouviu a voz de Szepetneki. Ele continuava ocupado com a moça.

— Não o incomodo? — perguntou Mihály rindo.

— Nem o diabo me incomoda. Sente-se. Já estava ficando impaciente.

Mihály se indignou e sentiu vergonha.

— Veja... eu só entrei para um copo de vinho, passava na frente e tive o pressentimento de que você estaria aqui.

— Caro Mihály, nem fale. Consideramos o assunto resolvido e fico muito feliz que tenha sido assim, em meu nome e no de todas as partes interessadas. E agora escute. Essa bruxinha, Vannina, é ótima para ler as mãos. Disse quem eu era, o que eu era, pintou um retrato não muito elogioso mas bastante acertado de mim. É a primeira mulher que não se deixa levar e não acredita que eu seja um pilantra. Mas prevê um destino ruim. Uma velhice longa e aflitiva...

Deixe que ela leia o seu futuro também. Estou curioso para saber o que ela diz sobre você.

Trouxeram uma luminária e a moça mergulhou no exame da palma da mão de Mihály.

— Oh, *signore* é um homem de sorte — disse. — Vai achar dinheiro num lugar inesperado.

— O que você diz disso?

— No estrangeiro a moça pensa muito no *signore*. O homem calvo também pensa muito no *signore*, mas não pensa coisas muito boas. Essa linha significa muitas guerras. *Signore* pode procurar mulheres sem preocupação, não vai ter filhos.

— Como assim?

— Não é que não saiba fazer filhos, mas não vai tê-los. Falta a linha do pai. No verão não coma ostras. Logo vai participar de um batizado. Vai chegar um homem mais velho de trás das montanhas. Mortos o visitam com freqüência...

Mihály recolheu a mão de repente e pediu vinho. Olhou a moça com mais cuidado. Achou o corpo magro de seios grandes muito mais bonito que na véspera, e muito mais atemorizante, lembrava uma bruxa. Os olhos brilhavam à italiana, via-se o branco dos olhos, e pela cabeça de Mihály de novo passou o pensamento sombrio de que a nação inteira era louca e, por isso, extraordinária.

A moça agarrou a mão de Mihály e continuou com as profecias, agora muito séria.

— Logo vai receber uma péssima notícia. Cuidado com as mulheres. Todos os seus problemas vêm das mulheres. Oh... *Signore* é uma alma muito boa, mas não merece este mundo. Oh, *Dio mio*, pobre *signore*...

Com isso puxou Mihály para si e lhe deu um forte beijo com os olhos cheios de lágrimas de piedade. János riu e gritou:

— Bravo! — e Mihály ficou constrangido.

— Venha outras vezes, *signore* — disse Vannina.

— Sim, claro que sim. Se você pede...

— Virá de verdade? Quer saber? A minha sobrinha logo vai ter um bebê. Sempre quis que a criança tivesse um padrinho estrangeiro, seria muito nobre. Não quer ser padrinho do pequeno *bambino*?

— Sim, com muito prazer.

— Prometa.

— Prometo.

János era um vigarista cuidadoso. Não mencionou os "negócios" em nenhum momento. Somente quando era tarde e Mihály se preparava devagar para ir para casa, ele mandou a moça embora e disse:

— Por favor, Mihály. O sr. Pataki deseja que lhe escreva sobre o assunto de próprio punho, em detalhes, assegurando que o autoriza a entrar em seu nome com o processo de divórcio contra a sua mulher e que você sabe que ele vai lhe pagar vinte mil dólares em duas parcelas. Porque de certa forma Pataki não confia plenamente em mim, nem me admira. Quer entrar em contato direto com você. Antes disso, vou lhe dar cinco mil liras agora como adiantamento.

Contou o dinheiro sobre a mesa, e Mihály o amassou no bolso, perturbado. "Bem", pensou, "assim se jogam os dados, assim se atravessa o Rubicão, com essa facilidade, sem perceber".

— Por favor, escreva também para Pataki — disse Szepetneki — que recebeu o dinheiro enviado, mas não precisa assinalar a quantia para não parecer um recibo ou uma carta comercial, pois você entende que não seria elegante.

Mihály entendia. Em sua cabeça fazia cálculos sobre quanto Szepetneki teria embolsado do dinheiro enviado a ele. Talvez cinqüenta por cento, certamente não mais que isso. Não faz mal, deixe que ele ganhe.

— Então fique com Deus — disse János. — Com isso encerro o meu trabalho e amanhã vou viajar. Mas pretendo passar a noite de hoje com Vannina. Posso lhe assegurar que é uma mulher ótima. Venha sempre quando eu não estiver mais aqui.

Capítulo 3

Fazia cada vez mais calor. Mihály estava deitado nu na cama, mas não conseguia dormir. Desde que aceitara o dinheiro de Pataki e escrevera a carta, não tinha sossego.

Levantou, lavou-se e saiu para perambular na noite estival. Logo chegou ao Acqua Paola e se maravilhou ante a cascata clássica, que numa serenidade atemporal, orgulhosa e digna cumpria seu ofício sob a luz da lua. Ocorreu-lhe o pequeno escultor húngaro que por meio de Waldheim ele conhecera no Collegium Hungaricum. O escultor viera a pé de Dresden para Roma, entrara pela Via Flaminia, pela estrada em que no tempo de ginásio aprendera que chegavam os estrangeiros vitoriosos vindos do Norte. Na primeira noite chegou ao Gianicolo. Esperou que os guardas espantassem todos os que estavam no parque e fechassem o portão. Pulou o muro e dormiu em um canteiro, acima de Roma, com a cidade a seus pés. Acordou de madrugada, tirou a roupa e se banhou no tanque da Acqua Paola, nas águas clássicas.

Assim entrava em Roma um conquistador. O pequeno escultor não viria a ser ninguém, seu destino talvez fosse a fome eterna e sabia-se lá o que mais. Um pequeno conquistador, a quem faltava apenas o exército, "apenas a boa sorte, nada mais". Apesar de tudo, o caminho de sua vida o conduzia para o alto; ainda que ele morresse, o caminho era ascendente. O caminho de Mihály levava para baixo, ainda que ele sobrevivesse, ainda que sobrevivesse a tudo e chegasse a uma velhice calma, entediante. Levamos o sentido do nosso caminho na intimidade enquanto ardem em nós as estrelas eternas que apontam para o destino.

Vagou durante muito tempo no Gianicolo, às margens do Tibre e pelas ruelas de Trastevere. Era noite alta, mas na noite italiana de verão sempre havia gente acordada por todos os lados martelando ou cantando impassível — aquele povo não conhecia o sono e sua hora de narcose santificada —, e Mihály de tempos em tempos topava com crianças inocentes que entre as três e quatro da manhã jogavam bolinhas de gude na rua, ou com um barbeiro que de súbito abria a barbearia e às quatro e meia barbeava alguns noivos bem-humorados.

No Tibre chalupas deslizavam devagar na direção da Ostia clássica, não eram navios, mas imagens dos livros de latim do ginásio e traziam a inscrição: *Navis, navis*. No navio um homem tocava violão, uma mulher lavava meias e um cachorrinho latia; e atrás do navio flutuava o outro navio, fantasmagórico, a Isola Tiberina, que os antigos ocuparam com edifícios em forma de navio porque não acreditavam na sua perenidade, ilha que de vez em quando partia de fato em excursões noturnas na direção do mar, com o hospital e os moribundos nas costas.

A lua estava ancorada na margem oposta sobre as ruínas terríveis e opressivas do Teatro Marcello, e da sinagoga vizinha saía — assim pareceu a Mihály — uma multidão de velhos judeus barbudos, com a mortalha dos mortos no pescoço, dirigia-se para a margem do Tibre e, numa lamentação baixa, espargia os pecados no rio.

No ar circulavam três aviões, de tempos em tempos roçavam as laterais uns dos outros com as caudas brilhantes, depois voaram na direção de Castelli Romani para, como cabe aos grandes pássaros, descansar nos cimos das rochas.

Depois, com um alarido assustador, chegou um caminhão imenso. "Nessa madrugada", pensou Mihály. Do caminhão saltaram figuras vestidas de cinza-escuro e correram para uma arcada que se abria diante delas. Em seguida se ouviu um chocalhar e apareceu um menino pastor que cantarolava tangendo uma vaca extraordinária, virgiliana.

Abriu-se a porta de uma taverna, dois trabalhadores se aproximaram dele, insistiram para que ele pedisse vinho tinto e lhes contasse a sua história. Mihály pediu o vinho tinto, ajudou a consumi-lo, pediu também queijo, mas não contou a história de sua vida pelas dificuldades da língua. Embora sentisse uma grande afeição pelos homens que certamente pressentiram sua solidão, acolheram-no em seus corações e disseram coisas boas que ele, infelizmente, não compreendeu. Depois, porém, Mihály começou a sentir medo deles, pagou a conta e saiu correndo.

Estava no bairro de Trastevere. Nas pequenas ruelas que o espreitavam, a sua alma se povoou de novo com imagens de morte violenta, como tantas vezes na adolescência quando eles "atuavam" na casa dos Ulpius. Como fora leviano falar com aqueles trabalhadores! Poderiam tê-lo matado, poderiam tê-lo atirado no Danúbio, no Tibre, pelos trinta florins que levava consigo. E vagar nessa hora no bairro demoníaco de Trastevere, onde debaixo de todos os portões adormecidos poderiam golpeá-lo três vezes antes que tivesse tempo para abrir a boca. Que loucura... e que loucura a existência em sua alma de alguma coisa que o atraía e tentava para o pecado e a morte!

Nisso ele se viu diante da casa em que morava Vannina. A casa estava escura, uma pequena casa italiana com o telhado plano, revestida de tijolos e com as janelas encimadas por arcos. Quem moraria lá? Que feitos dormiriam na escuridão de uma casa como aquela? Que horrores lhe aconteceriam se entrasse? Pois Vannina... sim, Vannina não o convidara sem razão da última vez. Ela também devia saber que ele recebera muito dinheiro de János. Todos os seus noivos haviam sido presos... sim, Vannina o faria... E se tivesse certeza disso, ele entraria.

Ficou de pé na frente da casa durante muito tempo, mergulhado em devaneios doentios. Depois, de súbito sentiu um cansaço imenso e de novo a nostalgia que o acompanhara de estação em estação na viagem pela Itália. O cansaço, entretanto, dizia que a última estação se aproximava.

Capítulo 4

No dia seguinte Mihály recebeu uma carta. A caligrafia era familiar, muito familiar, mas ele não sabia a quem pertencia, embora sentisse que era terrível não reconhecê-la. A carta era de Erzsi. Comunicava que viera a Roma porque queria falar com ele sem falta sobre um assunto muito importante. Ele devia conhecê-la o suficiente para saber que não se trataria de um capricho feminino, o orgulho não lhe permitiria que ela o procurasse pela ligação com ele, a não ser que quisesse defender o interesse de Mihály numa situação difícil; acreditava que tinha essa dívida com ele. Por isso implorava que ele fosse buscá-la no hotel à tarde.

Mihály não sabia o que fazer. Sentia muito medo do encontro com Erzsi, porque sentia muita culpa e não conseguia imaginar o que ela desejaria dele. Depois, porém, predominou o sentimento de que a ferira tanto no passado que não poderia feri-la desta vez recusando-se a encontrá-la. Pegou o chapéu novo comprado com o dinheiro recebido de Pataki e correu para o hotel onde Erzsi se hospedava.

Mandou chamá-la; ela desceu em seguida e saudou Mihály sem sorrir. A primeira impressão de Mihály foi de que não devia esperar muito do encontro. Erzsi ergueu as sobrancelhas, como quando se irritava, e assim ficou. Estava bonita, alta, elegante segundo qualquer critério, embora fosse um anjo de espada flamejante... Caminharam lado a lado silenciosos depois de fazer com poucas palavras as perguntas obrigatórias referentes à viagem e à saúde.

— Para onde vamos? — perguntou Mihály.

— Para mim tanto faz. Está quente. Vamos a uma confeitaria.

O sorvete, a *aranciata*, trouxe um instante de alívio. Logo chegaram ao assunto.

— Mihály — disse ela reprimindo a raiva —, eu sempre soube que você era um inútil e que não tinha idéia do que acontecia à sua volta, mas eu achei que havia um limite para a sua estupidez.

— Você começou bem — disse Mihály. Porém em segredo se alegrava um pouco, pois Erzsi o considerava estúpido e não malandro. Ela de fato tinha razão.

— Como você pôde escrever isso? — perguntou Erzsi, e estendeu sobre a mesa a carta que ele redigira para Pataki a pedido de János Szepetneki.

Mihály enrubesceu e, envergonhado, sentiu-se tão cansado que não conseguiu nem falar.

— Fale! — gritou Erzsi, o anjo da espada flamejante.

— O que posso dizer, Erzsi? — disse Mihály num tom arrastado. — Você é inteligente e sabe por que escrevi a carta. Precisava de dinheiro, não queria voltar a Budapeste e por mil outras razões... e essa foi a única maneira de conseguir dinheiro.

— Você é louco.

— Pode ser. Mas não queira me convencer de que eu fiz uma imoralidade. Ou de como eu sou oportunista. Sei disso. Se você veio a Roma só para dizer isso, nesse calor...

— Demônio ou oportunista — disse Erzsi muito exaltada. — Se ao menos fosse isso. Você só é estúpido.

Calou-se. "Na verdade não deveria falar nesse tom", pensou Erzsi. "Pois não sou mais a esposa dele..."

Passado um tempo Mihály falou.

— Diga, Erzsi, como foi que a carta chegou a você?

— Como assim? Você ainda não entendeu? Você foi enganado, János Szepetneki e aquele desgraçado do Zoltán. Ele só queria que você exibisse a sua insignificância por escrito. Zoltán logo mandou a carta para mim, mas antes fez uma fotocópia autenticada que guardou consigo.

— Zoltán? Zoltán faz coisas assim, que nunca me ocorrem, essas indecências fantásticas? ...Não entendo.

— É claro que você não entende — disse Erzsi mais calma. — Você não é oportunista, apenas bobo. E infelizmente Zoltán sabe disso.

— Mas ele me escreveu uma carta tão generosa...

— Sim, Zoltán é generoso, mas é inteligente. Você não é generoso, e é bobo.

— E por que ele fez tudo isso?

— Por quê? Porque quer me mostrar quem é você. Não conta com o fato de que eu sei de você há mais tempo, e sei também da baixeza que existe por trás da bondade e da afeição carinhosa dele. Pois se a coisa toda fosse apenas para me ter de volta, ela saiu ao contrário do que ele esperava, razão pela qual não é tão bom ser inteligente. Mas não se trata só disso.

— Fale.

— Escute. — A expressão do rosto de Erzsi, até então exaltada, deu lugar ao horror. — Zoltán quer acabar com você, Mihály, quer varrer você da face da Terra.

— Que nada. Não é grande o suficiente para isso. Como você imagina uma coisa dessas?

— Veja, Mihály, não sei ao certo, porque não sou esperta como Zoltán, eu só desconfio. Para começar, ele vai fazer de tudo para tornar a sua situação perante a sua família insustentável. O que, ao menos por algum tempo, não vai ser difícil, porque você pode imaginar a cara que o seu pai vai fazer, ou já fez, diante dessa carta.

— Meu pai? Você imagina que Zoltán vá mostrá-la para ele?

— Tenho certeza.

Foi a vez de Mihály se horrorizar. Assaltou-o um horror trêmulo e adolescente do pai, um medo ancestral de perder a boa vontade dele. Pôs o copo de *aranciata* sobre a mesa e apoiou a cabeça nas mãos. Sabia que Erzsi compreendia suas razões. Mas não tinha como explicá-las a seu pai. Perderia a confiança dele de uma vez por todas.

— E depois ele irá atuar em Budapeste — prosseguiu Erzsi. — Ele vai espalhar uma fama que impedirá você de andar nas ruas. Por Deus, eu sei que a baixeza que ele pretende levar adiante não é incomum, existem pessoas demais em Budapeste que de alguma forma venderam a esposa e gozam de um respeito generalizado, especialmente se ganham bem e a bênção divina continua a acompanhá-los em seus negócios. Mas Zoltán vai cuidar para que o noticiário semanal e os outros formadores da opinião pública concluam que você não pode andar pelas ruas. Vai ter de ficar no exterior, coisa que você não vai lamentar muito, mas a sua família pouco ou nada vai poder ajudar, porque Zoltán fará todo o possível para levar a empresa do seu pai à falência.

— Erzsi!

— Sim. Talvez ele encontre uma maneira de fazer com que eu tire o meu dinheiro da empresa; se a notícia se espalhar, eu vou ter de fazê-lo, o seu próprio pai vai querer — e isso em si será um golpe terrível para vocês.

Ficaram em silêncio durante muito tempo.

— Se ao menos eu soubesse — disse por fim Mihály — por que ele me odeia tanto. Ele foi tão compreensivo e indulgente que nem parecia natural.

— É por isso que ele o odeia tanto. Você não sabe do ressentimento que ardia naquele tempo por trás da bondade, que ódio desesperado se escondia por trás exatamente da indulgência dele. Com certeza ele próprio acreditava que o havia perdoado, até chegar a oportunidade de se vingar. E então, como o animal selvagem, criado à base de leite, que de repente experimenta carne...

— Sempre o vi como um tipo mole, viscoso.

— Eu também; e confesso que ao vê-lo tramando essas coisas à moda de Shylock ele me impressiona muito mais. Apesar de tudo ele é decente...

De novo os dois se calaram por muito tempo.

— Diga — falou Mihály —, você tem algum plano referente ao que eu devo ou ao que devemos fazer, pois afinal você veio a Roma por isso.

— Primeiro eu queria lhe avisar. Zoltán pensa que você vai cair nas próximas armadilhas com a mesma inocência com que caiu nessa. Por exemplo, quer lhe oferecer um emprego excelente, para você voltar para Budapeste. Para que você esteja no lugar certo quando o escândalo explodir. Você não pode voltar para casa agora de modo algum. E depois eu queria prevenir você sobre um... amigo. Você sabe quem.

— János Szepetneki?

— Sim.

— Como você se encontrou com ele em Paris?

— Nos encontramos socialmente.

— Você esteve muitas vezes com ele?

— Sim. Muitas. Zoltán também o conheceu por intermédio de mim.

— E o que você achou de János? É bem diferente, não é?

— Sim, muito diferente.

Ela, porém, disse isso com tanta dificuldade que Mihály se viu cheio de suspeitas. Será que...? Seria tão estranho... Mas ele logo reassumiu sua grande discrição e sufocou a curiosidade; se tivesse acontecido, ele não poderia mais falar com János Szepetneki.

— Obrigado, Erzsi, por ter me alertado, você é muito boa para mim, e sei quanto eu não a mereço. Não consigo acreditar que com o tempo você se volte contra mim com o ódio de Zoltán Pataki.

— Não acho — disse Erzsi muito séria. — Não sinto nenhum desejo de vingança contra você. Na verdade, não teria razão para isso.

— Vejo que você ainda quer dizer algo. O que eu tenho de fazer?

— Preciso alertá-lo sobre mais uma coisa, mas ela é muito sofrida, porque você talvez possa me entender mal. E poderia achar que eu falo movida por ciúmes.

— Ciúmes? Não sou tão pretensioso. Sei que perdi todo o direito de esperar que você sinta ciúmes de mim.

Em seu íntimo ele sabia muito bem que mesmo agora não era indiferente para Erzsi. Não fosse assim, ela não teria ido a Roma.

Mas sentia que o cavalheirismo exigia que não notasse que Erzsi ainda sentia atração por ele. Por outro lado, também o exigia o comodismo masculino.

— Deixemos os meus sentimentos de lado — disse Erzsi exaltada —, eles não têm nada a ver com isso. Bem... como posso dizer... veja, Mihály, eu sei por que você está em Roma, János me contou. A pessoa escreveu para ele dizendo que vocês se viram.

Mihály abaixou a cabeça. Sentia que para Erzsi o amor dele por Éva doía muito, mas o que diria, como podia reparar o que era verdadeiro e imutável?

— Sim, Erzsi. Se você sabe, muito bem. Você sabe também dos antecedentes. Em Ravenna eu lhe contei tudo sobre mim. As coisas são como têm de ser. Só gostaria que não lhe fizessem mal...

— Peço que você deixe disso. Em nenhum momento eu disse que me fazia mal. Não se trata disso. Mas diga... você sabe quem é essa mulher? Sabe da vida que ela levou até hoje?

— Não sei. Não investiguei nada sobre ela.

— Mihály, eu sempre admirei a sua fleuma, mas você começa a superar a si mesmo. Nunca ouvi nada parecido, alguém ama uma mulher e não se interessa em saber quem ela é...

— Porque só me interessa quem ela foi naquele tempo, na casa dos Ulpius.

— Talvez você também não saiba que ela não vai ficar aqui por muito tempo. Ela conseguiu fisgar um jovem inglês que vai levá-la para a Índia. Viajam nos próximos dias.

— Isso não é verdade.

— É verdade sim. Olhe aqui.

Pegou outra carta na bolsa. A letra era de Éva. A carta era endereçada a János. Éva prestava contas brevemente sobre os preparativos da viagem para a Índia e dizia não ter nenhuma intenção de voltar para a Europa.

— Você também não sabia disso? — perguntou Erzsi.

— Você venceu — disse Mihály. Ele se levantou, pagou e saiu. Esqueceu até o chapéu.

Fora ele cambaleou atordoado por algum tempo, pressionando a mão sobre o coração. Somente depois de muito tempo percebeu que Erzsi vinha a seu lado e lhe trazia o chapéu.

Erzsi estava completamente mudada, submissa, assustada e com os olhos cheios de lágrimas. Na atitude de menina com que caminhava ao lado dele em silêncio com o chapéu na mão, a mulher alta, respeitável, era quase comovente. Mihály riu e pegou o chapéu.

— Obrigado — disse, e beijou a mão de Erzsi. Ela acariciou o rosto dele enciumada.

— Se você não tem mais cartas na bolsa, acho que deveríamos jantar — disse Mihály suspirando.

Durante o jantar falaram pouco, porém com intimidade e ternura. Erzsi estava cheia de boas intenções consoladoras, com a dor de Mihály e sua própria dor suavizadas em grande medida pelo vinho consumido. Mihály lamentou que Erzsi ainda gostasse tanto dele; que felicidade não seria se ele também gostasse dela e pudesse se livrar do passado e dos mortos. Mas sabia que isso era impossível.

— Erzsi, no fundo do meu coração eu sou inocente no que aconteceu entre nós — disse. — É verdade que é fácil falar. Mas você sabe que durante anos fiz o possível para me conformar, e quando pensei que estava tudo em ordem, que havia feito as pazes com o mundo, eu me casei com você para me recompensar. E então despencaram sobre mim todos os demônios, toda a minha juventude, toda a nostalgia e toda a revolta. Contra a nostalgia não há remédio. Talvez eu não devesse ter vindo para a Itália. Reis e poetas construíram este país de nostalgia. A Itália é o paraíso terrestre, mas apenas como Dante a viu; o paraíso terrestre no cume da montanha do purgatório é somente uma passagem, um campo de pouso do mundo do além, de onde as almas partem na direção dos círculos celestiais distantes, como quando Beatriz tira o véu, e a alma "sente o grande poder do antigo desejo...".

— Oh, Mihály, o mundo não tolera que nos entreguemos à nostalgia.

— Não tolera. O mundo também não tolera nenhum desvio da norma, nenhuma fuga e desafio, e mais cedo ou mais tarde solta atrás de nós os Zoltán.

— E o que você quer fazer?

— Não sei. Quais são os seus planos, Erzsi?

— Vou voltar a Paris. Já conversamos tudo. Acho que é hora de eu voltar para casa. Viajo amanhã de manhã.

Mihály pagou e acompanhou Erzsi para casa.

— Gostaria de ter certeza de que você vai ficar bem — disse no caminho. — Diga alguma coisa consoladora.

— Eu não me sinto tão mal quanto você pensa — disse Erzsi, e o sorriso era sinceramente orgulhoso e satisfeito. — A minha vida continua sendo plena, e quem sabe das coisas maravilhosas que me esperam. Eu encontrei um pouco daquilo que eu buscava no mundo em Paris. Só sinto que você fique fora da minha vida.

Estavam de pé diante do hotel de Erzsi. Na despedida Mihály examinou-a mais uma vez. Sim, Erzsi havia mudado muito. Para melhor ou não, quem saberia? Não era a presença fina de antes, alguma coisa nela se partira, havia um descuido que se estendia às roupas e à expressão, e ao modo parisiense de pintar exageradamente a boca. Erzsi se tornara um pouco mais vulgar e à sua volta se pressentia a presença de um homem estranho, um estranho misterioso e digno de inveja. Quem sabe não fosse János, o inimigo... A novidade na mulher havia muito conhecida era indizivelmente atraente e excitante.

— O que vai fazer agora, Mihály?

— Nem sei. Não tenho vontade de ir para casa por mil e uma razões, nem tenho vontade de ficar sozinho.

Olharam-se por um momento com o olhar cúmplice construído pelos anos que passaram juntos, e depois não falaram mais nada, subiram apressados para o quarto de Erzsi.

Nos dois despertou a paixão torturante que os unira quando Erzsi era esposa de Zoltán. À época os dois se debateram contra o desejo que os habitava, porém o desejo foi mais forte e a resistência o tornou mais selvagem. Desta vez também se aproximaram superando uma grande resistência, as feridas visíveis, insanáveis, existentes entre eles os separavam terrivelmente, intensificando mais a paixão que os atirava nos braços um do outro. Mihály descobriu de novo, com a alegria extraordinária do reencontro, o corpo de Erzsi, que enquanto corpo ele agora desejava mais que qualquer outro corpo de mulher, Erzsi entregue, Erzsi selvagem, o ser noturno de Erzsi que em nada se parecia com a Erzsi que na claridade, em palavras e em atos se revelava, a Erzsi apaixonada, enamorada, sábia no amor. Erzsi, por sua vez, gostava de como conseguia despir Mihály da letargia indiferente com que ele vivia a maior parte de seus dias.

Depois eles se olharam surpresos, aliviados e felizes, muito cansados e descontraídos. Somente nessa hora tiveram consciência do que acontecera. Erzsi caiu na risada.

— Você não acreditaria nisso hoje de manhã, não é?

— Não. E você?

— Eu também não. Ou nem sei. Eu vim como quem não se importaria.

— Erzsi, você é a melhor do mundo.

Mihály pensava de fato assim. Excitava-o o calor feminino que emanava de Erzsi para ele, sentia uma felicidade agradecida e infantil.

— Sim, Mihály, com você tenho sempre de ser boa. Sinto que você não pode ser ferido.

— Diga... não deveríamos experimentar o casamento de novo?

Erzsi ficou séria. Esperava a pergunta; depois de tudo, sua vaidade erótica ainda o desejava... Mas como poderia na realidade falar sobre isso?... Examinou Mihály, hesitante, longamente.

— Teríamos de experimentar mais uma vez — disse Mihály. — Os nossos corpos se entendem tão bem. E de um modo geral eles costumam ter razão. A voz da natureza, você não acha? O que estragamos com a alma o corpo conserta. Teríamos de tentar a vida juntos de novo.

— Se é assim... por que você me deixou?

— A nostalgia, Erzsi. Mas agora parece que eu me libertei de um encantamento. É verdade que eu gostava de ser escravo e condenado. Eu tenho de ficar com você, com certeza. Mas seria egoísta. O importante é saber o que seria melhor para você.

— Não sei, Mihály. Eu gosto muito mais de você do que você de mim, e receio que você me faria sofrer muito. E... não sei como você está com aquela outra mulher.

— Com Éva? Você acha que eu falei com ela? Eu só a desejo. É uma doença da alma. Vou me curar dela.

— Primeiro sare, depois poderemos conversar.

— Está bem. Você vai ver que logo vamos conversar. Durma bem, querida, minha querida.

Durante a noite, porém, Mihály acordou. Estendeu a mão na direção de Éva e apenas quando pegou a mão pousada sobre o cobertor se deu conta de que a mão era de Erzsi, e ele a largou com um grande sentimento de culpa. Então pensou com amargura, triste, cansado, que apesar de tudo Éva era inteiramente diferente. Um desejo intenso o impelia de vez em quando na direção de Erzsi, mas o desejo se satisfazia, e depois não ficava nada a não ser o reconhecimento lúcido e tedioso dos fatos. Erzsi era desejável e inteligente e boa e tudo, mas faltava nela o mistério.

Consummatum est. Erzsi era o último elo com o mundo dos homens. E agora existia apenas aquela que não estava: Éva, Éva... e quando Éva fosse embora, restaria a aniquilação.

Erzsi acordou de madrugada e pensou:

"Mihály não mudou, mas eu mudei. Antes, Mihály representava para mim a grande aventura, a rebeldia, o desconhecido, o misterioso. Agora sei que ele permite passivo que poderes estranhos o dominem. Ele não é um tigre. Ou ao menos há outros mais especiais que ele. János Szepetneki. E aqueles que eu ainda não conheço. Mihály deseja voltar para mim exatamente porque busca em mim a ordem e a segurança burguesas e tudo aquilo de que eu fugi para ficar com ele. Não, não faz sentido. De Mihály eu me curei."

Saiu da cama, lavou-se e começou a se vestir. Mihály também acordou; de algum modo, logo teve clareza da situação; ele também se vestiu, e tomaram o café-da-manhã quase sem se falar. Mihály acompanhou Erzsi até o trem e acenou à medida que ele se distanciava. Os dois sabiam que desta vez a coisa entre eles terminara.

Capítulo 5

Depois da partida de Erzsi seguiram-se dias terríveis. Em pouco tempo Waldheim também viajou para Oxford, e Mihály ficou completamente só. Não tinha vontade de fazer nada, nem saía de casa, ficava o dia todo deitado, vestido, na cama.

O conteúdo real das revelações de Erzsi se infiltrou como um veneno em seu organismo. Pensava muito, com uma angústia crescente, no pai, que seu comportamento e a crise financeira ameaçadora atiraram num estado de espírito péssimo. Via o velho diante de si sentado, encolhido, à cabeceira da mesa durante o jantar da família, enrolando o bigode ou esfregando os joelhos em sua tristeza, procurando fazer de conta que não havia nenhum problema, e o bom humor forçado deprimia ainda mais os outros, que não reagiam às brincadeiras, aos poucos todos silenciavam e comiam, apressados, para poderem fugir quanto antes da tortura da reunião familiar.

E quando conseguia se esquecer do pai, ele se lembrava de Éva. Mais horrorizante que tudo era a ida de Éva para terras a uma distância inatingível, talvez para sempre. Porque também era terrível que ela não quisesse saber dele — mas a vida seria suportável enquanto ele soubesse que moravam na mesma cidade, e ele poderia, ainda que por acaso, encontrá-la, ou ao menos vê-la de longe... mas se ela fosse para a Índia, para Mihály não restaria nada, nada.

Certa tarde chegou uma carta de Foligno, escrita por Ellesley.

Prezado Mike,

Tenho de lhe comunicar uma notícia muito triste. Padre Severinus, o padre de Gubbio, ficou gravemente doente. Ou melhor, estava doente dos pulmões havia muito tempo, chegou a um estado em que não podia mais ficar no mosteiro e foi trazido para o hospital. Nas horas em que nem a doença nem a fraqueza o exigiam, tive a oportunidade de conversar com ele e pude ter um vislumbre de seu extraordinário mundo interior. Acho que em séculos mais antigos esse homem seria venerado como um santo. Padre Severinus falou de você muitas vezes e num tom muito amoroso, dele eu soube — como são surpreendentes os caminhos do Senhor — que vocês na infância foram bons amigos e sempre se gostaram muito. Pediu que o avisasse quando acontecesse o inevitável. E agora cumpro o seu pedido, porque na noite de ontem para hoje Padre Severinus morreu. Esteve consciente até o último minuto, e rezava com os companheiros de fé quando chegou a hora de partir.

Prezado Mike, se você acreditasse tanto na vida eterna quanto eu, receberia a notícia com serenidade, porque confiaria que o seu amigo está onde a existência terrena frágil recebe a recompensa devida, a eternidade.

Não me esqueça completamente, escreva de vez em quando para o seu admirador:

Ellesley

> P.S. Ingram Millicent recebeu o dinheiro em ordem, acha os pedidos de desculpa risíveis entre amigos, envia saudações e pensa em você com carinho; também devo mencionar que ela é minha noiva.

Era um dia terrivelmente quente. À tarde, Mihály perambulou atordoado no jardim Borghese, deitou-se cedo, adormeceu cansado, e depois de novo acordou.

Sonolento, viu uma paisagem primitiva, repleta de abismos, uma paisagem familiar, e, sonolento, procurou descobrir de onde conhecia o vale estreito, as árvores agitadas, as ruínas que pareciam estilizadas; talvez a tivesse visto do trem no belíssimo trecho entre Bolonha e Florença, talvez em sua perambulação acima de Spoleto ou quem sabe em um quadro de Salvator Rosa em algum museu. A paisagem tinha um clima de perigo e perdição, e perdida parecia também a pequena figura, o viajante, que, apoiado na bengala, cruzava a paisagem sob uma lua brilhante. Sabia que o viajante caminhava havia muito tempo por paisagens cada vez mais abandonadas, sob árvores agitadas e em meio a ruínas estilizadas, trêmulo debaixo de tempestades e ante a visão de lobos, e talvez não houvesse mais ninguém que peregrinasse em noites como aquela e tão sozinho.

Tocaram a campainha. Mihály acendeu a luz e olhou para o relógio. Passava da meia-noite. Quem seria? Com certeza não era ninguém. Virou-se para o outro lado.

Tocaram de novo. Levantou-se inquieto, vestiu alguma coisa e saiu. Éva estava na porta.

Perturbado, Mihály se esqueceu de cumprimentá-la. Essas coisas são assim; desejamos alguém obsessiva, perdidamente, no limite do inferno e da morte. Buscamos, perseguimos em vão, e a vida se consome em nostalgia. Desde que viera para Roma esperava por esse momento o tempo todo, para ele se preparara e chegara a acreditar que jamais falaria com Éva. E de repente ela aparece, e nessa hora apertamos o pijama velho contra o peito, sentimos vergonha de estarmos descabelados, com a barba por fazer, envergonhamo-nos tremendamente da casa e gostaríamos que não estivesse ali aquela por quem ansiamos indizivelmente.

Éva, porém, não se importou com nada disso. Entrou apressada no quarto de Mihály, sem pedir licença e sem cumprimentar, sentou-se numa poltrona e olhou à frente fixamente.

Mihály se arrastou atrás dela.

Éva não mudara. O amor guarda para sempre o momento em que nasceu; e a amada jamais envelhece. Aos olhos do enamorado ela tem sempre 17 anos, o cabelo desarrumado e a roupa leve de verão esvoaçam durante a vida toda acariciados pelo mesmo vento amistoso que soprava no instante decisivo.

Mihály estava tão perturbado que só pôde perguntar:

— Como você descobriu o meu endereço?

Éva fez um gesto nervoso.

— Telefonei para o seu irmão em Paris.

— Eu sei — disse Mihály.

— Como você sabe? — perguntou Éva.

— Ellesley me escreveu, o médico com quem eu sei que você se encontrou uma vez em Gubbio, na casa em que o portão dos mortos estava aberto.

— Sim, eu me lembro.

— Ele cuidou de Ervin nas últimas horas, no hospital de Foligno. Aqui está a carta dele.

Éva leu a carta e ficou pensativa.

— Você se lembra do casacão cinza dele — disse depois —, e de como ele sempre dobrava para cima a gola quando andava a passos lentos, de cabeça baixa?...

— E de certa forma a cabeça ia sempre na frente e ele vinha em seguida como as grandes cobras que atiram a cabeça para a frente enquanto o corpo desliza atrás delas... E quanto ele fumava! Por mais cigarros que eu pusesse diante dele, todos acabavam.

— E como ele era doce quando estava de bom humor ou bebia...

Padre Severinus desaparecera, e no morto de Foligno somente Ervin morrera, o rapaz especial e o bom amigo, a lembrança linda da juventude.

— Eu sabia que ele estava muito doente — disse Mihály. — Tentei convencê-lo a se tratar. Você acha que eu deveria ter insistido mais? Talvez eu devesse ter ficado em Gubbio, sem sair antes que acontecesse alguma coisa que o curasse?

— Acho que os nossos pensamentos, as nossas fraquezas e as nossas angústias não alcançariam o Padre Severinus. Para ele a doença não era o mesmo que para outras pessoas, não era um golpe, mas quem sabe uma dádiva. Como podemos saber?

— E ele tinha tanta prática nas coisas da morte; nos últimos anos acho que não se ocupou de outro assunto.

— Ainda assim pode ser que a morte para ele tenha sido terrível. Há pouquíssimas pessoas que morrem a própria morte como... como Tamás.

O reflexo alaranjado acolhedor da cúpula do abajur pousou no rosto de Éva, e o rosto pareceu mais o rosto que Éva usava na casa dos Ulpius, naquele tempo... no tempo em que representavam seus dramas, e Tamás e Mihály morriam por ela ou por causa dela. Que espécie de fantasia ou lembrança viveria nela agora? Mihály apertou o punho contra o coração dolorido e palpitante e milhares de coisas lhe passaram pela cabeça: a lembrança da alegria dos antigos jogos e as estátuas etruscas do Valle Giulia, as explicações de Waldheim, o Outro Desejo e as cortesãs da morte.

— Você matou Tamás, Éva — disse.

Éva estremeceu, a expressão do rosto mudou completamente e ela apertou a mão contra a fronte.

— Não é verdade! Não é verdade! Como você pode supor uma coisa dessas?

— Éva, você matou Tamás.

— Não, Mihály, juro que não. Não fui eu que o matei... não se deve entender a coisa dessa maneira. Tamás se matou. Contei para Ervin, e Ervin, como padre, o absolveu.

— Conte a história para mim também.

— Sim, eu vou contar. Escute bem. Vou contar como Tamás morreu.

A mão de Éva estava gelada entre as mãos de Mihály, e ele também era percorrido por calafrios e sentia o coração muito pesado. Esgueiravam-se inexoravelmente para as minas, atravessavam corredores, galerias e subterrâneos, atravessavam lagos salgados e chegavam à caverna onde no âmago primordial das coisas e das noites moram o segredo e o horror.

— Você se lembra de como foi, não? Do meu pretendente, da exigência do meu pai e do meu pedido para que pudesse viajar com Tamás antes de me casar.

— Lembro.

— Fomos para Hallstatt. Tamás sugeriu o lugar. Ao chegar lá compreendi tudo. Nem sei como lhe contar... uma cidade ancestral, negra, morta, junto de um lago negro. Na Itália também existem cidades de montanha, mas aquela era muito mais escura, muito mais terrível, um lugar onde só se poderia morrer. Já durante a viagem Tamás disse que logo morreria. Você se lembra do escritório, não?... ele não conseguia se conformar em se separar de mim... e além disso você se lembra de como ele sempre ansiou pela morte, e também sabe que ele não queria morrer por acaso, mas por meio de um preparo cuidadoso...

"Sei que qualquer outra pessoa procuraria lhe falar à alma, mandaria telegramas a torto e a direito, pediria ajuda a amigos, à polícia, aos médicos e não sei mais a quem. O meu sentimento inicial também foi de que tinha de fazer alguma coisa, deveria gritar por socorro. Não o fiz e cuidei desesperadamente de todos os passos de Tamás. Mas depois de repente me veio a clareza de que Tamás tinha razão. Não sei dizer como descobri... mas você se lembra de como fomos sempre próximos, de como eu sabia do que acontecia na intimidade dele — e eu sabia que não havia nada a fazer. Se não fosse naquela hora seria em outra, não muito mais tarde, e se eu não estivesse lá ele morreria sozinho, e seria terrível para os dois.

"Tamás percebeu que eu tinha cedido e me comunicou quando aquilo aconteceria. Naquele dia ainda andamos de barco no lago morto, mas à tarde choveu e voltamos para o quarto. O mundo nunca foi tão cinza, Mihály.

"Tamás escreveu a carta de despedida, com palavras que não diziam nada, sem nenhuma justificativa. Depois me pediu para que eu preparasse o veneno e o desse para ele...

"Por que ele precisou de mim?... e por que eu o fiz?... Veja, talvez só você consiga entender, você que atuava conosco no passado.

"Desde então não tive nenhum sentimento de culpa. Tamás queria morrer e eu não tinha como e nem queria impedi-lo, porque sabia que para ele seria melhor assim. Para realizar seu último desejo, eu o ajudei e nunca me arrependi. Se eu não estivesse lá, se não lhe desse o veneno, talvez ele não tivesse a força espiritual, lutaria consigo mesmo durante horas, por fim o tomaria, e por conta da covardia se entregaria à morte envergonhado, pela metade. Porém, assim ele se matou com coragem, sem hesitação, porque atuava, fazia de conta que eu o matava, representava a peça que ensaiamos tantas vezes em casa.

"Em seguida ele se deitou sereno e eu me sentei na beirada da cama. Quando o sono da morte se aproximou, ele me abraçou e me beijou. Ele me beijou até que seu braço se desprendesse de mim. Não foram beijos fraternos, Mihály, é verdade. Não éramos mais irmãos, mas alguém que seguiria vivo e um outro que morreria... creio que não havia mais nenhuma proibição."

Ficaram em silêncio durante muito tempo.

— Éva, por que você me mandou dizer que não a procurasse? — perguntou por fim Mihály. — Por que você não queria se encontrar comigo?

— Oh, você não sente, Mihály, você não sente que é impossível?... quando estamos a dois, não estamos a dois... Tamás pode aparecer a qualquer momento. E agora Ervin também... Não consigo estar com você, Mihály, não.

Levantou-se.

— Sente-se por mais um minuto — disse Mihály muito baixo, como alguém que fala no auge da exaltação. — É verdade que você vai para a Índia? — perguntou. — Por muito tempo?

Éva assentiu.

Mihály esfregou as mãos.

— Você vai embora de verdade, não vou mais vê-la?

— É verdade. O que vai ser de você?

— Só me resta uma alternativa: morrer a minha própria morte. Como... como Tamás.

Silenciaram.

— Você pensa nisso seriamente? — perguntou por fim Éva.

— Com a maior seriedade. Não faz sentido eu ficar em Roma. E menos sentido ainda voltar para casa. Nada mais faz sentido.

— Tenho alguma utilidade? — perguntou Éva sem nenhuma convicção.

— Não. Ou melhor, existe uma maneira. Você poderia fazer uma coisa por mim, Éva.

— Sim?

— Não tenho coragem de dizer, é muito difícil.

— Diga.

— Éva... esteja do meu lado quando eu morrer... como você ficou do lado de Tamás, Éva.

Éva ficou pensativa.

— Você faria isso? Faria isso? Éva, eu só lhe peço isso, e depois mais nada, nunca mais, enquanto o mundo for mundo.

— Está bem.

— Você promete?

— Prometo.

Capítulo 6

Erzsi chegou de volta a Paris. Telefonou para János, que à noite foi buscá-la para jantarem. Erzsi achou que Szepetneki não se alegrava muito em vê-la. A suspeita aumentou quando János disse:

— Hoje vamos jantar com o persa.

— Por quê? Na nossa primeira noite!

— É verdade, mas eu não tenho culpa. Ele faz questão, e você sabe que eu preciso agradá-lo.

János ficou em silêncio durante a maior parte do jantar, e a conversa transcorreu entre Erzsi e o persa.

O persa falou sobre a sua terra. Lá o amor era uma empreitada difícil e romântica, o jovem apaixonado tinha de escalar um muro de pedra de três metros de altura, tinha de se esconder no jardim do pai da amada para espreitar o instante em que ela passaria por ele com a dama de companhia. Nessa hora eles podiam trocar uma ou duas palavras em segredo; mas o jovem arricava a vida.

— E isso é bom? — perguntou Erzsi.

— Sim, é muito bom — respondeu o persa —, é muito bom. Damos muito mais valor às coisas pelas quais somos obrigados a esperar, a lutar e a sofrer. Muitas vezes eu acho que os europeus nem sabem o que é o amor. Como na realidade não sabem, do ponto de vista técnico.

Ele tinha os olhos injetados, os gestos eram exagerados, embora nobres, gestos não domesticados, verdadeiros.

— Estou feliz por ter voltado, madame — disse de repente. — Temia que ficasse na Itália. Seria uma pena... lamentaria muito.

Erzsi, num gesto de agradecimento, pôs a mão por um instante sobre a mão do persa. A mão dele se contraiu sob a dela, parecia uma garra. Erzsi se assustou e retirou a mão.

— Gostaria de lhe pedir uma coisa — disse o persa. — Aceite um pequeno presente. Pela alegria de ter voltado.

Tirou uma *tabatière* de ouro com um trabalho muito delicado.

— Na verdade, é uma caixinha para ópio — disse. — Mas serve também para cigarros.

— Não sei por que a aceitaria — disse Erzsi constrangida.

— Não existe razão alguma. Leve em conta apenas que eu me sinto bem. Leve em conta que não sou europeu, mas venho de onde as pessoas desprendidas e de bom coração dão presentes e se sentem gratificadas se eles forem aceitos. Aceite porque sou Lutphali Suratgar, e não se sabe quando você vai ver outra ave assim na vida.

Erzsi olhou inquiridora para János. A *tabatière* a agradava muito, desejaria aceitá-la. János fez um sinal de assentimento com os olhos.

— Então eu aceito — disse Erzsi —, e agradeço muito. Não a aceitaria de mais ninguém, a não ser do senhor. Porque não sei quando vou ver outra ave rara dessas na vida.

O persa pagou o jantar dos três. Erzsi se incomodou um pouco com isso. Parecia que János a ofertava para o persa, como se, para ser delicado, ele fosse seu empresário, e como se ele depois se recolhesse modesto para os bastidores... Ela, porém, se livrou do pensamento. János com certeza estava sem dinheiro de novo e por isso deixara que o persa pagasse. Ou o persa fizera questão, por conta de sua generosidade. Além de tudo, em Paris era sempre somente um que pagava.

De noite, János logo adormeceu e Erzsi teve tempo para pensar.

"Com János a coisa começa a chegar ao fim, sem dúvida, e eu não lamento. O que ele tem de interessante eu sei de cor. Sempre senti muito medo dele, de que um dia me trairia, roubaria meu dinheiro, mas parece que o medo era sem razão e eu me decepcionei um pouco. O que virá agora? Quem sabe o persa? Parece que eu o agrado."

Pensou durante muito tempo em como seria o persa bem de perto. Ele sim, ele com certeza era um *tigre, tigre, uma chama amarela na mata noturna*. Como ardem os seus olhos... Deve ser assustador. Sim, deve ser assustador. Teria de experimentar uma vez. O amor tem regiões desconhecidas, secretas, maravilhas, paraísos...

Dois dias depois o persa os convidou para um passeio de carro para a Plage-Paris. Banharam-se no mar, jantaram e partiram de volta no escuro.

A viagem se alongava, e o persa, que dirigia o carro, começou a se mostrar inseguro.

— Ei, nós vimos esse lago no caminho em que viemos? — perguntou a János.

János olhou atento para a escuridão.

— Pode ser que você o tenha visto. Eu não vi.

Pararam e estudaram o mapa.

— O demônio deve saber onde estamos. Eu não vejo nenhum lago por aqui.

— Eu logo disse que um motorista não devia beber tanto — disse exaltado.

Seguiram adiante, hesitantes. Não havia ninguém e nenhum veículo em toda a redondeza.

— Esse carro tem algo de errado — disse János. — Você percebe como ele falha de vez em quando?

— Sim, ele de fato está falhando.

À medida que avançavam as falhas se intensificavam.

— Você entende de motor? — perguntou o persa. — Porque eu não entendo nada. Para mim um carro ainda é um milagre do demônio.

— Pare, vou ver qual é o problema.

János desceu, abriu a tampa do radiador e começou a examinar o motor.

— A correia do ventilador estragou completamente. Como você pode andar pelo mundo com uma correia dessas? Às vezes você devia mandar verificar o carro.

De repente ele gritou um palavrão.

— Santo Deus, a correia arrebentou! Estamos numa bela encrenca.

— Você está numa encrenca.

— Eu estou. Não vamos sair daqui enquanto não arranjarmos outra correia. É melhor vocês descerem.

Desceram. Nesse meio-tempo a chuva havia aumentado. Erzsi abotoou a capa de plástico.

O persa estava irritado e impaciente.

— Com os diabos, o que vamos fazer? Estamos no meio da estrada, ou melhor, desconfio de que essa nem seja a estrada.

— Vejo uma casa lá adiante — disse János. — Vamos tentar a sorte.

— Como assim, a essa hora da noite? A essa hora todos no interior da França estão dormindo, e quem está acordado não fala com estranhos suspeitos.

— Mas ela está iluminada — disse Erzsi apontando para a casa.

— Vamos tentar — disse János.

Trancaram o carro e saíram na direção da casa. A casa ao pé da colina era cercada por um muro, mas o portão estava aberto. Subiram.

Era uma casa de boa aparência, lembrava um castelo em miniatura na escuridão, com uma marquise pronunciada e linhas francesas nobres.

Bateram. Uma velha camponesa pôs a cabeça para fora pela abertura da porta. János expôs a situação.

— Vou avisar o patrão.

Pouco tempo depois apareceu um francês de meia-idade, vestido como um camponês, que os examinou cuidadosamente enquanto János contava o acontecido. Seu rosto aos poucos se iluminou e ele se tornou amistoso.

— Deus os trouxe, senhoras e senhores. Entrem, vamos conversar melhor.

Levou-os a uma sala antiquada, que lembrava as existentes nos castelos de caça, onde havia uma jovem sentada a uma mesa bordando. Com certeza sua esposa. O homem lhe expôs brevemente a situação e fez com que os convidados se sentassem.

— O azar de vocês é a nossa sorte — disse a jovem. — Vocês nem imaginam como são entediantes as noites no campo. Mas não podemos deixar a propriedade nessa época do ano, não é mesmo?

Erzsi de certa forma não se sentia bem. O castelo todo não parecia real, ou parecia real demais, como numa peça teatral naturalista. Ou aquelas duas pessoas se sentavam eternamente debaixo da lâmpada, caladas, e esperavam, ou apareceram no instante em que eles lá chegaram. Sentia na pele que alguma coisa não combinava.

Revelou-se que a aldeia mais próxima, onde talvez encontrassem uma oficina, ficava a três quilômetros, mas o casal hospitaleiro não tinha ninguém que pudesse mandar para lá, porque os empregados naquela noite dormiam fora, na granja.

— Fiquem aqui esta noite — sugeriu a jovem. — Temos camas para os três.

János e o persa, porém, fizeram questão de afirmar que tinham de voltar a Paris naquela noite.

— Estão me esperando — disse o persa, indicando com um sorriso discreto que se referia à mulher.

— Não temos alternativa — disse János —, um de nós vai ter de ir até a aldeia. Três quilômetros não são muito. Naturalmente eu vou porque fui eu que estraguei a correia.

— Nada disso — disse o persa—, eu irei porque vocês são meus convidados, tenho de cuidar de vocês.

— Vamos tirar a sorte — sugeriu János.

Coube a János ir para a aldeia.

— Volto logo — disse ele, e saiu apressado.

O dono da casa trouxe vinho de fabricação própria. Sentaram-se em volta da mesa, beberam e conversaram em voz baixa, vez ou outra parando para ouvir o barulho da chuva na janela.

Em Erzsi a sensação de irrealidade aumentava cada vez mais. Já não sabia sobre o que falavam o dono e a dona da casa. Talvez relatassem o modo de vida monótono de aldeia, num tom uniforme que embalava como a chuva. Ou quem sabe a embalasse o barulho da chuva, ou o fato de que não tinha mais vínculos com ninguém, via-se no fim do mundo em um castelo francês cujo nome desconhecia, e para onde chegara sem nenhuma razão, porque poderia estar da mesma forma num outro extremo do mundo em um outro castelo, também sem nenhuma razão.

Depois ela sentiu que a embalava o olhar do persa, que, de vez em quando, a percorria. Um olhar entregue, quente, emocionado, completamente diferente do olhar europeu frio e azul. O olhar do persa continha um calor e uma segurança impressionantes. Acalentadores. Sim, esse homem gosta de mulheres... mas não apenas como... não gosta delas porque é homem, mas porque elas são mulheres que precisam de amantes e de amor. É isso: gosta delas como o amante de cães gosta de cães. Talvez seja o máximo que uma mulher possa esperar.

Atordoada, ela se deu conta de que segurava a mão do persa debaixo da mesa e a acariciava.

O persa não se deu por achado nem por uma fração de segundo. Conversou educadamente com os donos da casa. Ainda assim, Erzsi sentia que o homem se incendiava inteiro, com tamanha intensidade que ela quase antecipava o momento em que as chamas jorrariam pela cratera do vulcão. O persa esperava, talvez não tivesse nenhum plano a essa hora da noite...

"Ele pensa que eu também sou uma mulher persa inabordável? Deus, seria bom dar uma volta... mas a chuva continua."

De repente bateram na porta. A camponesa a abriu para um garoto encharcado; os donos da casa o conheciam. Pela história contada pelo garoto souberam que János chegara à aldeia vizinha, onde não encontrara a correia apropriada, mas por outro lado torcera o pé e achava melhor passar a noite na casa do médico do lugar, um homem muito amável. Pedia que o buscassem quando tivessem consertado, de alguma forma, o carro.

Todos receberam a notícia surpresos, e depois concluíram que nessa situação seria melhor se fossem se deitar, porque passava havia muito da meia-noite. A dona da casa os levou ao andar de cima. Uma vez que constatou delicadamente que Erzsi e o persa não formavam um casal, designou quartos separados para os dois e se despediu. Erzsi também se despediu do persa e entrou no quarto em que a velha camponesa tinha arrumado a cama.

Era como se tudo estivesse armado desde o início. Erzsi não tinha mais dúvida de que havia sido tudo arranjado. Com certeza János havia planejado a peça representada em sua homenagem. O defeito do carro, o pequeno castelo no meio do caminho, o acidente de János, e agora o último ato, com o final feliz.

Examinou o quarto. Trancou a porta cuidadosamente e depois riu: o quarto tinha mais uma porta, e esta não tinha chave. Abriu-a devagar e se viu diante de uma sala escura. Na parede oposta da sala escura havia outra porta e, debaixo dela, um fio de luz. Aproximou-se em silêncio; no quarto vizinho ouviu passos. Relembrou a disposição dos aposentos quando percorreram o corredor e concluiu que atrás da porta ficava o quarto do persa. Ele certamente não trancaria a porta. Passaria tranqüilamente para o quarto dela. Seria natural, depois de terem ficado sentados numa intimidade tão grande no andar de baixo, sob a lâmpada. Voltou para o seu quarto.

Viu no espelho como estava vermelha. János a vendera ao persa, e o persa a comprara, como se ela fosse um bezerro; como adiantamento ele lhe dera a *tabatière* (que, Sári constatara, valia muito mais do que parecia à primeira vista), e János devia ter recebido dinheiro vivo. Foi tomada por um sentimento de humilhação e de ódio profundo. Teria sido capaz de gostar muito do persa... mas lidar com ela como se fosse uma mercadoria! Oh, como os homens são estúpidos! Assim ele havia estragado tudo.

"Por que todos me vendem? Mihály me vendeu para Zoltán, justificou a negociação por carta, e agora János me vende para o persa, e Deus sabe para que grego ou armênio ele me venderia depois de algum tempo; e além disso sou vendida sempre por homens em quem não imagino essas qualidades." Ela pensou em por que os homens a vendiam. Quem sabe o problema não estivesse nela, mas nos homens aos quais se juntava, em Mihály e em János, no fato de ambos gostarem de Éva, que era uma mulher à venda, e eles não conseguirem imaginar que as coisas pudessem ser diferentes.

Mais alguns minutos e o persa vai entrar e vai querer efetivar a compra com a maior naturalidade do mundo. Que absurdo! Tinha de fazer alguma coisa. Deveria descer para o quarto da dona da casa e armar uma grande cena, pedir que a protegesse? Seria ridículo, pois os proprietários eram gente paga pelo persa. (Quem seriam? Representavam muito bem os seus papéis; talvez fossem atores, porque o persa era produtor de cinema.) Andou de um lado para o outro perdida.

E se estivesse enganada? E se não passasse pela cabeça do persa entrar?

Nessa hora ela se deu conta de que se o persa não entrasse ele a ofenderia tanto quanto se entrasse.

Se entrasse... Talvez nem fosse ofensivo e humilhante. O persa sabia muito bem que agradava a ela; ela própria dera autorização para que ele entrasse. Não viria como se buscasse uma escrava no harém, mas viria por uma mulher que gostava dele e de quem ele também gostava, depois de afastados cuidadosamente os obstáculos. Venderam-na? Sim, a venderam. Mas na realidade o fato era que os homens pagavam somas imensas por ela, nada humilhantes, ao contrário, muito envaidecedoras, porque somente se gasta dinheiro pelo que é valioso... De repente, ela começou a se despir.

Antes, lá embaixo, ela ansiara muito pelo abraço do persa. Não era um desejo por ele, era mais uma curiosidade, um anseio pelo exótico. Por isso não pensara que o desejo pudesse se realizar. Agora, em pouco tempo sentiria o ardor vulcânico que pressentira no persa. Como é estranha e atemorizadora essa espécie de preparação e espera!

Batia os dentes de nervosismo. Aquela seria a grande noite de sua vida. O objetivo, a realização à qual conduziam todos os caminhos. Finalmente deixaria para trás toda convenção burguesa, tudo o que nela ainda era Budapeste, e em algum lugar das profundezas da França, à noite, em um castelo antigo, ela se entregaria a um homem que a comprara, se entregaria a um animal selvagem exótico, perderia por completo o passado de mulher distinta, como uma mulher oriental libidinosa da Bíblia ou das *Mil e uma noites*. Essa fantasia sempre vivera escondida nela, também quando traíra Zoltán com Mihály... E seu instinto acertara, pois o caminho com Mihály a levara para aquele lugar.

E agora lá estava o homem que talvez fosse o definitivo. O verdadeiro tigre. O exótico. O homem do amor. Alguns minutos e ela saberia. Horrorizou-se. Estava frio? Não, sentia medo.

Vestiu de novo a blusa, apressada. Parou diante da porta do corredor e apertou a mão contra o peito, com o gesto sincero que vira tantas vezes no cinema.

O segredo brotou na imaginação dela sem corpo e sem cabeça, assustador. O segredo oriental, o segredo dos homens, o segredo do amor, quem sabe com que gestos e movimentos atemorizantes, cruéis, dilaceradores se aproximaria o estranho, o homem completamente estranho, talvez ela fosse aniquilada, como um dia as mulheres mortais nos braços dos deuses. Quem sabe que segredos medonhos...

Nessa hora apoderaram-se dela de novo a boa educação, a mulher distinta do passado, a boa aluna, a mulher econômica, tudo de que ela um dia fugira. Não, não tinha coragem... O pânico lhe devolveu a força e a criatividade. Em poucos instantes arrastou todos os móveis e a própria cama pesada para diante da porta que não se fechava, chorando, engolindo as lágrimas. Depois caiu sobre a cama exausta.

Em boa hora. No quarto vizinho ela ouviu as passadas mansas do persa. Ele parou diante da porta. Escutou, depois girou a maçaneta.

— Elisabeth — disse baixo.

Erzsi não respondeu. O persa tentou abrir a porta de novo, dessa vez forçando-a com o ombro. Os móveis cederam um pouco.

— Não entre! — gritou Erzsi.

O persa parou, houve um breve silêncio.

— Elisabeth, abra a porta — disse o persa mais alto.

Erzsi não respondeu.

O persa murmurou alguma coisa e empurrou a porta com toda força.

— Não entre — berrou Erzsi.

O persa largou a porta.

— Elisabeth — disse mais uma vez, mas como se de muito longe, diminuindo o tom.

Depois, passado algum tempo, disse:

— Boa noite — e voltou a seu quarto.

Erzsi, batendo o queixo, ficou deitada na cama, vestida. Chorava e sentia-se terrivelmente cansada. O instante de clareza é aquele em que compreendemos a vida inteira. Não embelezemos a coisa: ela sabia que não havia deixado o persa entrar porque as circunstâncias humilhantes a feriam; não porque fosse uma moça direita, mas porque era medrosa. Aproximava-se dela o segredo que sempre buscara e de que sempre fugira. Fora, e continuaria sendo, uma burguesa durante toda a vida.

Oh, se o persa voltasse ela agora o deixaria entrar... Porque não morreria, não poderia acontecer nada terrível, que estupidez havia sido o horror infantil. Se agora o persa voltasse, passaria o cansaço terrível e tudo o mais, tudo...

Ele, porém, não voltou. Erzsi se despiu, deitou-se e adormeceu.

Devia ter dormido por uma ou duas horas. Despertou, fora amanhecia. Eram quatro e meia da madrugada. Pulou da cama, lavou o rosto e as mãos, vestiu-se e espreitou o corredor. Não pensou muito, sabia que tinha de sair dali. Sabia que não poderia mais ver o persa. Sentia vergonha e também se alegrava por ter escapado ilesa. Estava bem-humorada e quando conseguiu abrir o grande portão da casa, que encontrou preso com ferrolhos, porém não trancado a chave, e chegou à estrada atravessando o jardim sem que ninguém a notasse, foi tomada de uma coragem adolescente e sentiu que apesar de toda covardia era ela a vitoriosa, a bem-sucedida.

Correu feliz pela estrada e logo chegou a um pequeno vilarejo. Descobriu que havia uma estação de trem próxima e que um trem madrugador sairia em pouco tempo para Paris. Ainda era nuito cedo quando chegou à cidade.

No hotel, deitou-se e dormiu profundamente, quem sabe feliz, até de tarde. Quando acordou teve a sensação de que despertava de verdade de um sono prolongado, bonito e assustador. Tomou um táxi e correu para a casa de Sári, embora pudesse tranqüilamente ter ido de ônibus ou de metrô. No entanto, agora que despertara, a necessidade de economizar desaparecera.

Contou a história toda para Sári com a franqueza cínica com que as mulheres conversam sobre os casos amorosos. Sári apimentou a conversa com gritinhos e comentários sábios.

— E o que você vai fazer agora? — perguntou por fim, afetuosa e acolhedora.

— Como assim? Você ainda não descobriu? Vou voltar para Zoltán. Vim aqui por isso.

— Você vai voltar para Zoltán? Foi para isso que você o deixou? E você acha que agora vai ser melhor? Não há nenhuma garantia de que você goste muito dele. Não a entendo... Mas você tem toda razão. Você tem razão com certeza. Eu faria o mesmo no seu lugar. O que é certo é certo, e você não nasceu para viver vida de estudante em Paris na velhice e ficar trocando de amante como se vivesse disso.

— Eu não nasci mesmo para isso. E por essa razão... Agora entendo qual foi o porquê do susto de ontem. Pensei em onde aquilo me levaria. Depois do persa poderia vir um venezuelano, em seguida um japonês e quem sabe um negro... Pensei que se eu começasse uma coisa dessas, não pararia mais, que demônio me deteria? E isso eu não queria. Não posso ser assim, não é verdade? Foi com isso que me assustei, comigo mesma, seria capaz de tudo, tudo poderia acontecer comigo. Mas não, isso eu não queria. É preciso que exista alguma coisa que detenha uma mulher. E nesse caso Zoltán é melhor.

— Que história é essa de melhor? É ótimo. É um homem rico, bom, ele a adora, não entendo por que você o largou. Escreva já para ele, faça as malas e viaje. Minha Erzsi... Que bom para você. E como você vai me fazer falta.

— Não, eu não vou escrever para ele, é você que vai.

— Você receia que ele não queira?

— Não, querida, disso eu não tenho medo. Mas não quero escrever porque não é preciso que ele saiba que eu estou fugindo, não é preciso que ele saiba que é a única solução. Prefiro que pense que eu senti pena dele. Se não for assim, ele pode ficar convencido.

— Você tem razão!

— Escreva que você me persuadiu a voltar para ele e acha que estou disposta, e não cedo apenas por orgulho. Seria melhor que ele viesse a Paris e tentasse falar comigo. Você prepara a coisa. Escreva uma carta inteligente, Sári. Pode ter certeza de que Zoltán vai ser muito generoso com você.

— Ótimo, vou escrever já, aqui, imediatamente. Erzsi, quando você estiver em Budapeste e for de novo a mulher de Zoltán, mande um par de sapatos elegantes para mim. Você sabe, em Budapeste eles são mais baratos, melhores e mais duraveis.

Capítulo 7

Foied vinom pipafo, cra carefo. Hoje bebo vinho, amanhã não haverá mais. O vinho acabara, acabara a umidade misteriosa íntima que pela manhã o despertava e o embalava na ilusão de que valia a pena levantar. E à medida que o vinho acabava emergia do fundo o mar escuro, o braço de mar que nas profundezas se ligava ao oceano, ao Outro Desejo, oposto à vida e mais poderoso que ela.

O que de Tamás havia nele como germe agora se transformava em realidade. Porque crescia nele a coisa, a própria morte, alimentava-se dos humores de sua vida, pensava e argumentava com os seus pensamentos, absorvia o que havia de belo para se ver até se tornar plena, e chegava o tempo de ela se presentificar no mundo como realidade.

Escreveu a hora para Éva: sábado de noite. Éva respondeu: "Vou estar com você."

Apenas isso. Apesar de tudo, a resposta seca, *matter of fact* de Éva, o espantou. Para ela, tudo não passava disso? Que prática com a morte! Assustador.

Sentia que se infiltrava nele uma frieza, uma frieza estranha e doentia como quando depois de uma anestesia local uma parte do corpo adormece cada vez mais e o próprio corpo se torna estranho e amedrontador. Assim morreu nele aos poucos aquilo que Éva representava. Mihály conhecia bem as pausas, os hiatos do amor, quando em meio ao período mais ardente da paixão de súbito a amada se torna inteiramente indiferente, e surpresos olhamos para o rosto belo, estranho, e duvidamos de que seja da mesma mulher... Nessa hora ele sentiu uma pausa assim, porém muito mais intensa que todas as demais. Éva se resfriara.

Mas então o que seria da doçura que Tamás experimentara nos últimos minutos?

Apossou-se dele um humor estranho, inoportuno, e ele constatou que o grande ato começava definitivamente mal.

Isso foi no sábado de tarde. Viu-se de frente com as questões graves da programação das horas seguintes. O que se faz nessa situação quando nada mais tem sentido? "As últimas horas de um suicida" — a expressão que se aplicava a ele o espantou mais que no passado as idéias de que estava "narcotizado de amor" ou "não podia viver sem ela". Era terrível que os momentos e as situações mais marcantes da vida só pudessem ser evocados por expressões banais, e quem sabe não seriam esses, a despeito de tudo, os momentos mais banais. Nessas horas somos iguais às outras pessoas. Mihály agora "se prepararia para a morte", como faziam os que sabiam que logo morreriam.

Sim, não havia mais nada a fazer, não podia fugir das leis, nos últimos instantes também seria obrigado a se conformar. Ele também escreveria uma carta de despedida, como era de costume. Não seria correto se deixasse o pai e a mãe sem uma despedida. Escreveria uma carta para eles.

O primeiro instante doloroso sobreveio quando pensou nisso. Até então sentira apenas um mau humor opaco, cansado, uma neblina em que fosforescia misteriosa, esverdeada, a passagem dos derradeiros minutos e o pensamento voltado para Tamás. No entanto, agora que pensara nos pais sentiu uma dor forte, uma dor forte, clara, a neblina cedeu, começou a sentir pena dos pais, e sentiu pena de si mesmo, de um modo estúpido, sentimental, absurdo. Envergonhou-se e pegou a caneta para comunicar o seu ato com uma disciplina e uma indiferença exemplares, embora com palavras calorosas, sereno, superior, calejado nas coisas da morte.

Enquanto estava sentado com a caneta na mão e esperava que lhe ocorressem as frases exemplarmente disciplinadas, de súbito alguém tocou a campainha. Mihály estremeceu violentamente. Durante semanas não viera ninguém, quem seria exatamente agora? Por um instante, suspeitas inomináveis cruzaram sua mente. A dona da casa não estava. Não, não abriria, não fazia nenhum sentido, não tinha nada mais a tratar com ninguém.

A campainha, porém, tornou-se cada vez mais forte e impaciente. Mihály deu de ombros, como quem dissesse: "O que posso fazer se insistem tanto!", e saiu. Sentiu certo alívio.

Para sua grande surpresa, à porta encontrou Vannina e outra moça italiana. Estavam muito bem-vestidas, com lenços pretos de seda na cabeça e bem mais limpas que de hábito.

— Oh — disse Mihály —, fico muito feliz — e começou a balbuciar, porque não compreendia a situação, mas não falava italiano suficiente para disfarçar o constrangimento.

— Então venha, *signore* — disse Vannina.

— Eu? Para onde?

— Para o batizado!

— Que batizado?

— Para o batizado do *bambino* da minha sobrinha. Você não recebeu a minha carta?

— Não recebi. Você escreveu para mim? Como soube o meu nome e o meu endereço?

— O seu amigo me contou; aqui estão, anotados.

Mostrou um papel amassado, Mihály reconheceu a letra de Szepetneki. "O repolho é redondo" e o endereço de Mihály.

— Você escreveu nesse nome? — perguntou Mihály.

— Sim. É um nome estranho. Não recebeu a minha carta?

— Não, por Deus, não, e não entendo por que não. Mas entre.

Entraram no quarto, Vannina olhou ao redor e perguntou:

— A *signora* não está em casa?

— Não, eu não tenho *signora*.

— É mesmo? Seria bom ficar por aqui... Mas é preciso batizar o *bambino*. Venha, venha logo. As pessoas estão chegando, e não podemos fazer o padre esperar.

— Mas, minha querida... eu... eu não recebi a sua carta, o que eu sinto muito, e não estava preparado para hoje...

— Pode ser, mas não faz mal. Você não tem nada para fazer, os estrangeiros nunca têm o que fazer. Pegue o chapéu e venha, *avanti*.

— Mas acontece que eu tenho muito para fazer... Muitas coisas, e importantes.

E ficou sério. Pensou em tudo, viu o horror banal da situação. Durante a redação da carta de despedida o interrompiam para que fosse a um batizado. Apareciam na sua casa com essas coisas simpáticas e estúpidas: como sempre apareceram em sua casa com coisas simpáticas e estúpidas, enquanto a vida era terrível e sublime, e sempre lhe caíam sobre a cabeça coisas terríveis e sublimes enquanto a vida era simpática e estúpida. A vida não tinha forma, ou melhor, era uma miscelânea muito confusa.

Vannina se levantou, aproximou-se dele e pôs a mão em seu ombro.

— Que coisa importante o senhor tem para fazer?

— É... Tenho de escrever cartas; cartas muito importantes.

Vannina o encarou, Mihály desviou a cabeça, constrangido.

— Para o senhor também vai ser melhor se vier — disse a moça. — Depois do batizado vamos ter um grande jantar festivo. O senhor vai tomar um pouco de vinho e depois vai poder escrever, se ainda tiver vontade, as cartas.

Mihály a olhou, aturdido. Lembrou-se do talento da moça para prever o futuro. Sentiu que ela o lia e sabia do que se tratava. De súbito sentiu vergonha, como um colegial surpreeendido. Não viu mais nada de sublime no desejo de morrer. Diante do cotidiano o Senhor concedia um adiamento, como sempre. Não se podia fazer o padre esperar... pôs dinheiro na carteira, pegou o chapéu, e eles saíram.

No entanto, quando deixou as moças seguirem à sua frente na escadaria e ficou só, de repente pensou em que estupidez inqualificável era ele ir a um batizado na casa de proletários italianos desconhecidos — aquilo só podia acontecer com ele. Estava a ponto de correr de volta e trancar a porta. Mas como se a moça o pressentisse, ela agarrou o seu braço e o puxou para a rua. Mihály sentiu a beleza das peças da adolescência quando ele era o sacrificado.

Os convidados já estavam reunidos na taverna, cerca de 15 a vinte. Falavam muito, dirigiram-se também a ele, mas ele não compreendeu nada, porque usavam o dialeto do Trastevere, e, além disso, ele não prestou muita atenção.

Estremeceu apenas quando apareceu a mãe jovem com o *bambino* nos braços. Mihály se assustou com a feiúra magra e doentia da mãe e com a aparência enrugada do *bambino*. Nunca gostara de crianças, nem recém-nascidas nem mais velhas, estranhava-as e tinha medo delas. A mãe e o bebê, porém, eram especialmente assustadores — na suavidade da mãe feia e no ar desgastado do lactente feio havia uma espécie de paródia satânica da Virgem Maria, um escárnio maldoso do maior símbolo do homem europeu. Parecia algo "tardio"... como se a última mãe tivesse parido o último filho, e os que a rodeavam não soubessem que eles eram os últimos homens, o sedimento da escória da humanidade, o gesto final e autoderrisório do Deus de um tempo moribundo.

A partir de então viveu tudo o que aconteceu em meio à perspectiva grotescamente triste do último dia e da última noite. À medida que se arrastavam pelas ruas estreitas de Trastevere e aqui e ali saudavam os conhecidos que formigavam por lá, quando se esgueiraram para a pequena igreja e todos os gestos eram estranhamente desembaraçados e infantis, ele viu com uma clareza cada vez maior:

"São ratos. São ratos que vivem entre as ruínas. Por isso são tão feios, astuciosos e disseminados."

Nisso, ele desempenhou sem consciência as funções de padrinho; Vannina ficou a seu lado e o orientou. Ao terminar o ritual ele deu duzentas liras para a mãe e com grande esforço beijou o afilhado, que já carregava o nome de Michele.

("São Miguel Arcanjo, proteja-nos em nossa luta; seja a nossa proteção contra as maldades de Satã. Suplicamos que Deus o subjugue; e você, príncipe dos exércitos celestes, rechace com a força de Deus o

demônio e os outros espíritos malvados que geram nesse mundo a perdição das almas. Amém.")

A cerimônia foi muito longa. Depois voltaram todos para a taverna. No quintal serviram o jantar. Mihály estava com fome, como de hábito. Sabia que havia cumprido a obrigação e teria de ir para casa a fim de escrever as cartas, porém sua forte curiosidade culinária o seduziu, queria saber de que pratos populares interessantes consistiria o jantar festivo. "Será que outros nesse estágio da vida sentiriam fome e curiosidade pela *pasta*?", ele se perguntou.

O jantar estava bom, a *pasta* diferente, verde e de gosto agradável de cozido que serviram era especial e justificou a curiosidade de Mihály. Os da casa, por outro lado, se orgulhavam da carne porque era pouco consumida no bairro de Trastevere, porém Mihály não se encantara por ela, atirou-se ao queijo, que para ele era desconhecido e representava uma vivência mais interessante que os queijos novos. Enquanto isso bebeu muito, tanto mais porque sua vizinha, Vannina, o servia com generosidade. E porque não entendia uma palavra da conversa, e procurava, ao menos assim, participar da animação.

O vinho, porém, não melhorou seu humor, apenas o deixou mais inseguro, tremendamente inseguro. Já era noite, Éva logo chegaria... Tinha de se levantar e ir para casa. Nada o impedia, apenas a jovem italiana não o largava. Mas nessa hora tudo estava tão distante, Éva e a intenção e o desejo, tudo parecia distante, ilha flutuante em um Tibre noturno, e Mihály se sentiu despersonalizado e vegetante como um morangueiro no jardim que exibisse a folhagem nessa última noite, não mais a sua última noite, mas a última noite da humanidade.

Porque anoitecera, as estrelas italianas pairavam sobre o quintal. Mihály se levantou e sentiu que estava completamente bêbado. Não entendia como a coisa acontecera porque não se lembrava de ter bebido muito — embora não tivesse prestado muita atenção, é possível que tivesse bebido muito —, e não sentira o crescendo de excitação que costumava preceder a embriaguez. De um minuto para o outro ficara completamente bêbado.

Deu alguns passos no quintal, depois cambaleou e caiu. A sensação foi muito agradável. Acariciou o chão e sentiu-se feliz. "Oh, que bom", pensou, "já estou aqui. Não posso mais cair".

Percebeu que os italianos o ergueram e em meio a muitas conversas o levaram para dentro de casa, enquanto ele se desculpava humildemente, dizia que não queria ser um peso para ninguém, que prosseguissem, que prosseguissem a celebração que prometia ser maravilhosa.

Depois ele se viu deitado em uma cama e adormeceu de imediato.

Quando acordou estava completamente escuro; a cabeça doía, mas ele se sentia bastante lúcido, apenas o coração batia com força, aflito. Por que se embriagara tanto? Com certeza contribuíra seu estado de espírito quando se sentara para beber, a resistência fora muito menor. Na verdade não oferecera nenhuma resistência, a jovem italiana havia feito dele o que quisera. Será que ela desejara que ele se embebedasse tanto?

Ficou muito agitado. Lembrou-se da noite em que vagara pelas ruas de Roma e depois se atirara diante da pequena casa e sua imaginação projetara a existência de coisas misteriosas e proibidas atrás das paredes silenciosas. Aquela era a casa em que aconteciam os assassinatos. E agora ele estava lá, dentro da casa, com as paredes espantosamente silenciosas, estava deitado, entregue à escuridão, como desejara.

Ficou deitado por algum tempo, cada vez mais inquieto, depois tentou se levantar. Mas os movimentos pareceram difíceis e a cabeça latejava. Preferiu continuar na cama. Escutou. Seus olhos se habituaram à escuridão, e os ouvidos, à escuta. Ouviu milhares de ruídos, ruídos estranhos, próximos, italianos. A casa toda estava acordada. Debaixo da porta passava uma luminosidade fraca.

Se eles planejassem alguma coisa... Que loucura tinha sido levar dinheiro consigo! Onde pusera o dinheiro? Estava deitado vestido, o dinheiro devia estar na carteira. Apalpou a carteira. Não havia nada em nenhum dos bolsos.

Então teve certeza, roubaram o dinheiro. Talvez duzentas liras. Não fazia mal... quem sabe não quisessem alguma coisa mais? Deixariam que ele saísse e os denunciasse? Seriam loucos. Não, eles o matariam, sem dúvida.

Nessa hora a porta se abriu, Vannina entrou, com uma espécie de chama acesa na mão. Espreitou a cama e, quando viu que Mihály estava acordado, pareceu se espantar e se aproximou. Disse alguma coisa que Mihály não compreendeu, mas que não soou bem.

Depois largou a chama e sentou-se na beirada da cama. Acariciou o rosto e os cabelos de Mihály e o instigou em italiano para que continuasse dormindo tranqüilamente.

“É claro, ela vai esperar que eu adormeça para então... Não vou dormir!”

Depois pensou horrorizado na força de sugestão que a moça tinha, com certeza adormeceria se ela assim quisesse. Fechou os olhos enquanto ela acariciava seus cílios e caiu numa dormência súbita.

Meio adormecido, teve a impressão de que falavam no quarto vizinho. Ouviu o grunhido de uma voz masculina, de vez em quando a fala rápida de outro homem e os sussurros em *staccato* de uma moça. Com certeza discutiam se deveriam matá-lo. A moça talvez o defendesse, talvez não. Agora, agora teria de acordar. Quantas vezes não havia sonhado que se aproximava um perigo terrível e ele não conseguia acordar por mais que se esforçasse, e nessa hora o sonho se transformava em realidade. Depois sonhou que alguma coisa brilhou diante de seu rosto e ele acordou tossindo.

O quarto estava claro, a chama ardia sobre a mesa. Sentou-se e olhou ao redor aterrorizado, mas não viu ninguém no quarto. Do quarto vizinho ainda chegava o murmúrio de conversas, desta vez muito mais baixas, e ele não soube identificar quem falava.

O medo da morte ainda o envolvia. O corpo todo tremia. Sentia que se aproximavam dele com facas, os povos-ratos. Esfregou as mãos, alguma coisa o impedia, não conseguia sair da cama.

Apenas a chama o acalmava um pouco, a chama que tremulava e projetava sombras na parede como no seu quarto de criança. A chama o fez lembrar-se das mãos delicadas de Vannina que ele observara, sem consciência, quando ela segurava a chama.

"Por que sinto medo?", sobressaltou-se. Pois agora, agora aconteceria o que ele havia planejado. Morreria — mas queria morrer? — e estaria a seu lado, também de corpo, uma moça bonita cheia de segredos, um demônio da morte, como nas tumbas etruscas.

Passou a desejar a morte. Com os dentes batendo e os braços adormecidos pelo medo, desejou que ela acontecesse. Que se abrisse a porta e que entrasse a moça, que se aproximasse de sua cama e que o abraçasse e o beijasse enquanto a faca assassina fizesse o seu trabalho... que ela entrasse e o abraçasse... que viesse... que a porta se abrisse...

Mas a porta não se abriu, lá fora cantavam os galos da madrugada nascente, o quarto vizinho estava em completo silêncio, a chama se apagou e Mihály caiu num sono profundo.

Depois amanheceu, como sempre. Ele acordou no quarto claro com a entrada de Vannina, que perguntou se ele havia dormido o bastante. Era de manhã, uma manhã italiana comum, amistosa. Logo faria um calor terrível, mas ainda estava agradável. Somente o gosto ruim da intoxicação da véspera o atormentava, nada mais.

A moça contou alguma coisa, falou de como ele ficara bêbado na noite anterior, embora estivesse agradável e emprestasse grande alegria à reunião festiva; deitaram-no ali durante a noite porque temiam que ele não conseguisse chegar em casa.

Ao pensar em voltar para casa, Mihály se lembrou de Éva, que na noite passada certamente o procurara para estar com ele quando... O que ela teria pensado? Que ele fugira, que fugira de si mesmo?

Nessa hora ele se deu conta de que durante toda a noite assustadora e cheia de visões não pensara em Éva. Uma pausa. A maior pausa de sua vida. Coisa estranha morrer por uma mulher cuja lembrança não nos ocorre durante toda uma noite — e que noite!

Bem ou mal ajeitou a roupa, despediu-se de algumas pessoas sentadas no salão que o cumprimentaram como a um velho e querido amigo. À luz do sol que entrava pela janela eles não se pareciam em nada com ratos, não passavam de proletários italianos comuns.

"Essa gente queria matar você?", refletiu. "A verdade é que você não tem certeza de que quisessem matá-lo. Mas é estranho que não o tenham matado depois de terem roubado a sua carteira. Ao contrário, parecem gostar muito de você. Paciência, os italianos são muito diferentes."

Sem querer, sua mão apalpou o lugar onde deveria estar a carteira. Ela estava lá, sobre o seu coração, onde o homem centro-europeu, não sem um significado simbólico, guardava o dinheiro. Parou espantado e tirou a carteira. As duzentas liras e os poucos trocados, algumas notas de dez liras, estavam nela.

Era possível que houvessem devolvido a carteira enquanto ele dormia — mas isso não faria nenhum sentido. Era mais provável que não a tivessem roubado. Ela deveria estar em seu bolso quando constatara que a roubaram. Mihály se conformou. Não seria a primeira vez em sua vida em que tomava o branco por preto, em que as impressões e crenças se desvinculavam inteiramente da realidade externa.

Vannina o acompanhou até a porta, depois caminhou um pouco a seu lado, na direção do Gianicolo.

— Volte outras vezes. E você vai ter de visitar o *bambino* também. Um padrinho tem obrigações, não pode descuidar delas. Venha outras vezes. Muitas vezes. Sempre...

Mihály entregou as duzentas liras para a moça, em seguida a beijou na boca e foi embora apressado.

Capítulo 8

Chegou a seu quarto. "Vou descansar um pouco e pensar no que eu quero, e se eu quero de fato o que quero, e só depois vou escrever para Éva. Porque a minha situação perante ela é um pouco absurda, e se eu contar por que não vim para casa ontem à noite talvez ela nem acredite, pois o motivo pode parecer muito estúpido.

Despiu-se automaticamente e começou a se lavar. Havia algum sentido em se lavar? Hesitou, porém, apenas por um instante, depois se lavou, fez um chá, pegou um livro, deitou-se e adormeceu.

Acordou com a campainha. Saiu às pressas, sentia-se renovado e descansado. Lá fora chovia, não estava muito quente como nos dias passados.

Abriu a porta e recebeu um senhor mais velho. Era seu pai.

— Bom dia, meu filho — disse seu pai. — Cheguei agora com o trem da manhã. Estou feliz por encontrá-lo. E estou com fome. Gostaria que viesse almoçar comigo.

Mihály se espantou muito com a aparição súbita do pai, mas o sentimento dominante não foi de surpresa. Não sentiu vergonha quando o pai correu os olhos pelo quarto, esforçando-se para que o rosto não denunciasse a aversão que o ambiente constrangedor despertava nele. Mihály foi tomado por outra sensação, uma sensação que em escala menor conhecia havia muito, do tempo em que viajava com freqüência para o exterior. Àquela época tinha a mesma sensação quando voltava para casa depois de uma ausência mais longa: o temor de que seu pai tivesse envelhecido. Seu pai, porém, jamais havia envelhecido tanto. Quando o vira pela última vez ainda era o homem seguro, de gestos autoritários, que conhecera durante toda a vida. Ou ao menos o vira assim porque vivia em casa havia muito e se durante esse período alguma coisa se transformasse em seu pai ele não notaria a tranformação lenta. O tempo tinha consumido o rosto e o corpo. Inegavelmente havia algo de ancião nele: a boca perdera a antiga rigidez, os olhos pareciam cansados e fundos (é verdade que viajara a noite toda, quem sabe na terceira classe, por economia), os cabelos estavam mais brancos, a fala era menos segura, havia nela algo de estranho e no primeiro momento ele gaguejou — não teve certeza, mas a situação se mostrava em toda a sua terrível realidade: seu pai era um velho.

E diante disso nada tinha valor, Éva e os planos de morte, e a própria Itália.

"Só não quero cair no choro, não agora, meu pai me desprezaria e talvez descobrisse que eu choro por ele."

Recompôs-se e assumiu um ar inexpressivo, o ar com que em geral recebia tudo o que dissesse respeito à sua família.

— É muito bom que tenha vindo, papai. Com certeza você teve razões importantes para fazer a longa viagem, no verão...

— Sem dúvida, meu filho, razões importantes. Mas nada desagradáveis. Não há nenhum problema. Você nem perguntou se a sua mãe e seus irmãos estão bem. E vejo que você também não tem nenhum problema em especial. Pois então vamos almoçar. Leve-me a algum lugar onde não cozinhem com óleo.

— Erzsi e Zoltán Pataki estiveram comigo ontem — disse o pai durante o almoço.

— O quê? Erzsi está em Budapeste? E eles estão juntos?

— Sim, Pataki foi para Paris, eles fizeram as pazes e ele levou Erzsi para casa.

— Mas por que e como?

— Meu filho, isso eu na verdade não sei, e você pode imaginar que nem procurei saber. Nós só falamos de negócios. Você sabe que o seu... como posso dizer... que o seu comportamento estranho, embora nem um pouco surpreendente para mim, me pôs numa situação absurda perante Erzsi. Numa situação financeira absurda. Tornar líquido o dinheiro de Erzsi no mundo de hoje... você sabe, imagino, Tivadar lhe escreveu tudo.

— Sim, eu sei. Talvez você não acredite, mas fico muito angustiado com o que pode acontecer. Erzsi disse que Zoltán... mas continue falando.

— Graças a Deus não há problema algum. Eles vieram me procurar para combinar as condições em que eu poderia lhes pagar. Devo dizer, porém, que foram tão generosos que eu mesmo fiquei surpreso. Acertamos os detalhes. Não me pressionaram nem um pouco, e espero que possamos resolver a coisa sem nenhuma dificuldade maior. Ainda mais porque o seu irmão Péter conseguiu arranjar um cliente excelente.

— Mas diga, Zoltán, ou melhor, Pataki, se comportou corretamente? Não entendo.

— Comportou-se como um cavalheiro. Entre nós, imagino que esteja feliz por Erzsi ter voltado para ele. E ele certamente concorda com as intenções de Erzsi. Erzsi é com certeza uma mulher excepcional. É pena, Mihály... mas decidi que não o repreenderia. Você sempre foi diferente, e sabe o que faz.

— E Zoltán não falou mal de mim? Não disse que...

— Não disse nada. Não disse uma palavra sobre você, o que me pareceu natural nas circunstâncias. Por outro lado, Erzsi falou de você.

— Erzsi?

— Sim. Disse que o encontrou em Roma. Não deu detalhes, naturalmente eu também não fiz perguntas, mas contou que você está numa situação crítica e acredita que a sua família se voltou contra você. Não, não diga nada. Sempre fomos discretos uns com os outros, continuemos assim. Não tenho curiosidade pelos detalhes. Mas Erzsi aconselhou que se eu pudesse deveria vir a Roma e convencê-lo a voltar a Budapeste. Ou melhor, recomendou que "o levasse para casa".

Como assim, levá-lo para casa? Sim, Erzsi sabia o que dizia e conhecia Mihály bem. Sabia que o pai poderia levar Mihály para casa como se ele fosse um aluno cabulador. Sabia que a natureza de Mihály era submissa e ele se entregaria como o aluno pego em flagrante; claro que levava em conta a possibilidade de que um dia ele talvez fugisse de novo.

Erzsi era sábia. Não poderia fazer nada a não ser ir para casa. Seria uma solução, mas... as circunstâncias externas pelas quais antes quisera morrer pareciam ter desaparecido. Zoltán fizera as pazes, a família o esperava ansiosa, ninguém o perseguia.

— Então estou aqui — prosseguiu o pai —, e gostaria que você liquidasse todas as pendências e voltasse para casa com o trem desta noite. Você sabe, eu não tenho muito tempo.

— Veja, a coisa veio um pouco de repente — disse Mihály, sacudido de seu devaneio. — Hoje de manhã eu ainda pensaria em tudo, menos na possibilidade de voltar para casa, a Budapeste.

— Acredito, mas o que você tem contra vir para casa?

— Nada, só me deixe respirar um pouco. Veja, não vai lhe fazer mal você se deitar na minha casa para fazer a sesta.

— Pode ser, como quiser.

Mihály acomodou o pai confortavelmente na cama, ele próprio sentou-se na grande poltrona com a intenção de pensar. A reflexão consistiu em evocar certos sentimentos e pesar suas intensidades. Costumava identificar dessa forma o que desejava, ou o que desejaria se pudesse.

Desejava de fato morrer? Ansiava por uma morte como a de Tamás? Evocou o desejo e buscou a doçura que o acompanhava. No entanto, não sentiu doçura alguma; ao contrário, apenas náusea e cansaço, como depois de uma relação sexual.

Em seguida descobriu por que sentia náuseas. Porque o desejo se satisfizera. A noite passada, na casa italiana, nos medos e nas visões realizara o desejo que o acompanhava desde a adolescência. Se não na realidade externa, ele no mínimo se realizara na realidade da alma. E com isso o desejo, ao menos por um bom tempo, ainda que não definitivamente, se satisfizera, ele se libertara dele, e se libertara do espectro de Tamás.

E Éva?

Notou uma carta sobre a escrivaninha. Alguém a pusera lá enquanto almoçavam. Na verdade, a carta chegara na noite passada, mas a vizinha se esquecera de entregá-la. Levantou-se e leu as linhas em que Éva se despedia.

Mihály,

quando você estiver lendo isso, eu estarei a caminho de Mumbai. Não irei à sua casa. Você não vai morrer. Você não é Tamás. A morte de Tamás só cabe a ele, cada um deve buscar a própria morte.

Fique com Deus,

Éva

À noite estavam os dois no trem. Falaram de negócios, o pai contou o que acontecera com a empresa durante a ausência de Mihály e falou das perspectivas e das responsabilidades que pretendia confiar a ele.

Mihály escutou. Voltava para casa. Experimentaria de novo o que não conseguira ao longo de 15 anos: se conformar. Talvez conseguisse. Esse era o seu destino. Ele se entregaria. A realidade era mais forte que ele. Não havia como fugir. Sempre eram eles os mais fortes, os pais, os Zoltán, as empresas, as pessoas.

Seu pai adormeceu, Mihály olhou pela janela, à luz da lua procurou divisar o contorno das montanhas toscanas. Tinha de continuar vivo. Ele também viveria como os ratos entre as ruínas. A despeito de tudo, viveria. E enquanto estivesse vivo, sempre poderia acontecer alguma coisa...

Este livro foi composto em Minion 10,5/16
e impresso pela RR Donneley Moore sobre
papel pólen soft 70g para a Ediouro em abril de 2007.